高等学校应用型特色规划教材

多媒体课件制作案例教程
(基于 PowerPoint 平台)

刘庆全　时道波　主　编

清华大学出版社

北　京

内 容 简 介

本书以 PowerPoint 为平台,从教学的角度对多媒体课件制作的相关方法进行了梳理,从课件功能实现的角度结合实际案例对 PowerPoint 软件进行了系统的剖析,阐述了多媒体课件的设计思路、开发策略以及实现方法。本书共 8 章,第 1 章介绍多媒体课件设计理论,第 2 章讲解多媒体素材的收集与处理方法,第 3~8 章结合案例详解用 PowerPoint 2003 制作多媒体课件的方法和技巧。

本书以应用为导向,层次分明、案例丰富、通俗易懂、易教易学。同时,本书有超大容量的案例学习资料供读者下载。

本书可作为各类师范院校的教材,还可作为大、中、小学教师的自学参考书和培训教材。

图书在版编目(CIP)数据

多媒体课件制作案例教程(基于 PowerPoint 平台)/刘庆全,时道波主编. --北京:清华大学出版社,2012.1
(高等学校应用型特色规划教材)
ISBN 978-7-302-27212-0

Ⅰ. ①多…　Ⅱ. ①刘… ②时…　Ⅲ. ①多媒体课件—制作—高等学校—教材　Ⅳ. ①G434

中国版本图书馆 CIP 数据核字(2011)第 222626 号

责任编辑:章忆文　杨作梅
装帧设计:杨玉兰
责任校对:周剑云
责任印制:王秀菊

出版发行:清华大学出版社　　　　　　　　　　地　　址:北京清华大学学研大厦 A 座
　　　　　http://www.tup.com.cn　　　　　　邮　　编:100084
　　　　社　总　机:010-62770175　　　　　邮　　购:010-62786544
　　　投稿与读者服务:010-62776969,c-service@tup.tsinghua.edu.cn
　　　质　量　反　馈:010-62772015,zhiliang@tup.tsinghua.edu.cn
印　刷　者:北京四季青印刷厂
装　订　者:三河市兴旺装订有限公司
经　　销:全国新华书店
开　　本:185×260　印　张:19.5　字　数:469 千字
版　　次:2012 年 1 月第 1 版　　印　　次:2012 年 1 月第 1 次印刷
印　　数:1~4000
定　　价:38.00 元

产品编号:044662-01

前　言

随着计算机辅助教学的深入与发展，计算机多媒体课件已经成为应用最多的一种现代教学手段，它以最自然、最容易接受的多媒体形式使学生接受教育，不但扩展了信息量，提高了知识的趣味性，还增加了学习的主动性和科学准确性。因此，多媒体课件的设计与制作就成为师范生、各类学校教师必备的教学手段和技术。本书的编写目标是培养学生的教育技术技能，提高学生制作多媒体课件的整体设计能力、评价能力、鉴赏能力，使其掌握设计与制作多媒体课件的技术与技巧，为学生今后将多媒体课件应用于教学打下良好的基础。由于 PowerPoint 简单易学、应用广泛，因此本书选用 PowerPoint 作为制作课件的平台。

本书从教学设计的角度对课件以及课件制作相关的理论进行了梳理，从课件功能实现方法上对 PowerPoint 软件进行了系统的剖析。全书共 8 章，主要内容如下。

第 1 章从多媒体课件设计的过程、方法以及多媒体课件的评价等方面入手，介绍了多媒体课件设计的基本理论。

第 2 章主要介绍多媒体素材收集与处理的方法，包括文字、图像、声音、动画以及视频 5 种素材的收集方法。

第 3 章从课件的角度介绍 PowerPoint 的各种功能与特点，介绍设计与制作课件过程中常用的一些技巧。

第 4 章针对课件中使用的各个元素，利用各种生动的实例，介绍文字、图片、声音、视频以及动画等在 PowerPoint 中的处理技术。

第 5 章主要介绍 PowerPoint 课件的界面设计的方法及原则，以及母版的应用技术等。

第 6 章主要介绍如何利用 PowerPoint 的超链接、动作设置、触发器和 VBA 等特性实现课件的交互功能。

第 7 章主要介绍 PowerPoint 课件的打包方法、PPT 课件完成后的优化方法以及在 PowerPoint 课件放映过程中常用的各种技巧。

第 8 章是一个综合实例，将需求分析、教学设计、课件系统设计、素材准备、课件制作的实现、测试与评价等各个方面贯穿在一起，呈现了完整的课件制作过程。

本书将教学内容、课件实现与 PowerPoint 相结合，主要具有如下特色。

(1) 以应用为导向，结合具体的课件制作案例讲解多媒体课件制作的各个方面。

(2) 以 PowerPoint 为平台，易学易用。

(3) 案例丰富，强调和培养读者的创新能力和实践能力。

(4) 本书层次分明、条理清晰、重点突出，并配有上机练习，以提高读者的动手能力。

(5) 本书提供超大容量的案例学习资料供读者下载(www.wenyuan.com.cn)。

本书易教易学，可作为各类师范院校的教材，还可作为大、中、小学教师的自学参考书和培训教材。

多媒体课件制作案例教程（基于 PowerPoint 平台）

　　本书由刘庆全、时道波任主编，参与本书组织和编写工作的还有何光明、卢振侠、李懿雯、王珊珊、陈海燕、周海霞、李芹、毛幸甜、庄裕花、杨章静、张居晓、许勇。另外在写作过程中，借鉴了大量网上的教程、案例及课件，在此向作者们表示感谢！

　　由于设计理论、多媒体技术的日新月异，加上编者的水平有限，书中难免有不足之处，敬请广大读者批评指正。

主要参考书籍

孙方著. PowerPoint 让教学更精彩——PPT 高效制作. 北京：电子工业出版社，2011

曹瑛著. PPT 高效设计. 北京：人民邮电出版社，2011

编　者

目　录

第1章　多媒体课件设计理论........................ 1

1.1　多媒体课件设计的理论和策略............ 1
　　1.1.1　多媒体课件的概念................... 1
　　1.1.2　多媒体课件的分类................... 2
　　1.1.3　多媒体课件的特点................... 2
　　1.1.4　多媒体课件的选择与编制
　　　　　原则................................. 3
1.2　多媒体课件的设计过程.................... 7
　　1.2.1　设计多媒体课件的基本
　　　　　流程................................. 7
　　1.2.2　多媒体课件的制作步骤........... 7
1.3　多媒体教学软件稿本设计................. 8
　　1.3.1　文字稿本编写....................... 9
　　1.3.2　制作稿本编写....................... 9
1.4　多媒体课件的评价........................ 10
　　1.4.1　多媒体课件评价的三种
　　　　　方法................................ 10
　　1.4.2　多媒体课件评价的过程......... 11
　　1.4.3　多媒体课件的评价方式........... 13
　　1.4.4　多媒体课件评价活动的
　　　　　趋势................................ 13

第2章　多媒体素材的收集与处理........... 14

2.1　多媒体素材的收集方法................. 14
　　2.1.1　文字素材的获取................. 14
　　2.1.2　图像素材的获取................. 14
　　2.1.3　声音素材的获取................. 16
　　2.1.4　动画素材的获取................. 16
　　2.1.5　视频素材的获取................. 17
2.2　图像媒体的制作处理(Photoshop) ... 18
　　2.2.1　Photoshop 窗口界面介绍... 18
　　2.2.2　Photoshop 的基本操作....... 19
　　2.2.3　通过实例熟悉常用工具....... 22
　　2.2.4　熟悉图层........................ 25

2.3　音频信息的处理(Cool Edit)............... 26
　　2.3.1　录制原声.......................... 27
　　2.3.2　降噪处理.......................... 30
　　2.3.3　混响处理.......................... 34
　　2.3.4　混缩合成.......................... 35
2.4　常用动画的制作处理(Flash).............. 36
　　2.4.1　Flash 界面简介................... 37
　　2.4.2　用 Flash 制作动画.............. 41
2.5　视频媒体的创建和编辑(Premiere)...... 43
　　2.5.1　Premiere 的基本操作界面........ 43
　　2.5.2　Premiere 的基本操作.............. 43
2.6　上机练习.................................... 49

第3章　从课件角度认识 PowerPoint..... 50

3.1　认识 PowerPoint.......................... 50
　　3.1.1　PowerPoint 2003 的功能.......... 50
　　3.1.2　PowerPoint 2003 的启动与
　　　　　退出................................ 50
　　3.1.3　PowerPoint 2003 的主窗口...... 50
　　3.1.4　幻灯片的基本操作................. 53
3.2　PowerPoint 课件制作的流程与
　　方法.. 55
　　3.2.1　PowerPoint 课件制作的
　　　　　流程................................ 55
　　3.2.2　PowerPoint 课件制作的
　　　　　方法................................ 56
3.3　上机练习.................................... 61

第4章　PowerPoint 课件中的多媒体
　　　　处理技术............................ 63

4.1　文字处理技术............................ 63
　　4.1.1　PowerPoint 2003 的文本处理
　　　　　基本操作.......................... 63
　　4.1.2　PowerPoint 课件中使用文本
　　　　　的常见问题....................... 72

4.1.3 PowerPoint 课件中文本处理
的特殊方法 75

4.2 图像处理技术 92

4.2.1 PowerPoint 2003 中基本的
图像处理操作 92

4.2.2 PowerPoint 课件中使用图像
的常见问题 97

4.2.3 PowerPoint 课件中处理图像
的特殊方法 98

4.3 声音处理技术 115

4.3.1 PowerPoint 2003 的声音处理
基本操作 115

4.3.2 PowerPoint 课件中使用声音
的常见问题 120

4.3.3 PowerPoint 课件中声音处理
的特殊方法 121

4.4 视频处理技术 128

4.4.1 PowerPoint 2003 中视频处理
的基本操作 129

4.4.2 PowerPoint 课件中视频使用
的常见问题 133

4.4.3 PowerPoint 课件中视频处理
的特殊方法 135

4.5 动画技术 137

4.5.1 PowerPoint 2003 中处理动画
的基本操作 138

4.5.2 PowerPoint 2003 中动画技术
的简单应用 144

4.5.3 PowerPoint 2003 中处理动画
的特殊方法 163

4.6 上机练习 193

第 5 章 PowerPoint 课件界面和导航
设计 200

5.1 课件界面设计的基本原则 200

5.2 界面设计的基本方法 206

5.2.1 修饰演示文稿 206

5.2.2 界面的布局方法 210

5.2.3 设计课件的封面 212

5.2.4 设计课件的主界面 213

5.2.5 设计课件的内容界面 215

5.2.6 设计课件的帮助界面 217

5.2.7 设计课件的退出界面 217

5.3 母版技术在课件制作中的应用 219

5.3.1 母版的概述 219

5.3.2 母版的使用 220

5.4 导航界面的设计 226

5.4.1 导航界面的设计形式 226

5.4.2 导航界面的设计方法 228

5.5 上机练习 230

第 6 章 PowerPoint 课件的交互
设计 232

6.1 按钮的使用 232

6.1.1 按钮的概述 232

6.1.2 按钮的制作 234

6.2 触发器的使用 236

6.2.1 触发器的概述 236

6.2.2 触发器的应用实例 238

6.3 宏的使用 250

6.4 PowerPoint 中的 VBA 技术 252

6.4.1 VBA 基础知识 252

6.4.2 VBA 技术应用实例 254

6.5 上机练习 260

第 7 章 PowerPoint 课件打包和播放
技术 261

7.1 PowerPoint 的打包功能 261

7.1.1 PowerPoint 课件的异地播放
问题 261

7.1.2 PowerPoint 的打包功能 261

7.2 PPT 课件完成后的优化 262

7.2.1 PPT 课件的优化方法 263

7.2.2 PPT 课件的优化实例 264

7.3 放映 PowerPoint 课件 268

7.3.1 幻灯片放映的基本操作 268

7.3.2 幻灯片放映中的技巧 272

7.3.3 利用 PowerPoint Viewer 进行
幻灯片放映 279
7.3.4 利用 PowerPlugs 播放
幻灯片 279
7.3.5 演示文稿中常用的快捷键......280
7.4 上机练习 282

第 8 章 综合实例 283
8.1 需求分析 283
8.2 教学设计 284
8.3 课件系统设计 285

8.4 素材准备 286
8.5 课件制作的实现 286
8.5.1 课件的界面设计 286
8.5.2 课件的图片、动画设计 291
8.5.3 课件的交互功能实现 296
8.6 测试评价 299
8.6.1 课件的测试 299
8.6.2 课件的评价 299
8.7 课件的发布 300
8.8 上机练习 301

第 1 章 多媒体课件设计理论

教育领域是应用多媒体技术最早的，也是进展最快的领域。多媒体技术的各种特点使其最适合应用于教育。它以最自然、最容易接受的多媒体形式使人们接受教育，不但扩展了信息量、增加了知识的趣味性，还提高了学生们学习的主动性和科学准确性。

改变传统的教学模式，应用现代教育技术，使用多媒体课件进行教学，已经是进入 21 世纪的中小学教师必然的选择。但由于多媒体课件和教案一样，要充分体现教师自己的教学思想，适应不同的学生，所以它不具有很强的通用性，常常需要广大教师自己动手制作。

本章从多媒体课件设计的过程、方法以及多媒体课件的评价等方面入手，介绍了多媒体课件设计的基本理论。

1.1 多媒体课件设计的理论和策略

多媒体技术的应用领域非常广泛，几乎遍布各行各业以及人们生活的各个角落。由于多媒体技术具有直观、信息量大、易于接受和传播迅速等显著特点，因此多媒体应用领域的拓展十分迅速。多媒体课件是教育领域应用多媒体技术最直接的产物。

1.1.1 多媒体课件的概念

课件是现代化教育的一个首要关键词，成为引领教师跨入现代化教学课堂的敲门砖。到目前为止，对于多媒体课件还没有形成一个统一的、标准的概念，我们能从不同的教材和相关文章中看到不同的定义。

多媒体课件是一种根据教学目标设计的，表现特定的教学内容，反映一定教学策略的计算机程序。

——李建珍，杨庆德. 多媒体 CAI 课件设计与制作

多媒体课件(Courseware)是在一定的教学理论、学习理论的指导下，为完成特定的学习目标而设计的反映某种教学策略和教学内容的计算机软件。

——文梓红，李子运. 课件设计与制作

多媒体课件是一种根据教学目标而设计，以现代教育理论和学习理论为理论基础，运用多媒体计算机及其相关技术，对教学资源进行设计、开发而成的应用程序，即 E-Learning 教材。

——李波，杨红. 多媒体 CAI 课件制作黄金案例培训教程

但不管如何定义，它们都指出了多媒体课件是为了辅助教师教学或学生学习的一种教学软件，揭示了其辅助教育教学的本质。

1.1.2 多媒体课件的分类

一个多媒体课件的质量不能以多媒体课件是否运用了复杂的技术、花哨的画面和动画为标准来评论。课件的本质是用来教与学的,只要课件中有确切的教学内容,能体现教师的教学设计思想,能使学生深刻地了解和掌握教学内容即可。它可以分为以下几种类型。

1. 资料、工具型

资料、工具型包括各种电子工具书、电子字典以及各类图形库、动画库、声音库等。它可供学生在课外进行资料查阅使用,也可根据教学需要事先选定有关片断,配合教师讲解,在课堂上进行辅助教学。

2. 课堂演示型

课堂演示型采用动态视频、动画、照片和声音来展示现实世界难以实现或表现不清楚的内容。将教学内容在大与小、远与近、快与慢、虚与实之间转换,将教学内容所涉及的事物、现象、过程,再现于课堂教学中,并按照教学要求逐步地呈现给学生。

3. 个别化系统交互学习型

这种类型以计算机扮演教师的角色,其目的是根据每个学生的特点进行相应的指导,向学生传授新的知识和技能。

4. 操练复习型

该类型的多媒体教学课件并不向学生传授新的知识和技能,只是用来巩固已学会的知识。它是以问题的形式来训练、强化学生某方面的知识和能力,加深对学习的重点和难点的理解,提高学生完成任务的速度和准确性。

5. 模拟实验型

模拟实验型的多媒体课件利用计算机运算速度快、存储量大、外部设备丰富和可交互的特点,逼真模拟真实实验中无法实现或表达不清楚的教学内容。其主要包括以下几个方面。

- 演示模拟。
- 操作模拟。
- 过程模拟。
- 模拟训练器。

6. 教学游戏型

这种类型以游戏的形式呈现教学内容,让学生参与一个有目的的活动,通过熟练使用游戏规则达到某一特定的目标。其把知识性、趣味性和教育性融合为一体,将知识的传授和技能的培养融于各种愉快的情境中。

1.1.3 多媒体课件的特点

多媒体课件主要有以下几个特点。

1. 形象、直观

计算机辅助教学系统是通过电子屏幕显示文字、图像、动画和声音等多种媒体信息的方式，向学生传授知识。比教师利用传统的教学方式更直观、更形象、更具有吸引力，使本来复杂的内容变得简单，更容易让学生接受，更能发散学生的思维，提高学生的学习兴趣。

2. 高效

多媒体课件展示教学素材的速度特别快，只要使用键盘或鼠标进行简单的操作，就能将教学的内容形象地展示出来，从而节约了课堂教学时间；其次，多媒体课件显示的内容丰富、涉及面广、知识量大，能够跨越时间和空间的界限，使学生真正达到融会贯通、学以致用。

3. 互动性强

计算机辅助教学可以利用人机交互操作，根据现实情况模拟各种现象与场景。多媒体课件还可以充当一个"导者"，带领学生一步一步地学习知识，不断地向学生提出各种任务，并帮助和引导学生完成学习任务，使学生在宽松愉快的环境里去发现问题和解决问题。

4. 组织性强

随着计算机的不断发展，可以利用多媒体课件将录像带、录音带、DVD、VCD 和MP3 等信息组织在一起，形成一套完整的数字化教学系统，为计算机辅助教学提供更加广阔的思维空间和素材资源。

5. 网络化

Internet 的发展使计算机的发展跨入了新的历史阶段，实现了全球资源共享和信息通信。计算机辅助教学也将利用 Internet 实现多机交流的形式进行教学，教师在教学过程中，不仅能通过网络与学生交流信息，而且教学不限于一间教室或一所学校，完全打破了传统的班级教学模式，而发展到不同地域、不同时间的探索学习，学生可以通过网络即时得到帮助和反馈，使学生的知识面更广。

1.1.4 多媒体课件的选择与编制原则

多媒体课件是一种根据教学目标而设计，表现特定的教学内容，反映一定的教学策略的计算机教学软件。它可以用于教师的辅助教学，也可以让学生进行交互操作学习，并可对学生的学习做出评价。

在现代教育与教学过程中，多媒体技术应用于教学，其图文并茂的效果可以使教学过程变得生动活泼，提高了学生的感知水平和学习兴趣。它的图形演示功能，可以为教师提供形象表述工具，使许多抽象的教学问题变得具体形象，提高了知识的可接受性。尤其是它的模拟仿真功能，可以使教学中一些无法做的演示变得轻而易举。

在学习多媒体课件的选择与编制原则之前，我们要了解以下三个方面的内容。

(1) 电视教材是借助于录像机和电视监视器播放显示的，媒体介质是磁带或由磁带衍生的 VCD 光盘等。多媒体课件是借助于计算机和显示器呈现的，媒体介质是磁盘或光盘等。两者之间的运行环境不同。

(2) 电视教材中的电视信号一般是模拟信息，而多媒体信息是数字信息。两者之间的表现方式不同。

(3) 电视教材具有时间的一维性、播放的线性。多媒体课件是多维的、非线性的，而且具有交互性。两者之间的信息组织结构不同。

传统的文字教材、电视教材的信息组织结构都是线性的，即信息是按单一的顺序排列的。例如一本书各章节按从前至后的顺序装订，读者也是一页页读下去的。

多媒体课件采用了按照人类联想的思维方式，是非线性地组织管理信息的一种超文本技术。超文本结构实际上是一种由节点和链组成的网状组织结构。

非线性是指任何时间、任何位置都可以暂停、跳转、退出；交互性是与电视教材最大的区别，它可以实现人机对话。

由于多媒体课件表现方式的特殊性，可以方便地进行人工控制，自由地交互，学习者使用时，可以根据需要进行选择。这样更符合人类思维的多维性、发散性。所以，多媒体课件要求在教学内容上要尽量完整、全面，这对于个别化教学的课件尤其重要。

多媒体课件依托计算机技术、电视技术，将图、文、声、像等信息根据教学内容的需要有机地结合为一体，形成具有集成性、多维性、交互性特征的教学软件。这种技术符合人类的认知规律，便于学生进行联想思维。学生可以根据自己的目的和认知特点，按照不同的学习路径进行学习。

多媒体课件的设计通常有需求分析、文字稿本编写、课件系统结构设计、多媒体素材的采集与制作、课件制作、测试、评价等步骤。

由于多媒体课件是面向教学的，因此，它的开发并不完全等同于一般多媒体计算机应用软件的开发。多媒体课件的开发需要在现代教育思想和教育理论的指导下，做好整体课件的教学设计、系统结构设计等工作，并在教学实践中反复使用，不断修改，只有这样才能使开发的多媒体课件符合教学规律，取得良好的教学效果。

多媒体课件的制作是一门新型的集教育、技术、艺术于一体的"综合性"创作。它要求制作群体具有较高的教学水平和较强的技艺表现能力。

如何完美地将教学内容与媒体表现形式紧密地结合为一体，使之更好地服务于教学，是多媒体课件制作过程中的核心问题。根据教学设计方法和学习理论，我们将从七个方面探讨多媒体课件的选择与编制原则。

1. 教育性原则

教育性是指教材应遵循学生的认知规律，要有明确的教学目的。有助于教学对象加深对知识的理解和掌握，并通过各种媒体的合理运用和巧妙组合来增强教学内容的新奇和趣味性，以激发学生的求知欲。

任何教学都必须围绕着一定的教学目的而进行。多媒体课件应对学习者某门课程知识的掌握和技能的训练起到良好的作用，能够进一步开发学习者的智力，提高教学质量。教学内容的展示要符合心理学规律，特别是学生的认知规律，应充分分析和研究教学对象的心理状态，利用巧妙的构思和不同的节奏形式来推动学习思维活动，帮助学生分析、对比、判断、综合，把教学中深奥抽象的概念转化为有条理的具体形象，做到由表及里，从感性到理性，进而达到良好的教学效果。

多媒体课件与其他的教学媒体一样，也有其适用性范围，也需要根据教学目标、教学内容、教学资源和条件进行最优选择和精心设计，需要与其他教学媒体有机结合，组合应用，才能扬长避短，形成更加高效的教学系统。

在进行多媒体课件的选题时，要选用教学内容相对稳定，能充分体现教学中的重点、难点和以技能、概念、规则等学习内容为主的教材，以便充分发挥多媒体课件的特点，避免教学内容的"书本搬家"。

2．科学性原则

作为传授科学知识的课件，必须保证表达的内容正确无误、逻辑严谨。不能使学习者对教学内容产生不准确的理解或误解。

要正确和科学地反映知识和科学技术，制作的课件就必须具有高度的科学性。

模拟仿真、动画特技要合情合理，所表现的图像及色彩要反映客观的真实性，只有选题准确，传递知识和信息科学正确无误，才能保证其教育性，才可确保其具有真正的教育价值。

3．集成性原则

集成性一方面是多种媒体设备的集成，如视频设备、音频设备、存储设备和计算机的集成。另一方面则是多种媒体信息的集成，如文字、图形、动画和声音的集成。

多媒体课件在保证教学性和科学性的前提下，编制主要体现在多种媒体信息的集成上，即如何对文字、图形、图像、动画、声音等进行符合教学规律的艺术的加工和处理，使其具有较强的表现力和感染力。一个好的课件，必须要有好的媒体设计，这就要求制作者不但要掌握多种媒体信息的集成技能，还要了解各种媒体本身的教学特征，恰当地选择和科学地使用媒体。做到科学选择、优化组合，使其发挥各自的表现能力，使教学内容得以充分展示。

多媒体课件由文本、图形图像、动画、声音、视频等多种媒体信息组成，图、文、声、像并茂，给学生提供的外部刺激不是单一的刺激，而是多种感官的综合刺激，这种刺激能引起或激发学生的学习兴趣和提高学生的学习积极性。

多媒体课件提供了大量的多媒体信息和资料，创设了丰富有效的教学情景，不仅利于学生对知识的获取和保持，而且大大地扩大了学生的知识面。

4．交互性原则

交互性是教学内容与学习者之间沟通的桥梁，是多媒体教材与传统教材的主要区别，是多媒体课件区别于其他教学形式的最重要的特征之一。

交互性是指学习者可根据学习的程度与需要，在多媒体课件中随时搜索、寻求帮助与评定，人与机器之间形成一问一答、相互交流信息的特征。

目前，我们常用的电视教材虽然是多种媒体形式组成的，但并不是多媒体教材，其原因在于电视教材的教学信息在展示时间和空间上是线性的、不可逆的，不便于学习者任意选择与组合，更无法为学习者的自学和自测提供良好的交互功能。

在编制多媒体课件中怎样实现交互呢？通常课件的编制者向学习者提供一个容易接受、掌握和使用性能优良的交互界面，它是人与计算机系统进行信息交流的通道，学习者可以通过交互界面输入一定的信息，而计算机则通过交互界面向学习者呈现一定的信息。交互界面的主要表现有菜单、按钮、图标、导航等多种形式。

多媒体课件提供图文并茂、丰富多彩的人机交互式学习环境，使学生能够按自己的知识基础和习惯爱好选择学习内容，而不是由教师事先安排好，学生只能被动服从。这样，将充分发挥学生的主动性，真正体现学生认知主体的作用。

5．实用性原则

实用性是指课件的选择与设计要考虑到教材与学生的实际情况。在选择或设计多媒体课件时，如果课堂的内容用传统的教学模式或媒体能取得良好的效果，就可以用传统的教学方式或媒体。若用传统的教学模式不能有效地突破教学难点，引起学生的兴趣，收到较为理想的教学效果，则可考虑设计或选用相应的多媒体课件。

并非所有的课堂教学都需要计算机多媒体进行教学，几句话能讲清楚的教学内容，就没有必要用计算机进行教学，或者为了"装饰"课堂，用与教学内容没有密切联系的软件都是不恰当的。

6．个别化原则

人类在认知方面存在着个别差异，这种个别差异可分为三种类型：视觉型、听觉型和触觉型。因此，对于不同认知类型的学习者应采用不同的学习和使用方式，尽量使学习者获得他们自己所需要的使用方式。个别化是多媒体课件较为重要的特征之一。

多媒体课件要突出体现个别化特点，应能适应学习者的个人特性。对于视觉型的学习者应多提供视觉方面的图文；对于听觉型的学习者要提供更多的音响或语言；对于触觉型的学习者除了视、听外，还要提供操纵类的使用方式；对于认知能力不同的学习者，要提供不同程度的学习内容和学习路径等。另外，多媒体课件还应使学习者根据个人需要和兴趣，方便地选择学习时间、学习内容及调节学习进度。

7．经济性原则

多媒体课件的制作，需要花费较大的人力和物力。所以应以最少的投入编制教学内容与质量较高的多媒体课件。

在实际教学应用过程中，一部较好的多媒体课件的主要特征应体现在具有丰富的教学内涵和强烈的技艺感受两大方面。其中教学信息量的大小，教育性、科学性的好坏，交互性、实用性的强弱是衡量一部多媒体教材内在质量的核心。而媒体是否多样，形式是否新颖，表现是否生动，图形、图像与运动是否多样、清晰、流畅是衡量其外在技艺的关键。

体现多媒体课件经济性的原则是在同一教学内容的情况下，使用的媒体越简单、越方便、越经济越好。

上述多媒体课件的选择与编制原则，还需要在多媒体课件的制作过程中，不断地进行修改和总结，以便更好地为教学服务。

1.2 多媒体课件的设计过程

1.2.1 设计多媒体课件的基本流程

多媒体课件的开发一般分为课件设计和课件制作两个步骤，其中课件设计的基本流程如图 1.1 所示。

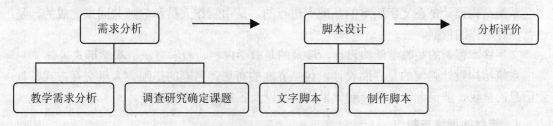

图 1.1 多媒体课件开发流程图

1.2.2 多媒体课件的制作步骤

多媒体教学是指通过多媒体课件进行教学。多媒体课件是教学思想、教学内容、教学方法、教学设计的体现。

多媒体课件的设计与制作不完全等同于一般的计算机应用软件，它必须考虑到教育性的要求，要以教学设计理论为指导，对课件的内容、过程、结构、界面等进行合理地选择与设计，这样才能使所制作的多媒体课件符合教学规律，才能使教学效果达到最优化。

多媒体课件制作的基本过程大致可以分为准备阶段、制作阶段和应用阶段三大部分，具体可以分为七个步骤。

1. 选择课题

选择课题的基本原则就是要选择能充分发挥多媒体技术优势的、切实能优化学与教的过程的题材。通常选择：

① 在传统教学中难以用语言或单一媒体表示清楚的教学重、难点，且宜用多媒体形式表现的内容。

② 需要提供个别化、自主式的学习内容，交互式、及时反馈的学习，实践型、练习型的学习。

③ 模拟以原理、训练、实验、操作体验为特征的学习内容，以降低训练成本和风险。

2. 组成制作小组

多媒体课件的制作与开发是一项综合性的工作，而且费时费力，如果单靠一个人显然不能满足各方面的要求，往往会顾此失彼，因此在具体制作前要成立一个制作小组。小组成员主要包括任课教师、课件设计制作人员和美术设计人员。

3．进行多媒体课件的稿本设计

多媒体课件的稿本设计包括两部分内容，一部分是文字稿本设计，另一部分是系统结构设计。

稿本在多媒体课件的开发和制作中占有重要的地位，规范的稿本对保证课件质量，提高课件制作效率能起到积极的作用。其中文字稿本由有经验的任课教师按照教学过程的先后顺序，将教学内容及其呈现方式描述出来的一种稿本，不能用来作为多媒体课件制作的依据。

系统结构设计是在文字稿本的基础上进行的，是由制作人员和教师共同来完成的，是进行课件制作的依据。

文字稿本强调的是教学结构设计，涉及的是教学内容、教学方法、教学形式等。

系统结构设计强调的是界面设计，包括界面的布局、色彩的搭配、人机交互方式、教学信息的呈现、解说、音乐和音响效果的说明以及各知识点的链接等。

4．素材的搜集与制作

稿本设计对课件制作提出了具体的要求，接下来的工作就是为多媒体课件制作准备各种素材，这些素材包括文字、图形、图像、动画、视频、音频等。在素材搜集与制作过程中可能要用到很多专业设备和软件，如扫描仪、数码相机、摄像机、录像机、话筒、调音台以及各类工具软件等。

5．多媒体课件制作

多媒体课件制作是将前面各项工作在计算机上实现的过程。

多媒体课件制作可使用程序设计语言和多媒体创作工具来完成。程序设计语言对制作人员的要求较高，常常需要专业计算机人员完成。现在，较多的是应用多媒体创作工具来制作多媒体课件。多媒体制作工具 Authorware、PowerPoint 等使许多非计算机专业的教师都可以根据教学需要自己制作课件，而且开发效率比较高。

6．课件调试

多媒体课件制作完成后，要根据各方面的反馈信息反复修改、调试，直到符合设计要求为止。课件的调试又可分为分模块调试、测试性调试、模拟性调试和环境性调试。

7．课件成品

调试好的课件可制成光盘或软盘，以方便使用或出版发行。

由于各个教师的教学方法不同，因此相同的教学内容，对课件的需求也各不相同，在课件设计时应该不断地收集课件使用者的信息，更新和完善课件内容，以便在教学中发挥更大的作用。

1.3 多媒体教学软件稿本设计

文字稿本是按照教学过程的先后顺序，用于描述每一环节的教学内容及其呈现方式的一种文字性教学课件稿本形式。文字稿本体现了具体的教学设计，为制作稿本的编写打下了基础，一般由学科教师编写。

1.3.1 文字稿本编写

文字稿本编写项目包括以下几个方面。

(1) 课件名称、编写者、制作单位、适用对象、使用方式等内容的描述。

(2) 划分教学单元、知识点，建立知识点与知识点之间的知识结构图。

(3) 确定教学目标。教学目标细目表填写范例如图 1.2 所示。

序号	教学单元	知识点	层次	教学目标
2	古诗欣赏	鹅、曲、项等生字	识记	能准确进行拼读并掌握其结构和笔顺笔画
		曲项、清波等词语	识记	能准确进行拼读
			理解	能解释其意思

图 1.2 教学目标细目表填写范例

(4) 用结构图描述界面内容。

(5) 多媒体信息类型与呈现方式，如图 1.3 所示。

单元	序号	内容	媒体类型	呈现方式
2	1	古诗《鹅》的引入	动画、效果、文字	先呈现动画和效果，后呈现文字
	2	朗读全诗	文字、解说	先呈现文字，后呈现解说
…	…	…	…	…

图 1.3 媒体类型与呈现方式表填写范例

1.3.2 制作稿本编写

制作稿本是体现多媒体课件的系统知识结构和教学功能，并作为课件制作直接依据的一种稿本形式，是由多媒体课件编制人员在文字稿本的基础上改写而成的，体现了课件系统结构设计的基本思想，可以直接为制作提供依据。

制作稿本是学科教师、教学课件设计人员与教学课件编制人员进行沟通和交流的桥梁。

制作稿本编写的具体项目包括三个方面。

(1) 课件系统结构的说明：主要说明教学课件的系统组成以及教学系统所具有的各种

教学功能和作用。

(2) 主要模块的分析。

(3) 分页面设计：是对各种页面的布局和功能的设计，是具体制作的直接依据，设计页面如图 1.4 所示。

多媒体课件名称					
页面名			文件名		编号
交互画面：					配音
超链接结构方式： (1) 由____页面文件，通过____交互方式进入当前页面； (2) 通过当前页面____交互方式，输出____多媒体信息文件； (3) 通过当前页面____交互方式，进入____页面文件。 ……					媒体呈现方式

图 1.4　分页页面设计表

1.4　多媒体课件的评价

评价是一种判断实际行为或系统在多大程度上达到目标要求的活动和过程，其根本目的在于实现行为或系统的完善。多媒体课件评价需要把课件性能的规定变成纯真的技术术语，使性能量化，成为可以度量的客观指标，即评价标准。多媒体课件的开发与评价是密不可分的。

1.4.1　多媒体课件评价的三种方法

多媒体课件的评价有三种方法。

(1) 自我评价，由课件开发人员自己进行的评价。

(2) 组织评价，组织一批专家进行的评价，又称专家评价。

(3) 使用中评价，在使用过程中进行的评价。

自我评价往往看不出问题，缺少权威性；使用中评价的可操作性差；组织评价便于发现问题，操作性好。因此，目前评价多媒体课件一般都采用组织评价。

1.4.2　多媒体课件评价的过程

1. 评价模型的建立

经过几年的时间，我国的课件评价在实践中形成了一种三级评审模型：一审由评审工作人员检查程序的可靠性、稳定性，筛选不合格的软件；二审由学科专家与计算机多媒体专家进行，制定多媒体课件评价标准并给予加权与量化；三审则由各方面专家汇总评价意见，确定课件等级。

2. 评审课件的标准

评价课件的标准如下。

① 教育性与科学性。选题恰当，知识点表达准确，注意启发，促进思维，培养能力，场景设置、素材选取等与相关知识点结合紧密，模拟仿真，举例形象。

② 技术性。画面清晰，动画连续，交互设计合理，智能性好，声音清晰，音量适当，快慢适度，图像清晰，色彩逼真，搭配得当。

③ 艺术性。创意新颖，构思巧妙，节奏合理，设置和谐，媒体多样，视像、文字布局合理，声音悦耳。

④ 使用性。界面友好，操作简单，容错能力强，运行稳定，对硬件设备的要求适当。

3. 课件界面的评价标准

多媒体课件界面的评价应从以下几个方面进行。

① 屏幕显示。观察每一部分的显示质量。除了显示器的分辨率等技术问题外，课件要求能够正常显示完整的页面，每屏显示的信息不应过多，要与知识点的教学目标密切相关。在已有屏幕内容上显示新信息时，可以自然过渡，不干扰学习者原来的注意区域。

② 呈现元素。对于文本、图像、动画、音频、视频等媒体呈现元素，要评价它们是否用得合适，是否符合学科的特点和知识点的要求，在学习者需要控制的地方是否能被学习者控制(如视频的暂停、继续等)，媒体质量(如动画表述的清晰度、美观度)和呈现效果(如是否能够从背景中脱颖而出)如何。

③ 导航。导航是指使用者在运用课件进行教学或学习时是否能够随时定位。对于简单课件，导航显得并不重要，但是对较大的和复杂的课件，良好的导航是必不可少的。

④ 交互。检查是否实现了真正的交互。交互应能促进更深层次的信息加工，而不是单纯地单击按钮或翻页。应检查课件中交互反应是否准确(如输入正确答案时是否显示为"正确")，该实现交互的位置是否实现了交互(如随时能够退出课件)，每个交互是否与学习目标相关，能否增进记忆、理解和便于学习。

⑤ 信息容量。呈现的信息量要与学习者的接受水平相适应。单位信息(如一幅界面中

所呈现的文字数量)不应超出学习者的短时记忆容量。

⑥ 学习者控制。学习者控制的类型和数量应该合适，同时应给学习者提供关于控制的指示，不要只是迫使学习者按照指定的路径学习。

⑦ 答题与反馈。让学习者明确知道应该怎样回答问题，应该有清楚的问与答的过程及其操作。反馈应是建设性的，是支持激励而不是要求命令，应能支持学习者进一步更好地表现。反馈能够指出错误并提供正确答案，而不是让学习者感到失败。反馈的形式应该清晰、引人注意。

⑧ 隐形特征。隐形特征是指在课件运行中看不到的功能，包括登录课件、学习进度、获取和呈现数、学习者进入和退出等。

在实际教学应用过程中，一部较好的多媒体课件的主要特征应体现在具有丰富的教学内涵和强烈的技艺感受两大方面。其中教育性、科学性体现得好坏，教学信息量的大小，交互性、实用性的强弱都是衡量一部多媒体教材内在质量的核心；而媒体是否多样，形式是否新颖，表现是否生动，图形、图像与运动是否多样、清晰、流畅是衡量其外在技艺的关键。这种评价标准与模型比较注重课件的教育价值，得到了较广泛的应用。教育部从 1998 年开始已经举办了九届全国教育软件大赛，采用了组织评价的方法和上述三级评审模型，取得了较好的效果。表 1.1 所示为一个示例评价表。

表 1.1　示例评价表

评价项目	评价标准	权重	评价等级 优 4	良 3	中 2	差 1
教育性(40 分)	选题恰当，符合课程标准要求及学生实际	3				
	突出重点，突破难点，深入浅出，易于接受	3.5				
	以学生为主体，促进思维，培养能力	2.25				
	作业和练习典型，分量适当，有创意	1.25				
科学性(20 分)	内容正确，逻辑严密，层次清楚	2.5				
	模拟仿真形象，举例恰当、准确、真实	1.25				
	场景设置、素材选取、名词术语、操作示范符合有关规定	1.25				
技术性(20 分)	图像、动画、声音、文字设计合理	1.25				
	画面清晰、动画连续、色彩逼真、文字醒目	1.25				
	声音清晰，音量适当，快慢适度	1.25				
	交互设计合理，智能性好	1.25				
艺术性(10 分)	媒体多样，选用适当，创意新颖，构思巧妙，节奏合理	1.5				
	画面悦目，声音悦耳	1				
使用性(10 分)	界面友好，操作简单、灵活	1.25				
	容错能力强，文档齐备	1.25				

1.4.3 多媒体课件的评价方式

多媒体课件评价需要把课件性能变成可以度量的客观指标，即评价标准。各评价组织对构成优秀课件的一些特征看法不一，使用的术语也不完全一致。但是，绝大多数指标体系中都包含这样几个需要评定的课件特征，即教学目标、技术特征、实用性、美观度、多需硬件支持等。

现有指标的评价方式一般有两类：一类是只要求评价者对课件的某个特征做出"有、无"或"是、否"的判断；另一类是四级评定或五级评定，要求评价者评价课件的某个特征属于"极好、好、一般、不好"或类似表示中的哪一等级。指标的评定方式是由指标的具体内容决定的。例如，对于"课件是否需要安装"这类问题的回答用"是、否"即可说明白，而对诸如"课件是否容易使用"等问题可能用"很容易、较容易、不很容易、很不容易"的等级来表示就更加清楚。

1.4.4 多媒体课件评价活动的趋势

目前多媒体课件评价活动主要有以下趋势。

1. 保证课件评价的客观性

第一，评价指标的确立尽量做到客观公正，能用等级表示的尽量设立不同等级；第二，对评价者进行培训，提高他们对课件评价活动的认识，加深其对评价指标的正确理解，从而提高不同评价者对同一课件同一指标评定的一致性；第三，将实验所得的课件教学效果数据包含进评价结果之中，为课件的评价结果信息提供可靠的补充参考。

2. 针对不同的情况细化评价指标

① 不同的认知能力(基础教育与高等教育)。

② 不同的学科类别(文科与理科)。

③ 不同的课件类型(助学型与助教型)。

课件目标用户不同，其评价指标也应该有所不同，如针对基础教育设计的课件与针对高等教育设计的课件对使用者回答问题的反馈设计肯定应当各有特色，而不应一概论之。将那些适于评价助学型课件的指标拿来评价实验型课件，产生的偏差会更大。同样，适合于语文教学课件的评价指标用于对数学课件的评价，可能也未必完全合适。至于将那些适于评价助学型课件的指标拿来评价实验型课件，产生的偏差会更大。

第 2 章　多媒体素材的收集与处理

本章主要介绍多媒体素材的收集与处理方法，具体介绍了文字、图像、声音、动画以及视频这五种素材的多种收集方法。同时也简单介绍了几种多媒体的处理软件，包括图像媒体的制作处理软件 Photoshop、音频信息的处理软件 Cool Edit、视频媒体的创建和编辑软件 Premiere 以及常用动画的制作处理软件 Flash。

2.1　多媒体素材的收集方法

多媒体课件是由文字、声音、图像、动画、视频等组成的一个整体，这些组成课件的元素称为课件素材，课件素材是制作课件的关键。多媒体课件的开发离不开素材的准备，素材是课件的基础，在课件开发过程中，素材准备是课件目标确定后的一项重要工作。

2.1.1　文字素材的获取

文字素材的获取主要有以下几种方法。

1. 编辑文本信息

在任何课件中，文字素材都是最基本的素材，文字素材的处理离不开文字的输入和编辑。向计算机中输入文字的方法有很多，除了可以用键盘输入外，还可以用语音识别、扫描识别、手写输入等方法。

目前，多媒体课件一般都在 Windows 操作系统平台下制作，所以，准备文字素材时应尽可能采用 Windows 平台上的文字处理软件，如 Microsoft Word 和记事本等。

2. 编辑图形文字

文字素材某些时候也需要以图像的方式出现在课件中，如通过格式排版后产生的特殊效果，可用图像方式保存下来。这种图像化的文字保留了原始的风格，并且可以很方便地调整尺寸，但如果保存为图像后，将无法直接对文字进行修改。

编辑图像文字可以用 Photoshop 等图像处理软件来完成。

3. 编辑动画文字

动画文字一般需要采用专门的动画制作软件来进行处理，如 Flash 等。

2.1.2　图像素材的获取

图像素材的获取主要有以下几种方法。

1. 从网上获取

从网上获取图像素材，需要到一些专门收集图像素材的网站上下载，如中国图片网

http://www.21pic.com；也可以从百度网站 http://image.baidu.com/和谷歌网站 http://image.google.cn/搜索所需要的图片素材。

2．从屏幕截图

对于教学多媒体课件，如计算机类教学课件，其中需要大量的计算机桌面图片，此时可通过 Windows 内部的截图功能，或专业的抓图软件将所需的图像截取并存储到计算机中。

1）　Windows 内部的截图功能

利用 Windows 内部的截图功能时，可使用快捷键(PrScrn)直接对屏幕上的图像进行截取，截取的图像将自动存储到 Windows 剪贴板中，用户再根据需要在相应的软件中粘贴即可。(通过具体操作来讲解使用方法)

2）　利用专业抓图软件

目前，运行于 Windows 操作系统下的抓图软件有很多，如 HyperSnap、SnagIt 和 Capture Professional 等，利用这些软件可以更加轻松快捷地截取屏幕图像。

3．从扫描仪采集图像素材

扫描仪是制作多媒体课件获取图像素材的重要工具，通过扫描仪可以将教科书中的图像、照片等扫描并存储到计算机中，使其成为多媒体课件的图像素材。注意扫描仪只能扫描静态的图片，不能对动态的事物进行录制。

4．使用数码相机拍摄与采集图像素材

数码相机一般用于采集静态图像，图像先是存储在数码相机的存储卡中，拍摄完成后，将数码相机与计算机连接，再将其存储卡中的图像移动或复制到计算机中即可。

虽然数码相机使用非常方便，但要利用数码相机拍摄出好的照片还需要注意以下一些问题。

(1)　由于数码相机的感光度低，所以使用数码相机时，需要握住相机的时间更长。要拍摄最清晰的照片，拍照时必须握稳相机，即便最轻微的抖动也会导致图像模糊不清，所以在拍照时最好使用三脚架，或者将相机放到桌子、柜台或将其固定的物体上。

(2)　在利用数码相机拍照时，要正确握住相机，手指不能挡住闪光灯，等闪光灯充电完成后再按快门释放键，这样拍出的照片才不会暗，除此之外还可能需要辅助灯光照明。

(3)　在拍照时，特别需要注意的是，不要用手指摸相机的镜头，否则拍出的照片会不清晰。

(4)　若在室内拍照，需将闪光设置为辅助光，因为室内一般有光源，当相机的闪光没有设置为辅助光时所拍摄出来的照片可能会偏色。

(5)　当被拍照物体与拍照点的距离在 0.3～0.6m 之间时，应该选择近拍模式拍照；当在此距离范围之外时，则选择标准模式拍照。

5．用摄像头采集图像素材

目前，很多计算机上都安装了摄像头，我们可以根据自己的需要利用摄像头进行拍照和录像操作。但这些操作都需要利用计算机软件进行控制，利用摄像头采集的图像素材将

被直接存储在计算机上。

6．用 Photoshop 编辑图像素材

在 2.2 节将用实际演示操作来讲解关于 Photoshop 软件的运用。

2.1.3　声音素材的获取

声音是人类进行交流和认识自然的主要媒体形式，语言、音乐和自然之声组成了丰富的声音素材，人类一直被包围在丰富多彩的声音世界中。同时声音也是多媒体技术采用的一种媒体形式，因此，在需要讲解、烘托主题的气氛、提示操作等场合，声音必不可少。对于自学型多媒体课件和宣讲型多媒体课件，声音显得更加重要。

1．获取声音素材

在制作多媒体课件时，可能还需要为课件配置一些声音，这些声音可能是音乐，也可能是解说等，一般的普通音乐素材可直接到网上下载(如 http://www.oh100.com/teach/shucaiku/是一个专业的课件素材网)。

2．声音素材的录制

在 Windows 操作系统中有一个专门用于录制声音的工具，利用它可以录制、混合、播放和编辑声音，也可以将声音链接或插入另一个文档中。

Windows 操作系统中的"录音机"是通过依次选择"开始"→"所有程序"→"附件"→"娱乐"→"录音机"命令来启动的，具体看演示操作。

3．声音片段的截取

若声音文件中有不需要的部分，则可以将其删除，其操作方法是将需要修改的声音文件利用录音机打开，再将滑块移到文件中要剪切的位置，然后执行"编辑"菜单中的"删除当前位置以前的内容(或删除当前位置以后的内容)"命令即可。

2.1.4　动画素材的获取

动画是多媒体课件中最具吸引力的素材，也是有一定制作难度的素材。动画具有表现力丰富、直观、易于理解、吸引注意力、风趣幽默等特点，要制作动画，需要绘画知识、动画知识，并且还需要使用动画制作软件的知识。

动画素材一般有两大来源，一是通过互联网下载，二是自己动手制作，在这里我们先来讨论通过互联网下载动画的方法。

1．获取 Flash 动画

Flash 技术和动画结合，可以融合多媒体和互动两个特性。Flash 技术将平面漫画、声音和超链接合并在一起，形成动态漫画以及互动漫画。随着网络多媒体技术的发展，音乐、动漫、文字实现了互相穿插链接，互联网内容将变得越来越精彩纷呈。

在互联网上供下载 Flash 动画素材的网站较多，如：http://www.sucai.com/flashbg/等。

Flash 动画的制作方法详见 2.4 节。

2．获取 GIF 动画

GIF 动画是互联网中出现较早的动画，GIF 动画中不能包含声音，没有像 Flash 动画那样的互动性，属于位图动画。GIF 动画一般用于在网页中做一些小的动画图标或一些普通的广告。

GIF 动画可以在一些动画素材网站下载，其方法是直接在动画界面中右击，然后在弹出的快捷菜单中选择"图片另存为"命令，在弹出的"保存图片"对话框中输入文件名，再单击"保存"按钮即可。

2.1.5　视频素材的获取

1．从互联网上下载视频素材

视频素材也就是一些电影短片，通过互联网下载的视频一般都用于做片头或片尾。可以通过"百度"或"谷歌"来搜索相关的视频下载网站。

2．从数码摄像机获取视频素材

利用数码摄像机可以在户外采集视频素材，再将数码摄像机的存储卡卸下，放入计算机的读卡器中，计算机就可以像读 U 盘中的数据一样将其中的视频素材复制或移动到计算机中。也可直接通过数码摄像机的专用数据线直接将视频文件复制或移动到计算机中。

3．从视频采集卡获取视频素材

对于旧款的非数码摄像机拍摄的视频，不能直接复制或移动到计算机中，此时就需要在计算机上安装视频采集卡，将摄像机、视频采集卡、计算机相连，将摄像机中的视频录制到计算机中。

4．从摄像头获取视频素材

摄像头也是一种视频采集设备，它直接与计算机连接，利用摄像头配套的视频软件将动态的画面存为视频文件，但对于远距离摄像效果不是很好，所以一般需要操作人员坐在计算机前拍摄现场讲解的画面。

5．视频文件格式转换

一般情况下，通过互联网下载的视频文件大部分都是 RM 文件，因为此类文件的压缩比例高，画面效果好，所以在互联网上非常流行，但这种格式的文件却不能直接被 Windows 操作系统的 Media Player 播放器播放。由于多媒体课件一般都是通过一些存储介质转移到其他计算机中使用，所以文件的大小并不是非常重要，最重要的是通用性，要在每台计算机上都能正常播放；又因目前教学用的计算机基本上都采用 Windows 操作系统，而 Windows 操作系统有自己通用的视频文件格式 AVI 和 WMV，所以一般情况下都需要将其他格式的视频文件转换为这两种文件格式。

2.2　图像媒体的制作处理(Photoshop)

Photoshop 是 Adobe 公司推出的图形图像处理软件，其功能强大，广泛应用于印刷、广告设计、封面制作、网页图像制作、照片编辑等领域。利用 Photoshop 可以对图像进行各种平面处理，如绘制简单的几何图形、给黑白图像上色、进行图像格式和颜色模式的转换等。

Photoshop 经历了 Photoshop 4.0、Photoshop 5.0、Photoshop 6.0、Photoshop 7.0 等几个阶段，到了 Photoshop 8.0 时改名为 Photoshop CS，Photoshop CS2 其实就是 Photoshop 9.0。Photoshop CS 新增了许多强有力的功能，特别是对于摄影师来讲，这次它大大突破了以往 Photoshop 系列产品更注重平面设计的局限性，对数码暗房的支持功能有了极大的加强和突破。因此，Photoshop CS 一经推出就受到广大平面设计者和各界人士的欢迎。

下面我们以常用的 Photoshop CS5 为例简单介绍一下 Photoshop 的基本操作。

2.2.1　Photoshop 窗口界面介绍

Photoshop 的窗口由菜单栏、工具栏、工具箱、图像窗口、控制面板、状态栏等组成，如图 2.1 所示。

图 2.1　Photoshop 窗口的组成

1．菜单栏

菜单栏中包括了 Photoshop 的所有操作命令。Photoshop CS5 将所有的操作命令分类后，分别放置在 9 个菜单中，即文件、编辑、图像、图层、选择、滤镜、视图、窗口和帮助。

2．工具栏

工具栏位于菜单栏的下方，用户可以很方便地利用它来设置工具的各种属性，它的外观也会随着选取工具的不同而改变。

3．工具箱

Photoshop CS5 的工具箱中包含了用于创建和编辑图像、页面元素等的工具和按钮。工具箱中并没有显示出全部的工具，细心观察会发现有些工具图标的右下角有一个小三角的符号，这就表示在该工具中还有与之相关的工具。打开这些工具的方法有以下两种。

(1) 把鼠标指针移到含有三角的工具上，右击即可打开隐藏的工具；或者在工具上按住鼠标左键不放，稍等片刻也可打开隐藏的工具，然后选择工具即可。

(2) 可以按下 Alt 键不放，再单击工具图标，多次单击可以在多个工具之间切换。

4．图像窗口

图像窗口位于工具栏的正下方，用来显示图像的区域，可以编辑和修改图像。图像窗口由标题栏、图像显示区和控制窗口图标组成。

(1) 标题栏：显示图像文件名、文件格式、显示比例大小、层名称以及颜色模式。

(2) 图像显示区：用于编辑图像和显示图像。

(3) 控制窗口图标：双击此图标可以关闭图像窗口。单击此图标，可以打开一个菜单，选择其中的命令即可进行相应操作。

5．控制面板

窗口右侧的小窗口称为控制面板，用于改变图像的属性。控制面板可以完成各种图像处理操作和工具参数设置，Photoshop CS5 提供了 20 多个控制面板，包括导航器、信息、颜色、色板、图层、通道、路径、历史记录、动作、工具预设、样式、字符面板等。

6．状态栏

状态栏位于文档窗口的底部，用于显示诸如当前图像的缩放比例、文件大小以及有关使用当前工具的简要说明等信息。

2.2.2　Photoshop 的基本操作

1．新建图像文件

【例 2.1】　新建一个名称为"我新建的第一个图像文件"、大小为 800×600 的图像。新建图像的操作步骤如下。

(1) 选择"文件"→"新建"命令或者按下 Ctrl+N 组合键。

(2) 弹出"新建"对话框，在"名称"文本框中输入"我新建的第一个图像文件"，在"宽度"、"高度"文本框中分别输入 800、600，分辨率、颜色模式、背景内容等保持默认设置，如图 2.2 所示。

(3) 完成设置后单击"确定"按钮，这样就新建了一个空白图像文件。

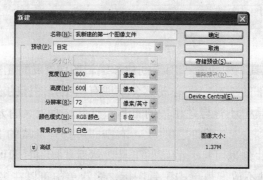

图 2.2　设置"新建"对话框

2．打开图像文件

在处理图像文件时，经常需要打开保存的素材图像进行编辑。在 Photoshop CS5 中打开和导入不同格式的图像文件非常简单，具体操作步骤如下。

(1)　选择"文件"→"打开"命令或者按下 Ctrl+O 组合键。

(2)　在弹出的"打开"对话框中，选择需要打开的素材图片，如图 2.3 所示。

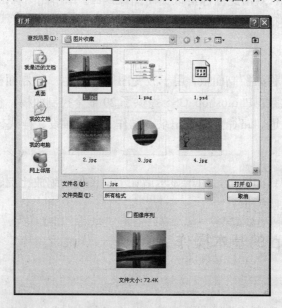

图 2.3　"打开"对话框

(3)　单击"打开"按钮，即可将所选图片在 Photoshop CS5 中打开。

3．保存图像文件

当完成了自己的作品后，需要将图像文件保存。

【例 2.2】　将例 2.1 中创建的文件保存为 JPG 格式。

具体操作步骤如下。

(1)　选择"文件"→"存储"命令或者按下 Ctrl+S 组合键。

(2)　弹出"存储为"对话框，文件名保持不变，在"格式"下拉列表中选择 JPEG

(*.JPG;*.JPEG;*.JPE)选项，如图 2.4 所示。

图 2.4　"存储为"对话框

(3)　单击"保存"按钮即可将文件保存。

> **提示**：上述保存方法主要适用于第一次文件的保存(通常也称原文件)，如果既想保存原文件的样式又希望对新文件进行保存，则可以通过选择"文件"→"存储为"命令或者按下 Shift+Ctrl+S 组合键，将文件另存为一个新的文件，则原文件不会被覆盖。

Photoshop CS5 还提供了"存储为 Web 所用格式"的保存方法，这种方法的好处是可以对现有文件进行分割，以便在网页中使用。

4．Photoshop 文件格式

保存图像文件时，我们就要接触到 Photoshop 文件格式，下面介绍一些常用的格式。

PSD：Photoshop 默认保存的图片格式，这个格式可以保存所有的图层和相关设置，建议大家作图时都要保留 PSD 文件，以方便修改。

BMP：一种无压缩的图片格式，一般都比较大，不建议使用。

JPG：很常见的图片格式，一般我们在网上看到的彩色图片都是这样的格式。JPG 是有损压缩的，其压缩技术十分先进，它用有损压缩方式去除冗余的图像和彩色数据，在获取高压缩率的同时能展现十分丰富生动的图像，换句话说，就是可以用最少的磁盘空间得到较好的图像质量。同样的图片，JPG 格式的大小几乎是 BMP 格式的 1/10。

GIF：最多只能呈现 256 色，所以它并不适合色彩丰富的照片和具有渐变效果的图片，比较适合色彩比较少的图片。另外，GIF 可以保存成背景透明的格式，也可以做成多帧的动画，这些都是 JPG 无法做到的。

PNG：是目前保证最不失真的格式，它汲取了 GIF 和 JPG 二者的优点，存储形式丰富，兼有 GIF 和 JPG 的色彩模式；它的另一个特点是能把图像文件压缩到极限以利于网络传输，但又能保留所有与图像品质有关的信息。

2.2.3 通过实例熟悉常用工具

要想用好 Photoshop，首先要了解 Photoshop 中最常用到的工具箱。Photoshop 的工具箱就像是一个百宝箱，里面提供了几乎所有能够辅助我们进行各种操作的有用工具。这里用具体图例介绍一些常用的选取工具、裁切工具、画笔和图章工具。

1. 选择工具组

1) 选框工具

选框工具有四种，包括矩形选框工具、椭圆选框工具、单行选框工具和单列选框工具，如图 2.5 所示。使用这些选框工具可以创建出具有规则形状的选取范围，如矩形、椭圆形、单行和单列选框工具。

2) 套索工具

套索工具也是一种经常用到的制作选区的工具，可以用来制作折线轮廓的选区或者徒手绘画不规则的选区轮廓。套索工具共有 3 种，包括套索工具、多边形套索工具和磁性套索工具，如图 2.6 所示。

图 2.5　选框工具组

图 2.6　套索工具组

【例 2.3】 利用套索工具创建不规则选区。

具体操作步骤如下。

(1) 打开素材图片，将鼠标指针移至工具箱中的"套索工具"按钮 上，单击右键，然后在弹出的快捷菜单中选择"套索工具"命令。

(2) 将鼠标指针移至图像窗口中，这时鼠标指针将变成 形状。

(3) 按住鼠标左键不放，在图像窗口中沿着要选取的内容边缘拖动，如图 2.7 所示。

(4) 当松开鼠标左键后，曲线所包围的区域即被选取(无论是拖出一条曲线还是闭合区域，松开鼠标左键后都可以创建一个闭合选区)，如图 2.8 所示。

图 2.7　绘制选区

图 2.8　使用套索工具后的效果

3） 魔棒工具

魔棒工具是 Photoshop 中一个有趣的工具，如图 2.9 所示。它可以帮助大家方便地制作一些轮廓复杂的选区，这为我们节省了大量的精力。该工具可以把图像中连续或者不连续的颜色相近的区域作为选区的范围，以选择颜色相同或相近的色块。魔棒工具使用起来很简单，只要用鼠标在图像中单击一下即可完成操作，效果如图 2.10 所示。

图 2.9　魔棒工具　　　　　　　　　　图 2.10　使用魔棒工具后的效果

4） 移动工具

移动工具 是用来移动已经选择的图像或者范围的工具。

重点提示： 用选取工具选择的范围是要进行处理的范围，所执行的一切命令都只对选择区域范围内的对象有效。

2．裁切工具

使用裁切工具可以对图像进行任意的裁减，重新设置图像的大小，如图 2.11 所示。

3．修复工具组

修复工具组包括污点修复画笔工具、修复画笔工具、修补工具以及红眼工具，主要用来修补图像中破损或者效果不理想的部分，如图 2.12 所示。

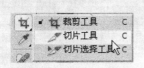

图 2.11　裁切工具　　　　　　　　　　图 2.12　修复工具组

1） 污点修复画笔工具

污点修复画笔工具不同于一般的修补工具，在使用之前它不需要选取选区或者定义源点。只要确定好修复的图像位置，就会在确定的修复位置边缘自动寻找相似的区域进行自动匹配。也就是说只要在需要修复的位置画上一笔就可以轻松修复图片中的污点。

2） 修复画笔工具

修复画笔工具可以对图像进行修复，原理就是将取样点处的图像复制到目标位置。

【例 2.4】 利用修复画笔工具清除图 2.13 所示的小女孩面部的痘痘。

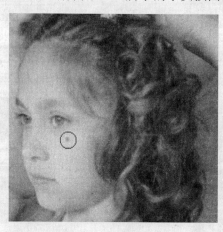

图 2.13　修复面部

具体操作步骤如下。

（1） 按下 Alt 键的同时，在人物脸上没有斑点并且与脸部皮肤颜色最接近的皮肤处单击，以获得"取样点"，此时的鼠标指针变为带圆圈的十字形，如图 2.14 所示。

（2） 取样后松开 Alt 键，使用"修复画笔工具"在目标位置上单击，从而获得取样点的图像，以覆盖瑕疵。

看，小女孩脸上的小痘痘不见了，而且看不出修改的痕迹，如图 2.15 所示。

图 2.14　获得取样点

图 2.15　效果图

3） 修补工具

修补工具可利用样本或图案绘画，以修复图像中不理想的部分。

4） 红眼工具

红眼工具是针对数码相片中经常出现的红眼问题进行处理的工具。

4．仿制图章工具

仿制图章工具是指在图像中的某一部分进行定义点，然后将取样绘制到目标点，如图 2.16 所示。

修复画笔工具和仿制图章工具的不同之处是：仿制图章工具是将定义点全部照搬，而修复画笔工具会加入目标点的纹理、阴影、光等因素，自动适应周围环境。

所以当要修改的图像位置在背景颜色与光线颜色相接近时可用仿制图章工具，如果有差别可以用修复画笔工具，比如皮肤，用修复画笔工具可以很好地保持皮肤的纹理。

5．文字工具

1）　文字类型

工具箱中的文字工具包含横排文字工具、直排文字工具、横排文字蒙版工具和直排文字蒙版工具四种类型，如图 2.17 所示。前两者是实体字，后两者打出的只是文字的虚框，必须通过填充等处理才能看到文字。

图 2.16　仿制图章工具

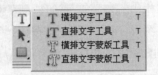

图 2.17　文字工具组

2）　文字属性栏

当在某个文档中输入文字后，窗口上方会出现相应的工具属性栏。在属性栏中可以选择字体、字号、段落对齐、字体色彩、文字排除变形等操作。

3）　文字变形

单击创建变形文本按钮 ，在打开的"变形文字"对话框中可以选择样式，如图 2.18 所示。制作出的特殊文字效果如图 2.19 所示。

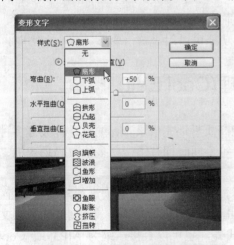

图 2.18　"变形文字"对话框

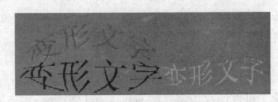

图 2.19　创建变形文字

2.2.4　熟悉图层

在 Photoshop 中，一幅图像通常是由多个不同类型的图层通过一定的组合方式自下而上叠放在一起组成的，它们的叠放顺序以及混合方式直接影响着图像的显示效果。所谓图层就好比一层透明的玻璃纸，透过这层纸，我们可以看到纸后面的东西，而且无论在这层

纸上如何涂画，都不会影响其他层中的内容。"图层"面板就是用来控制这些"透明玻璃纸"的工具，它不仅可以帮助我们建立、删除图层以及调换各个图层的叠放顺序，还可以将各个图层混合处理，产生出许多意想不到的效果，如图 2.20 所示。

图层在我们使用 Photoshop 进行图像处理中，具有十分重要的地位，也是最常用到的功能之一。

下面我们一起来了解有关图层的一些简单操作。

1. 新建图层

图 2.20   "图层"面板

在实际的创作中，经常需要创建新的图层来满足设计的需要，单击"图层"面板中的 按钮，新建一个空白图层，这个新建的图层会自动依照建立的次序命名，第一次新建的图层为"图层 1"。

2. 图层的复制和删除

复制图层是较为常用的操作。先选中"图层 1"，再用鼠标将"图层 1"的缩略图拖至 按钮上，释放鼠标，这样"图层 1"就被复制出来了，被复制出来的图层为"图层 1 副本"，它位于"图层 1"的上方，两图层中的内容一样。

对于没有用的图层，可以将它删除。先选中要删除的图层，然后单击"图层"面板上的"删除图层"按钮 ，在弹出的对话框中单击"是"按钮，这样选中的图层就被删除了。

3. 图层的变形

在处理图像时，为了得到合适的画面效果，我们可以对图像中的各个图层进行缩放、旋转、倾斜、扭曲和透视等变形操作。图层的变形功能可以用"自由变形"命令来实现。

2.3   音频信息的处理(Cool Edit)

Cool Edit 是一个功能强大的音乐编辑软件，能高质量地完成录音、编辑、合成等多种任务，只要拥有它和一台配备了声卡的电脑，也就等于同时拥有了一台多轨数码录音机、一台音乐编辑机和一台专业合成器。

Cool Edit 能记录的音源包括 CD、卡座、话筒等多种，并可以对它们进行降噪、扩音、剪接等处理，还可以给它们添加立体环绕、淡入淡出、3D 回响等奇妙音效，制成的音频文件除了可以保存为常见的.wav、.snd 和.voc 等格式外，也可以直接压缩为 MP3 或 Cool Edit(.rm)文件，放到互联网上或 E-mail 给朋友，供大家欣赏，当然，如果需要还可以刻录到 CD 上。甚至，借助于 Cool Edit 对采样频率为 96kHz、分辨率为 24 位录音的支持，可以制作出更高品质的 DVD 音频文件。

下面系统介绍用 Cool Edit Pro 2.1 录制自唱歌曲的全过程。

2.3.1 录制原声

录音是所有后期制作加工的基础，如果这个环节出问题，是无法靠后期加工来补救的，所以，如果是原始的录音有较大问题，就需要重新录制。下面是原声录制的过程。

(1) 打开 Cool Edit，进入多音轨界面，右击音轨 1 空白处，在弹出的快捷菜单中依次选择"插入"→"音频文件"命令，如图 2.21 所示，在弹出的"打开波形文件"对话框中选择插入要录制歌曲的 mp3/wma 伴奏文件，然后单击"打开"按钮。

图 2.21 插入歌曲

(2) 选择将声音录在音轨 2，按下 R 按钮，如图 2.22 所示。

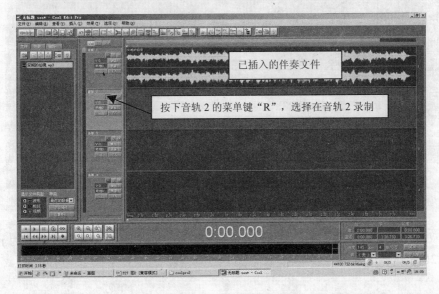

图 2.22 选择音轨

(3) 按下左下方的红色录音按钮，跟随伴奏音乐开始演唱和录制，如图 2.23 所示。

图 2.23　开始录制

(4) 录音完毕后，可按下左下方的播音键进行试听，看有无严重的差错，是否要重新录制，如图 2.24 所示。

图 2.24　查看是否出错

(5) 双击音轨 2 进入波形编辑界面(见图 2.25)，将录制的原始声音文件保存为 mp3 格式(见图 2.26)，这样可以节省大量空间。

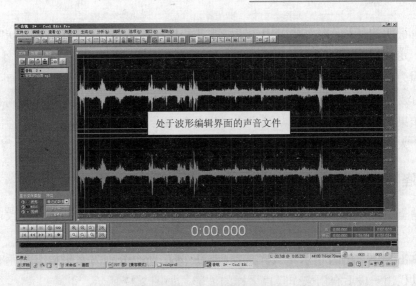

图2.25 波形编辑界面

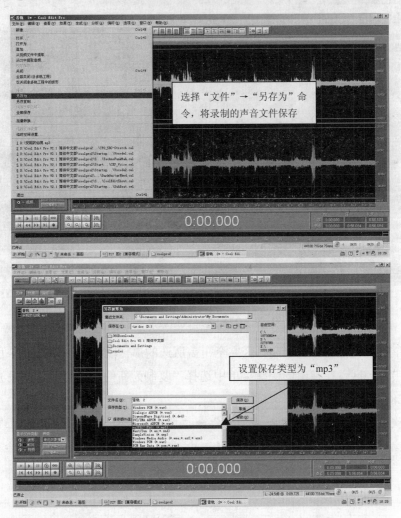

图2.26 保存录制文件

需要先说明的是:录制时要关闭音箱,通过耳机来听伴奏,跟着伴奏进行演唱和录音;录制前,一定要调节好总音量及麦克音量,麦克的音量最好不要超过总音量大小,略小一些为佳,因为如果麦克的音量过大,会导致录出的波形成了方波,这种波形的声音是失真的,这样的波形也是无用的,因为无论你水平多么高超,也不可能处理出令人满意的结果。

另外如果你的麦克总是录入从耳机中传出的伴奏音乐的声音,建议你用普通的大话筒,只要加一个大转小的接头即可直接在电脑上使用,你会发现录出的效果要干净得多。

2.3.2 降噪处理

降噪是至关重要的一步,做得好有利于进一步美化声音,做得不好就会导致声音失真,彻底破坏原声。降噪处理的操作如下。

(1) 单击左下方的波形水平放大按钮(带 + 号的两个分别为水平放大和垂直放大)放大波形,以找出一段适合用来作噪声采样的波形,如图 2.27 所示。

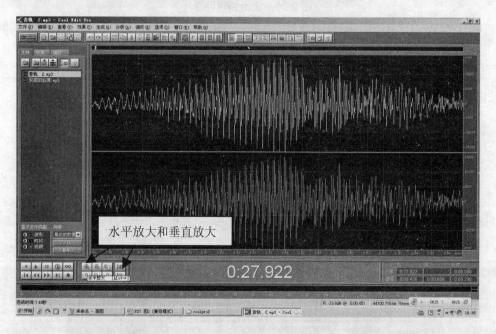

图 2.27 选择合适波形

(2) 按鼠标左键拖动,直至高亮区完全覆盖所选的那一段波形,如图 2.28 所示。

(3) 右击高亮区,在弹出的快捷菜单中选择"复制为新的"命令,将此段波形抽离出来,如图 2.28 所示。

(4) 依次选择"效果"→"噪声消除"→"降噪器"命令,准备进行噪声采样,如图 2.29 所示。

图 2.28　覆盖波形

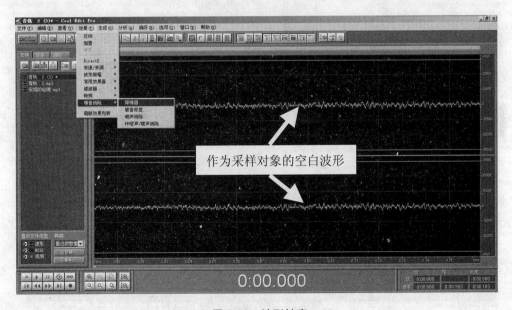

图 2.29　波形抽离

(5) 进行噪声采样。降噪器中的参数按默认数值即可，若随便改动，有可能会导致降噪后的声音出现较大失真，如图 2.30 所示。

(6) 保存采样结果，如图 2.31 所示。

(7) 关闭降噪器及这段波形(不需保存)。

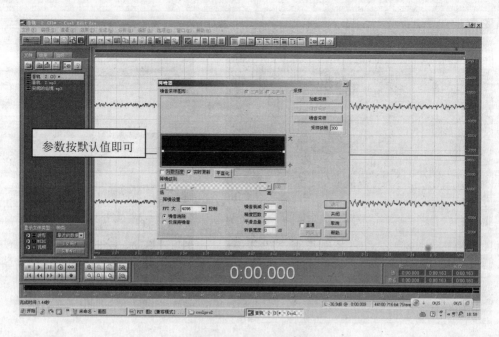

图 2.30　进行噪声采样

图 2.31　保存采样结果

　　(8) 回到处于波形编辑界面的声音文件，打开降噪器，加载之前保存的噪声采样进行降噪处理，确定降噪前，可先单击"预览"按钮试听一下降噪后的效果，如图 2.32 所示(如失真太大，说明降噪采样不合适，需重新采样或调整参数，有一点要说明，无论何种方式的降噪都会对原声有一定的损害)。

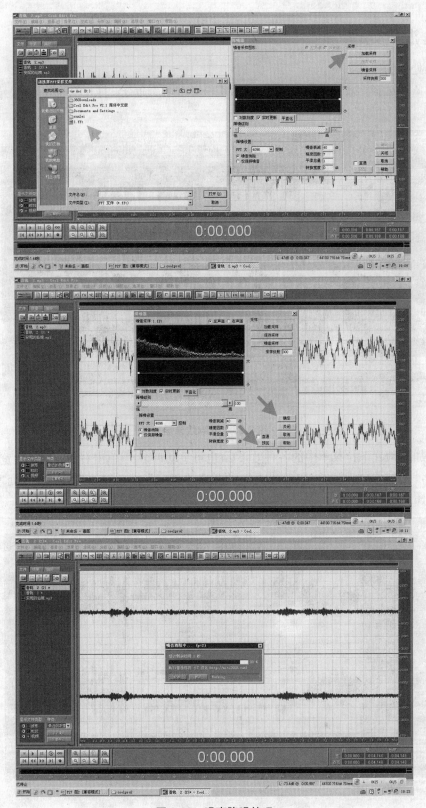

图 2.32　噪声降噪处理

2.3.3 混响处理

混响处理的操作如下。

(1) 依次选择"效果"→"常用效果器"→"混响"命令，打开混响效果器，如图 2.33 所示。

图 2.33 混响效果器

(2) 加载预置下拉菜单中的各种效果后(也可手动调节)，单击右下方的"预览"按钮，反复试听，直到调至满意的混响效果后，再单击"确定"按钮对原声进行混响处理，常用的效果如图 2.34 所示。

图 2.34 常用效果

图 2.34　常用效果(续)

做过混响处理后，可以使声音变得圆润和厚重一些，显得不那么干涩。

至此，对声音的处理全部结束。

2.3.4　混缩合成

(1) 依次选择"编辑"→"混缩到文件"→"全部波形"命令，便可将伴奏和处理过的声音混缩合成在一起，如图 2.35 所示。

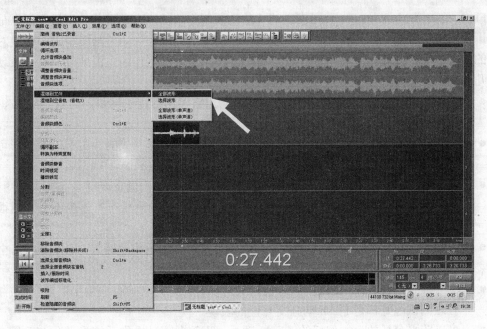

图 2.35　混缩波形

(2) 选择"文件"→"另存为"命令，将混缩合成后的文件存为 mp3/wma 格式，如

图 2.36 所示。

图 2.36　保存文件

至此，声音的录制就完成了。

2.4　常用动画的制作处理(Flash)

Flash 是美国 Macromedia 公司推出的一款动画制作软件，它是目前使用最广泛、最受广大用户青睐的平面动画制作软件。用它制作的动画不但流畅生动、画面精美，而且对制作者的要求也不是很高，简单易学，因此 Flash 占据了动画制作的主流地位，具体表现在以下几个方面。

- 适用范围广：Flash 动画的适用范围极广。它可以应用于网页、游戏、MTV、卡通短剧、商业广告和多媒体课件等领域。
- 图像质量高：大多数 Flash 动画都是由矢量图形制作而成的。由于矢量图形可以真正无限制地放大而不影响其质量，因此图像质量很高。
- 占用空间小：矢量图形占用的空间比位图小很多，由于 Flash 动画支持矢量图形，所以动画占用的空间可以保持最小状态，即使动画内容很丰富，也不会占用很大的空间。
- 下载时间短：Flash 动画是一种流式动画，它可以边下载边播放，而不必等待全部动画下载完毕才开始播放。
- 交互性强：在 Flash 动画中，开发人员可以轻易地为动画添加交互效果。如游戏、心理测试题等都是 Flash 动画交互性的表现。
- 可以跨平台播放：制作好的 Flash 动画，不管在哪种操作系统或平台上播放，看到的内容和效果都是相同的，不会因为平台的不同而有所变化。

2.4.1　Flash 界面简介

1. 启动界面

Flash 的启动界面由三部分组成，分别是"打开最近的项目"、"新建"以及"从模板创建"，如图 2.37 所示。

2. 新建 Flash 动画

在"新建"选项组中单击第一个选项，如图 2.38 所示，新建一个 Flash 文档。

图 2.37　启动界面　　　　　　　　　　图 2.38　新建文档

> 提示：通过选择"文件"→"新建"命令，打开"新建文档"对话框，在"常规"选项卡中选择"Flash 文件"类型，单击"确定"按钮也可以新建一个动画文件。

3. 工作界面

Flash 的工作界面如图 2.39 所示，由很多个部分组成，下面我们做一个简要介绍。

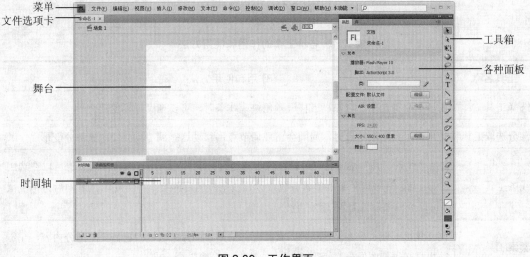

图 2.39　工作界面

1) 文件选项卡

如果打开或创建多个文件，"文件名称"将按其创建的先后顺序出现在"文件选项卡"中。单击文件名称，即可快速切换到该文件。

2) 舞台

"舞台"位于工作界面的正中间，是创建 Flash 文件时放置图形内容的矩形区域。在"属性"面板中可以修改舞台的大小，选择"缩放工具"，在舞台上单击可放大或缩小舞台的显示比例。

3) 工具箱

工具箱如图 2.40 所示，各个组成部分具体的使用方法见表 2.1。

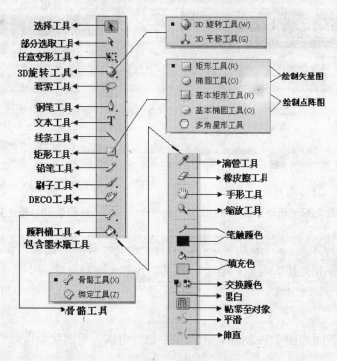

图 2.40　工具箱

表 2.1　各种工具的作用和使用方法

工具名称	作用和使用方法
选择工具	用以选取舞台中的对象，当移近颜色块或线条时，可以拖曳鼠标使其变形
部分选取工具	使用该工具选取对象时，周围会出现调节点，移动这些调节点会使对象部分变形
线条工具	选用"线条工具"按钮时，可以在舞台上通过拖曳鼠标画出直线条，当然也可以在选用该工具后，先在颜色下的笔触颜色中设置线条颜色后再绘制。当按住 Alt 键后再拖曳鼠标可以画出辐射角为 45 度的直线
套索工具	该工具可以使用户方便地从导入到舞台上的某一图像中选取自己需要的部分内容，当然前提是必须把图像分解(可以使用"修改"|"分离"命令)

工具名称	作用和使用方法
钢笔工具	使用该工具，能够方便地在舞台上通过各个点之间的直线连接绘制出任意的多边形
文本工具	选中该工具后，可以在舞台上拖曳出文本区域，然后在该区域内输入文字符号
椭圆工具	用户可以使用该工具在舞台上绘制出椭圆形图形，当然可以在绘制图形前，先在颜色区域选用笔触颜色和填充色设置椭圆形的边框颜色和内部填充颜色。如果想要绘制正圆，则可以按住 Alt 键再拖曳鼠标
矩形工具	用户可以使用该工具在舞台上绘制矩形图形，当然可以在绘制图形前，先在颜色区域选用笔触颜色和填充色设置矩形的边框颜色和内部填充颜色。如果想要绘制正方形，则可以按住 Alt 键再拖曳鼠标
铅笔工具	该工具能够让用户在舞台上绘制任意想要的线条形状，单击该工具按钮后会在"选项"区域出现一个"铅笔模式"按钮，单击该按钮后，可以选择 3 种不同的铅笔模式——"伸直"、"平滑"、"墨水"
刷子工具	笔刷工具的作用与铅笔工具类似，此处不再赘述
任意变形工具	选中舞台上的对象后，使用该工具可以通过用鼠标拖曳控制点来改变对象的大小和形状
墨水瓶工具	使用该工具可以方便地为对象添加边框线或更改边框线颜色
颜料桶工具	该工具能够方便地让用户更改图形中的填充颜色部分
滴管工具	可以使用该工具从其他图形中吸取颜色，然后再使用颜料桶工具将吸取的颜色倒入其他图形中
橡皮擦工具	可以擦除图形中的部分内容，在选项区域可以选择不同的橡皮擦形状
手形工具	用于移动舞台，可以方便用户查看舞台上的对象
缩放工具	用于局部放大或缩小舞台上的对象视图
笔触颜色	可以设置图形的边线颜色，或者禁用图形的边线颜色
填充色	可以设置图形的内部填充颜色，或者禁用图形的填充颜色

4)　时间轴

时间轴用于组织和控制文档内容在一定时间内播放的图层数和帧数。与胶片一样，Flash 文档也将时长分为帧。时间轴的主要组件是图层、帧和播放头。动画是事先绘制好每一帧的动作图片，然后让它们连续播放，从而形成动画效果。时间轴的一些功能介绍如图 2.41 所示。

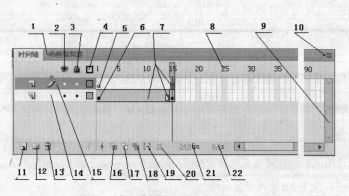

图 2.41　时间轴

1：动画编辑器。

2：在下面对应的点上单击，可以隐藏或显示该图层中的图像。单击按钮 2 与图层对应的圆点时，该点就会变成一个"叉"，使该层对应的场景里的图形全部隐藏。

3：在下面对应的点上单击，则对图层加锁或解锁。单击按钮 3 与图层对应的圆点时，该点就会变成一个锁形，使该层对应的场景里的图形全部被锁定。这时只能对其他未锁定层的图像进行编辑。

4：在下面对应的点上单击，则显示所有图层的轮廓。单击按钮 4 与图层对应的方块时，该点就会变成一个方框，使该层对应的场景里的图形全部只显示外轮廓。再单击一次，则恢复原图形。

5：在时间线上显示的所有空心圆圈，都叫"空白关键帧"，相当于一张尚未拍摄影像的空白胶片。给这一层加入图像时，空白关键帧就变成了"关键帧"。

6：在时间线上显示的所有实心圆圈，都叫"关键帧"，相当于一张已经拍摄了影像的胶片。表示已经给这一层加入了图像。

7：这是普通帧。除"关键帧"和"空白关键帧"以外，其余时间线上所占用的都是普通帧。凡是普通帧都显示它左边最近的那个关键帧的内容。

8：帧编号，从 1 开始。

9：层的滚动条。

10：帧特性下拉菜单，默认选择"标准"。

11：每单击一次，增加一个图层。

12：每单击一次，增加一个图层文件夹。

13：每单击一次，删去一个图层。

14：每单击一次，增加一个图层。

15：当前选定的图层。

16：绘图纸外观，编辑逐帧动画用。用以显示"形状"间补后，各中间帧所含图形的外观。

17：绘图纸外观轮廓，编辑逐帧动画用。用以显示"形状"间补后，各中间帧所含图形的外轮廓线。

18：编辑多个帧，编辑逐帧动画用。用于编辑"形状"间补后，各中间帧所含图形。

19：修改绘图纸标记，编辑逐帧动画用。

20：当前帧号。

21：帧频率，每秒钟播放的帧数。

22：记录动画运行的秒数。

5）常用面板

"滤镜"面板提供了7种滤镜效果，可以对文字、影片剪辑和按钮进行美化和修饰，使其更有趣味。如果与补间动画结合起来，还可以制作出各种丰富的动画效果。

在"属性"面板中可以很容易地访问舞台或时间轴上当前选定项的最常用属性，如图2.42所示，也可以在面板中更改对象或文档的属性。

"动作"面板是动作脚本的编辑器。

2.4.2 用 Flash 制作动画

图 2.42 "属性"面板

下面以制作一个"雄鹰"动画(见图2.43)为例，介绍制作动画的过程。

图 2.43 "雄鹰"动画

1. 新建一个动画文档

(1) 设置动画文档属性：新建一个动画文档，设置尺寸和背景颜色，如图2.44所示。

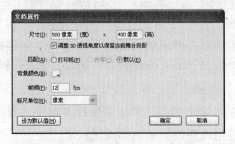

图 2.44 "文档属性"对话框

(2) 创建动画背景：导入图片，调整图像大小及位置，在第 110 帧处添加普通帧。

2．创建图形元件

1) 创建"雄鹰"元件

选择"插入"→"新建元件"命令，输入"名称"为"雄鹰"，选择"类型"为"图形"，单击"确定"按钮。

单击第 1 帧，选择"文件"→"导入"→"导入到舞台"命令，打开"导入"对话框，将名为"雄鹰.png"的图片导入场景中。

2) 创建"云朵"元件

选择"插入"→"新建元件"命令，新建一个图形元件，名称为"云朵"。

单击第 1 帧，执行"文件"→"导入"→"导入到舞台"命令，将名为"云朵.png"的图片导入场景中。

3．开始创建动画运动的效果

1) 创建雄鹰俯冲的效果

转换到主场景 1，新建一个图层 2。把名为"雄鹰"的元件拖到场景的左上角。设置雄鹰的透明度为 10%，大小为 58×52，坐标为(-50,-50)，如图 2.45 所示。

选中图层 2 的第 110 帧，添加关键帧。设置雄鹰透明度为 100、大小为 120×110、坐标为(1200,900)。

右键单击"图层 2"的第 1 帧，在弹出的快捷菜单中选择"创建补间动画"命令。选中图层 2 的第 110 帧，添加关键帧。设置雄鹰的透明度为 100，大小为 120×110，坐标为(1200,900)。

图 2.45　"雄鹰"的设置

2) 创建云朵飘动的效果

新建一个图层(图层 3)。将名为"云朵"的元件拖动到舞台上，放置在背景图的右侧，并设置参数：透明度为 60%，大小为 143×152，坐标为(410.3,143)。

右键单击"图层 2"的帧，在弹出的快捷菜单中选择"创建补间动画"命令。选中第 110 帧，按 F6 键添加一个关键帧。把元件移到场景的左上方，并设置参数：透明度为 10%，大小为 26×87，坐标为(-26,35.8)。

用鼠标右键单击图层 3 的第 1 帧，在弹出的快捷菜单中选择"创建补间动画"命令。这样，一个雄鹰在天空中展翅飞翔的简单地画就完成了。

2.5　视频媒体的创建和编辑(Premiere)

Premiere 是 Adobe 公司出品的一款用于影视后期编辑的软件，是数字视频领域普及程度最高的编辑软件之一。对于学习多媒体而言，Premiere 完全可以胜任日常的视频编辑，而且由于 Premiere 并不需要特殊的硬件支持，现在很多对视频感兴趣的人往往都在计算机中安装了这款软件。

下面我们以 Premiere CS3 为例，介绍 Premiere 的基本用法，探讨怎样用我们自己的双手来创造电影魔术。

2.5.1　Premiere 的基本操作界面

Premiere 的默认操作界面主要分为素材框、监视器调板、效果调板、时间线调板和工具箱五个部分，在效果调板中，通过选择不同的选项卡，可以显示信息调板和历史调板，如图 2.46 所示。

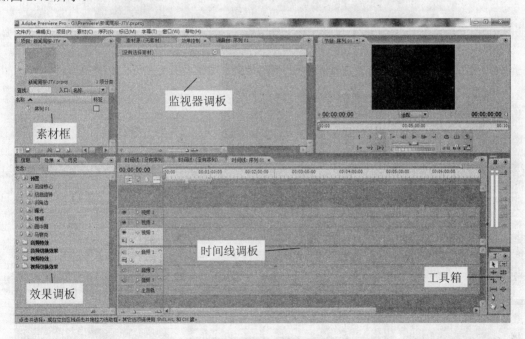

图 2.46　基本操作界面

2.5.2　Premiere 的基本操作

下面介绍 Premiere 的一些基本操作。

1. 新建项目

【例 2.5】 新建一个预置模式为"DV-PAL 标准 48kHz"的项目"新闻周报-JTV"。

具体操作步骤如下。

(1) 双击 Premiere 桌面快捷方式图标打开 Premiere 程序，使其开始运行，弹出开始画面，如图 2.47 所示。

(2) 打开如图 2.48 所示的欢迎对话框，单击"新建项目"按钮。

> **提示：** 如果最近使用并创建了 Premiere 的项目工程，会在"最近使用项目"下显示出来，只要单击即可进入。要打开之前已经存在的项目工程，单击"打开项目"按钮，然后选择相应的工程即可打开。

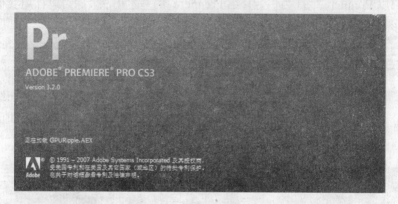

图 2.47　Premiere 加载画面

图 2.48　Premiere 开始界面

(3) 打开"新建项目"对话框，如图 2.49 所示。

在图 2.49 所示的对话框中，可以配置项目的各项设置，使其符合我们的需要，一般来说，我们大都选择"DV-PAL 标准 48kHz"的预置模式来创建项目工程。然后单击"浏览"

按钮选择项目文件的保存位置，选择好之后，在"名称"文本框中输入工程的名字"新闻
周报-JTV"，如图 2.50 所示。

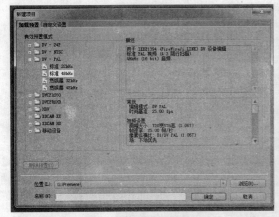

图 2.49　"新建项目"对话框　　　　　　　　图 2.50　配置项目

　　（4）单击"确定"按钮，就完成了项目的创建，程序会自动进入如图 2.51 所示的编辑
界面。

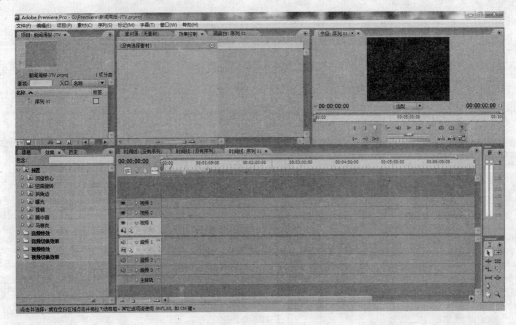

图 2.51　编辑界面

2．新建序列

　　在进入 Premiere 的编辑界面之后，我们会发现，Premiere 自动生成了"序列 01"的时
间线。我们可以直接向这个时间线里导入素材进行编辑，也可以通过选择"文件"→"新
建"→"序列"命令来新建一个时间线，如图 2.52 所示。

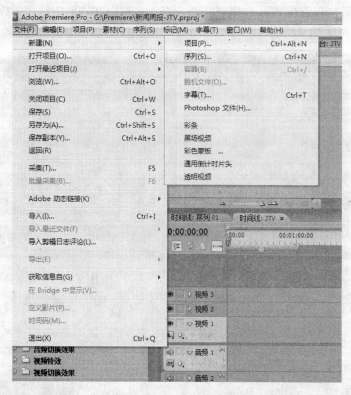

图 2.52　新建时间线

在图 2.53 所示的界面下，可以设置新建的时间线的视频轨道的数量、各种类型音频轨道的数量。这里，我们新建一个 JTV 的序列，如图 2.54 所示。

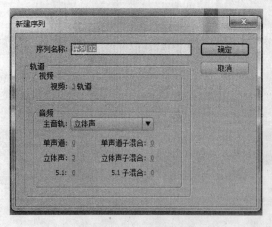

图 2.53　新建序列

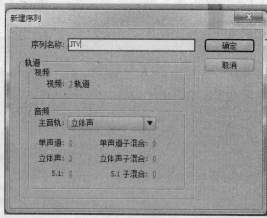

图 2.54　JTV 序列

单击"确定"按钮，我们可以看见，在素材框里面出现了一个名为 JTV 的序列文件，如图 2.55 所示。

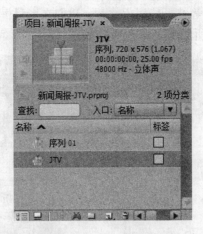

图 2.55　JTV 序列文件

3．导入素材

具体操作步骤如下。

(1)　在编辑界面下，选择"文件"→"导入"命令，如图 2.56 所示。

(2)　弹出"导入"对话框，如图 2.57 所示，选择需要导入的文件(可以是支持的视频文件、图片、音频文件等，可以打开文件类型一栏查看支持的文件类型)，在这里我们选择"JTV-运动会"，如图 2.58 所示。

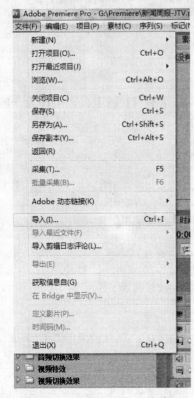

图 2.56　选择"导入"命令

图 2.57　选择需导入的文件

(3) 单击"打开"按钮，等待一段时间之后，我们在素材框里看见，出现了一个"JTV-运动会"的文件，如图 2.59 所示。

图 2.58 选择"JTV-运动会"文件

图 2.59 像素框

这时在界面的右下角，会出现一个蓝色的进度条，提示 Premiere 在对文件进行匹配(见图 2.60)，等到 Premiere 对文件完全匹配之后，就可以开始编辑了。

图 2.60 进度条

4. 工具栏

下面简单介绍一下工具栏。如图 2.61 所示，工具栏中主要有 11 种工具，但作为一般的剪辑而言，常用的是选择工具和剃刀工具。

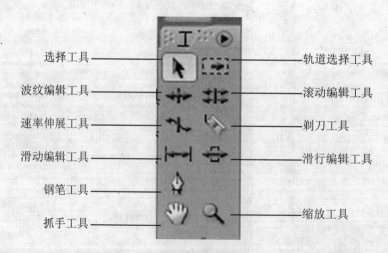

图 2.61 工具栏

2.6 上 机 练 习

根据本章中所讲的方法进行素材的收集与处理，具体要求如下。

(1) 从网络上搜索一张背景图片以及一张与 PPT 制作相关的图片，利用 Photoshop 软件对图片进行编辑，合成一张 PPT 背景图片，并在图片上进行文字编辑，添加标题 "PPT 设计与制作"。注意在操作过程中熟悉 Photoshop 中的各个工具的作用。

(2) 按照 2.3 节中的步骤，利用 Cool Edit 软件，录制一段声音，并按照相关步骤进行降噪、混响等处理，然后保存文件。

(3) 利用 Flash 软件制作一个简单的动画，了解 Flash 中的常用工具。

(4) 打开一个视频文件，利用 Premiere 软件进行视频的截取，并根据 2.5 节的内容，对监视窗口和时间轴上的工具进一步深入了解，将截取的视频保存并输出。

第3章 从课件角度认识 PowerPoint

本章，我们将从课件的角度认识、理解 PowerPoint 的各种功能与特点，介绍课件设计与制作过程中常用的一些技巧。

3.1 认识 PowerPoint

3.1.1 PowerPoint 2003 的功能

利用 PowerPoint 2003 可以快速制作演示文稿，并广泛应用于学术报告、论文答辩、辅助教学、产品展示、工作汇报等场合下的多媒体演示。演示文稿主要由若干张幻灯片组成，在幻灯片中可以很方便地插入图形、图像、艺术字、图表、表格、组织结构图、音频及视频剪辑，也可以加入动画或者设置播放时幻灯片中各种对象的动画效果。PowerPoint 2003 允许用户将演示文稿保存为 HTML 格式，可在基于 Web 的工作环境下发布和共享，在 Internet 上召开网络演示会议。

3.1.2 PowerPoint 2003 的启动与退出

1. 启动 PowerPoint 2003

依次选择"开始"→"程序"→Microsoft Office→Microsoft Office PowerPoint 2003 命令，进入 PowerPoint 的启动界面。

也可以在桌面上建立 PowerPoint 的快捷方式，通过双击 PowerPoint 快捷方式启动 PowerPoint。如果系统中安装并启动了 Office 快捷工具栏，则单击其中的 PowerPoint 图标▣，同样可以启动 PowerPoint。

2. 退出 PowerPoint 2003

PowerPoint 的退出方式与其他 Windows 应用程序的退出一样，有下列几种。
(1) 单击"文件"菜单，选择"关闭"命令关闭当前窗口。
(2) 单击窗口右上角的"关闭"按钮。
(3) 单击标题栏左侧的控制菜单，选择"关闭"命令。
(4) 双击控制菜单图标▣。
(5) 右击任务栏上的 PowerPoint 窗口，在弹出的快捷菜单中选择"关闭"命令。
(6) 按 Alt+F4 组合键，关闭当前 PowerPoint 窗口。

3.1.3 PowerPoint 2003 的主窗口

进入演示文稿的设计或编辑状态之后，在屏幕上将看到 PowerPoint 的主窗口，如图 3.1

所示。

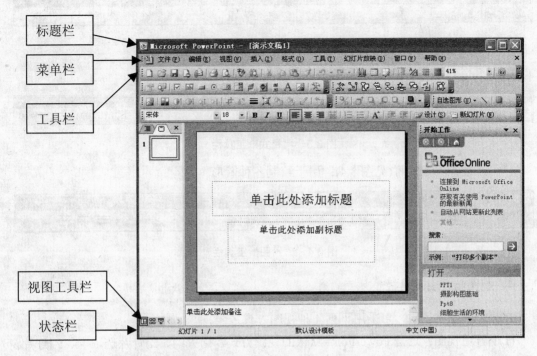

图 3.1　PowerPoint 主窗口

1．标题栏

标题栏一般为深蓝色横条，位于窗口顶端。标题栏左边显示当前窗口编辑的演示文稿的文件名。

2．菜单栏

菜单栏共有"文件"、"编辑"、"视图"、"插入"、"格式"、"工具"、"幻灯片放映"、"窗口"、"帮助" 9 个菜单项，提供了对演示文稿操作的各种命令。单击某个菜单项时，系统将弹出相应的子菜单列表，其中显示默认的常用子菜单项。单击或将鼠标指针在子菜单底部箭头上稍作停顿，系统将展开完整的子菜单列表。如果选择了其中某个不常用的子菜单项，则下次运行 PowerPoint 时系统将其视作常用子菜单项而直接显示出来。

3．工具栏

PowerPoint 2003 提供了 14 种工具栏，分别为"常用"、"格式"、Visual Basic、Web、"表格和边框"、"大纲"、"绘图"、"控件工具箱"、"任务窗格"、"审阅"、"图片"、"修订"、"艺术字"和"符号栏"。另外，还允许用户自定义工具栏。其中最常用的有以下 3 种工具栏。

(1)　"常用"工具栏(见图 3.2)：提供了编辑演示文稿时最常用的功能。

图 3.2　"常用"工具栏

(2)　"格式"工具栏(见图 3.3)：用于设置文本的排版格式。

图 3.3　"格式"工具栏

(3)　"绘图"工具栏(见图 3.4)：用于绘制各种图形。

图 3.4　"绘图"工具栏

4．视图与视图工具栏

在编辑演示文稿时，可采用下列 4 种视图方式之一。

(1)　普通视图：这是 PowerPoint 默认的视图方式，由大纲、幻灯片选项卡、幻灯片窗格和备注窗格组成，对当前幻灯片的大纲、详细内容、备注均可进行编辑。

(2)　幻灯片浏览视图：以缩略图形式显示幻灯片，便于调整幻灯片次序，添加、删除或复制幻灯片，预览动画效果，但不可以修改幻灯片的内容。

(3)　幻灯片放映视图：进入当前幻灯片的全屏放映状态，查看其放映效果。

(4)　备注页视图：显示了小版本的幻灯片和备注。

在演示文稿编辑区域的左下方有 3 个图标按钮，分别对应前 3 种视图模式，单击这些按钮即可进入相应的视图模式，如图 3.5 所示。

图 3.5　视图切换按钮

5．状态栏

在 PowerPoint 窗口的底部是系统的状态栏，显示出当前编辑的幻灯片的序号、总的幻灯片数目、演示文稿所用模板的名称等信息。在不同的视图模式下，状态栏显示的内容也不尽相同，而在幻灯片的放映视图下没有状态栏。

如果双击状态栏中当前演示文稿所用模板的名称，则右侧的任务窗格切换为"幻灯片设计"，可以重新为当前演示文稿选择新的模板。

3.1.4　幻灯片的基本操作

1．创建新幻灯片

方法一：

(1)　将光标定位在要添加幻灯片的位置之前(例如，若希望在第三张与第四张幻灯片之间插入一张新的幻灯片，则应将光标定位于第三张幻灯片)，如图 3.6 所示。

(2)　单击"常用"工具栏上的"新幻灯片"按钮　或者选择"插入"菜单中的"新幻灯片"命令。

(3)　在右侧的"幻灯片版式"窗格中，选择幻灯片版式后单击，将在当前幻灯片之后插入一张空白的新幻灯片。

方法二：

(1)　一般在"普通"视图的"大纲"选项中，将光标定位于幻灯片图标　与幻灯片标题之间，按 Enter 键后，将直接在当前幻灯片之前插入一张空白的新幻灯片。

(2)　若将光标定位于幻灯片标题之后，如 ₃ 　第三章，或者幻灯片没有标题时而将光标定位于幻灯片图标之后，如 ₄　，那么按 Enter 键后，将在当前幻灯片的后面插入一张空白的新幻灯片。

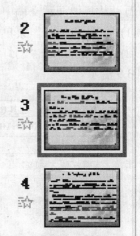

图 3.6　选中第三张幻灯片

2．移动幻灯片

在演示文稿中，若需要调整幻灯片的位置，可移动幻灯片。

方法一：

将鼠标指针指向幻灯片图标，按下鼠标左键，将其直接拖放到目标位置。

方法二：

(1)　单击需要移动的幻灯片。

(2)　执行"编辑"菜单中的"剪切"命令。

(3)　将光标定位于目标位置(例如，要将某一张幻灯片移动到当前第一张幻灯片与第二张幻灯片之间，则可将光标定位于第一张幻灯片的标题之后或者第二张幻灯片的图标之后标题之前)。

(4)　选择"编辑"菜单中的"粘贴"命令即可。

3．复制幻灯片

1)　在同一演示文稿中复制幻灯片

方法一：

在"幻灯片浏览"视图中，单击需要复制的幻灯片，按住 Ctrl 键的同时用鼠标左键将其拖放至目标位置。

方法二：

(1) 单击需要复制的幻灯片的图标▦。

(2) 执行"编辑"菜单中的"复制"命令。

(3) 将光标定位于目标位置(定位方法同移动幻灯片)。

(4) 选择"编辑"菜单中的"粘贴"命令。

方法三：

选中需要复制的幻灯片，选择"插入"菜单中的"幻灯片副本"命令，即可将此幻灯片在其后复制一份，如图 3.7 所示。

2) 从其他演示文稿中复制幻灯片

(1) 选择"插入"菜单中的"幻灯片(从文件)"命令，如图 3.8 所示。

(2) 屏幕将出现"幻灯片搜索器"对话框，单击"浏览"按钮找到所需的演示文稿，如图 3.9 所示。

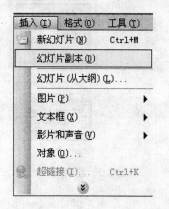

图 3.7 选择"幻灯片副本"命令

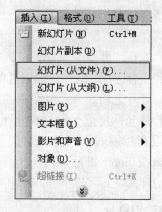

图 3.8 选择"幻灯片(从文件)"命令

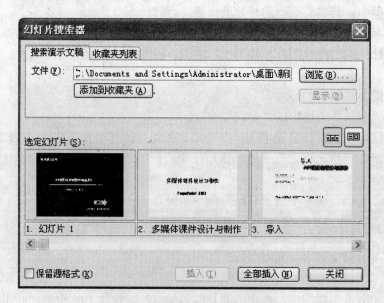

图 3.9 "幻灯片搜索器"对话框

(3) 在"选定幻灯片"栏中通过鼠标单击来选定需要复制的幻灯片(单击已选定的幻灯

片，将取消对该幻灯片的选定)。

(4) 单击"插入"按钮，或者直接双击需要复制的幻灯片，将在当前演示文稿的当前幻灯片之后插入该幻灯片。

若单击"幻灯片搜索器"对话框中的"全部插入"按钮，则在当前幻灯片之后插入指定演示文稿中的全部幻灯片。

注意：只有在"幻灯片浏览"视图或"普通"视图下的"大纲"选项卡或"幻灯片"选项卡中才能使用复制和粘贴的方法。

4．删除幻灯片

若要在"幻灯片浏览"视图中删除幻灯片，只需选中幻灯片后按 Del 键即可。

若要在其他视图中删除幻灯片，只需选中该幻灯片的图标后再按 Del 键或者执行"编辑"菜单中的"删除幻灯片"命令。

3.2　PowerPoint 课件制作的流程与方法

3.2.1　PowerPoint 课件制作的流程

制作多媒体课件需要考虑课件的三个核心要素。

(1) 表现内容要素：指课件所要传递的教学信息。

(2) 表现形式要素：指课件以什么样的形式表现教学信息，如音频+视频、文本+视频、音频+文本+图片等。

(3) 技术实现要素：指为把教学内容按照预定的表现形式表现出来而采用的技术实现方案。

但一般完整的课件制作流程，除了以上三个要素外，还需要考虑课件制作的必要性、可行性，以及测试应用等方面的内容，完整的流程如图 3.10 所示。

对于教师来说，制作课件若按照图 3.10 所示的步骤，过程过于繁琐。做一节课的课件，还要进行系统设计、制作稿本，比备课写教案要繁琐得多。所以，如果将备课与课件制作相结合，就能大大减少课件设计与制作的流程。教师也可以在教案里直接进行课件稿本设计，与普通教案相比，课件稿本设计要体现出以下内容。

(1) 哪些内容需要借助多媒体方式表达，是使用图片还是动画，需要声音效果吗？教案编写中要体现这些内容通过什么方式显示出来，这也是设计与使用多媒体课件的优势之一。

(2) 哪些教学任务活动需要通过计算机来实现，如何设置学习情境、模拟实验过程等。

(3) 哪些内容更适合使用计算机来完成，如随机出题，提供个别学习指导，及时向学习者提供反馈信息，统计答题情况等。

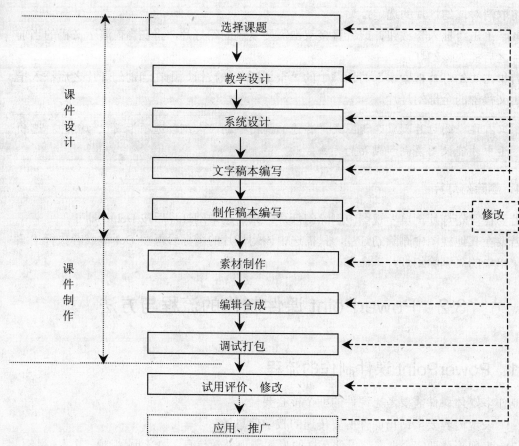

图 3.10　课件的制作流程

3.2.2　PowerPoint 课件制作的方法

1.　结构化思考

我们可以将课件制作流程结构化思考为四个过程，如图 3.11 所示。

图 3.11　课件制作流程结构

1)　情境分析

如图 3.12 所示，在情境分析过程中要解决如下问题。

● 给谁看？

● 要达到什么目的？

……

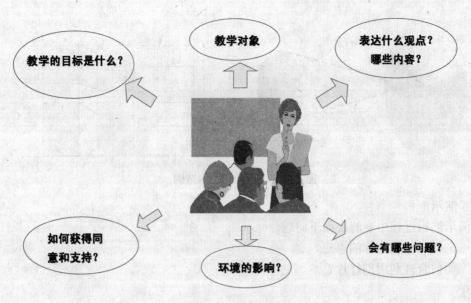

图 3.12 情境分析模型

2) 结构设计

如图 3.13 所示，在结构设计过程中要解决如下问题。

● 内容有哪些？

● 如何建立逻辑框架？

……

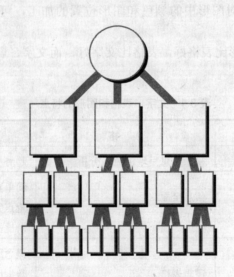

图 3.13 结构设计模型范例

3) 撰写美化

如图 3.14 所示，在撰写美化过程中要解决如下问题。

● 如何组织材料？

● 怎么灵活运用图形？

……

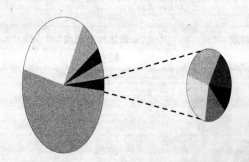 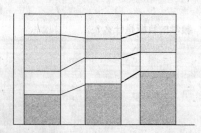

图 3.14　灵活运用图形范例

4)　演示汇报

在演示汇报过程中要解决如下问题。

● 怎样口头表达你的思想？

● 如何合理利用幻灯片？

……

2. 形象化表达

图形是 PPT 重要的逻辑载体，图形化表达要求如下。

(1)　表达形象化：通过图形的使用，可以高度浓缩文字中的含义，使听众更容易理解。

(2)　分析结构化：图形的使用有助于将表达过程中的结构展示给听众，使听众更容易理解演讲的逻辑结构。其次，这种结构也有助于演讲人自己准备和分析。

(3)　突出重点：通过对图形中的颜色和图形位置的加工，可以把重点有效地传递给听众。

在表达内容方面，图形比表格好，表格比文字好，而文字、表格、图形三者各自的特点如表 3.1 所示。

表 3.1　文字、表格和图形的特点

文　字	表　格	图　形
记录	复杂信息呈现汇兑、分析	趋势呈现对比、强调
录入便捷	信息全面 便于分析	简单直观 重点突出 对比鲜明
行距 间隔	逻辑表格	概念图 数据图 逻辑图

我们可以用不同类型的图形来表达思想，如图 3.15 所示。

(1)　表达逻辑关系的概念图

● 分类

● 对比

- 强调
(2) 表达数据信息的数据图
- 事实
- 强调
(3) 进行比喻关联的比喻图
- 强调

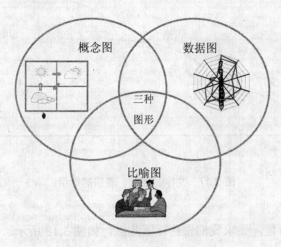

图 3.15 不同类型图形的选择

3. 完美呈现的三部曲(见图 3.16)

课件的完美呈现需要三方面内容的相辅相成,正确的格式、清晰的逻辑以及灵活的应用在课件制作中都起着重要的作用。

图 3.16 完美呈现三部曲

1) 格式
PPT 呈现的基本原则如下。

- 幻灯片布局要满，中间要留白。
- 图形比表格好，表格比文字(数字)好，如图 3.17 所示。
- 逻辑比内容重要，内容比形式重要。
- 简单比复杂好，一切以呈现目的为依据。

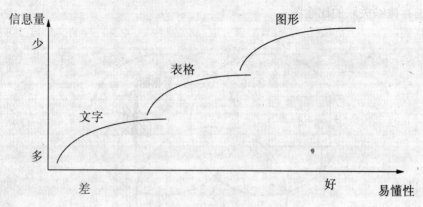

图 3.17　文字、图形、表格的运用

2) 逻辑

要把一个故事说清楚，要求我们做到以下几点，如图 3.18 所示。

- 自上而下
- 重点突出
- 层次清晰
- 结构简单

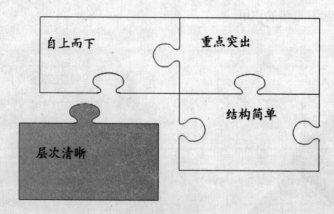

图 3.18　逻辑原则

3) 应用

为了使课件能够引人入胜，需要用到强调的集中方式，如图 3.19 所示。

- 对比：通过一些强烈的对比来突出重点。
- 提问：通过自问自答的方式来引导听众的思路。
- 停顿：在关键的地方要加以停顿，注视听众，等待反应。
- 比喻：通过适当的比喻让听众印象深刻。

- 重复：不断地重复来实现记忆效果，但是可能会有副作用。

通过一些强烈的对比来突出重点
对比
重复
不断地重复来实现记忆效果，但是可能会有副作用
提问
强调的几种方式
通过自问自回答的方式来引导听众的思路
通过适当的比喻让听众印象深刻
比喻
在关键的地方要加以停顿，注视听众，等待反应
停顿

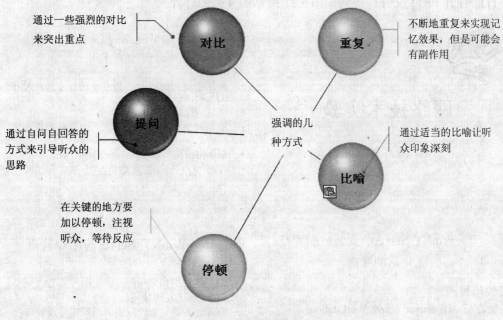

图 3.19　应用原则

3.3　上 机 练 习

1．根据要求完成 PowerPoint 2003 的新建、复制幻灯片等简单操作。

(1)　新建一个 PowerPoint 文档，插入两张新幻灯片，如图 3.20 所示。

测量物体重力的方法和原理
弹簧秤
静止稳定后有
拉力=重力
压力=重力
什么叫超重失重现象
物体对支持物的压力（或对悬挂物的拉力）大于物体所受的重力的情况称超重现象
物体对支持物的压力（或对悬挂物的拉力）小于物体所受的重力的情况称失重现象

图 3.20　两张幻灯片

(2)　在第一张幻灯片前添加一张幻灯片，并添加标题，内容为“超重与失重”，字体为“宋体”。

(3)　将整个幻灯片的宽度设置成“28.8 厘米”。

(4)　在最后添加一张“空白”版式的幻灯片。

(5)　在新添加的幻灯片上插入一个文本框，文本框的内容为“The End”，字体为 Times New Roman。

2．根据要求完成 PowerPoint 2003 的打开、字体设置、幻灯片的删除等简单操作。

(1) 打开 PPT1 文件，得到如图 3.21 所示的 4 张幻灯片。

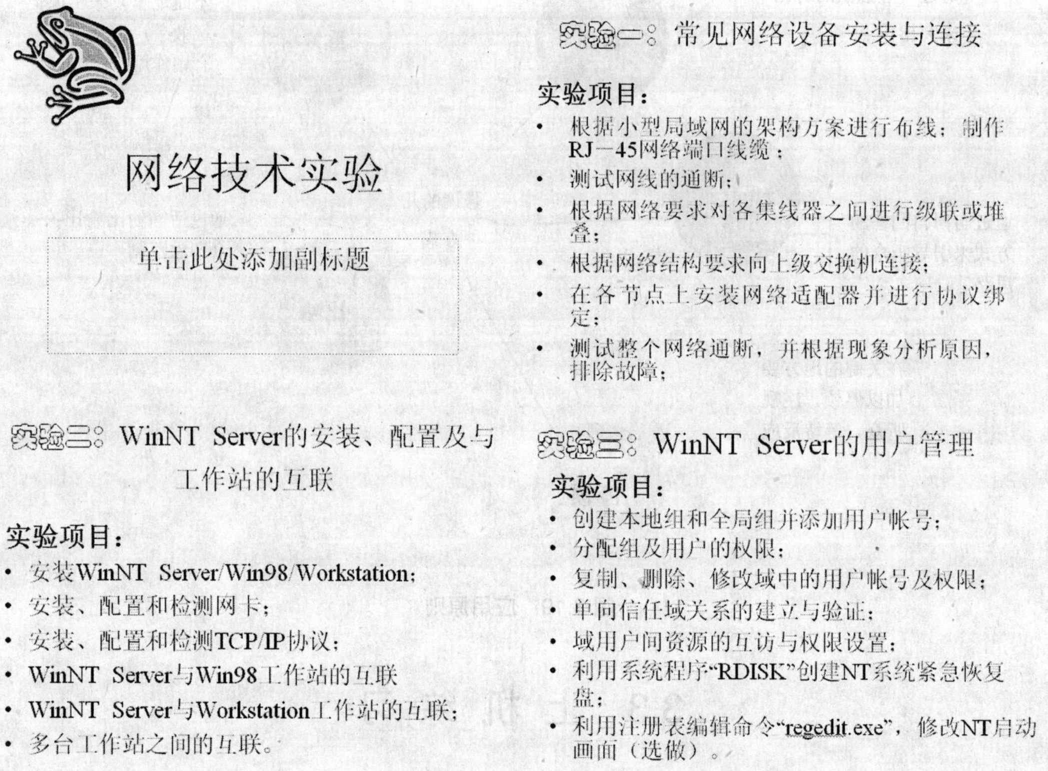

网络技术实验

单击此处添加副标题

实验一： 常见网络设备安装与连接

实验项目：

- 根据小型局域网的架构方案进行布线；制作 RJ—45网络端口线缆；
- 测试网线的通断；
- 根据网络要求对各集线器之间进行级联或堆叠；
- 根据网络结构要求向上级交换机连接；
- 在各节点上安装网络适配器并进行协议绑定；
- 测试整个网络通断，并根据现象分析原因，排除故障；

实验二： WinNT Server的安装、配置及与工作站的互联

实验项目：

- 安装WinNT Server/Win98/Workstation；
- 安装、配置和检测网卡；
- 安装、配置和检测TCP/IP协议；
- WinNT Server与Win98工作站的互联
- WinNT Server与Workstation工作站的互联；
- 多台工作站之间的互联。

实验三： WinNT Server的用户管理

实验项目：

- 创建本地组和全局组并添加用户帐号；
- 分配组及用户的权限；
- 复制、删除、修改域中的用户帐号及权限；
- 单向信任域关系的建立与验证；
- 域用户间资源的互访与权限设置；
- 利用系统程序"RDISK"创建NT系统紧急恢复盘；
- 利用注册表编辑命令"regedit.exe"，修改NT启动画面（选做）。

图 3.21　4 张幻灯片

(2) 将第二张幻灯片的版式设置为"垂直排列标题与文本"，将它的切换效果设置为"水平百叶窗"，速度为默认。

(3) 删除第三张幻灯片中一级文本的项目符号。

(4) 将第三张幻灯片的背景过渡颜色设置为"雨后初晴"。

(5) 将第一张幻灯片的主标题的字体设置为"华文彩云"，字号为默认。

第 4 章　PowerPoint 课件中的
多媒体处理技术

本章针对课件中使用的各个元素，包括文字、图片、声音、视频以及动画等，介绍其在 PowerPoint 中的处理技术。利用各种生动的实例，让大家掌握课件最基本的处理方法。本章内容是本书的核心内容。

4.1　文字处理技术

文字是教学内容的重要表达方式，也是课件中最常用的信息呈现方式。无论是课件的标题，还是学习内容中的概念、定义或对事物的描述，使用文字都是非常恰当的。文字最大的优势在于表达的意义明确，能更好地起到引导、解释作用，但形象感差；图片刚好相反，图片是形象感强，意义却不明确，每个人看到图片都能获取具体的形象，但理解却各不相同。

4.1.1　PowerPoint 2003 的文本处理基本操作

在 PowerPoint 中，文本处理的基本操作主要有以下内容。

1．文本输入

1)　利用占位符直接输入文本

在新建幻灯片时，除了"空白"、"内容"等幻灯片版式以外，其余多数幻灯片版式均含有文本占位符，如"标题"幻灯片版式中含有两个文本占位符。单击虚线围成的文本框，光标将出现在文本占位符位置，此时即可输入文本。如图 4.1 所示的虚线框即为文本占位符。

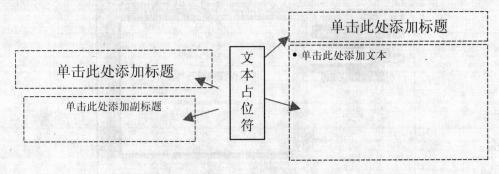

图 4.1　文本占位符

有的 PPT 制作者会把文本占位符删除或者采用空白版式来制作，其实要想快速地制作 PPT 课件，就要充分利用这些文本占位符来设置课件中的文字内容，在文本占位符里输入文字的好处如下。

(1) 快速设置文本格式。

方式一：

在母版里的文本占位符中输入的文字，可以一次性设置文字属性。操作如下：依次选择"视图"→"母版"→"幻灯片母版项"命令，在弹出的窗口中选择文字，在工具栏里设置文字的字体属性，如图 4.2 所示。

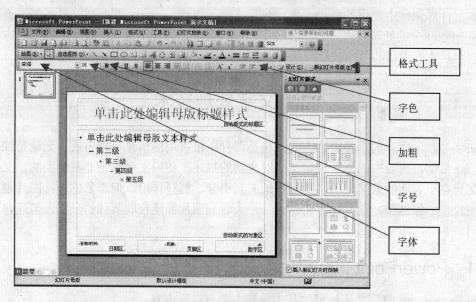

图 4.2　格式工具栏

方式二：

在大纲编辑视图下，选择文字，设置文字属性，如图 4.3 所示。

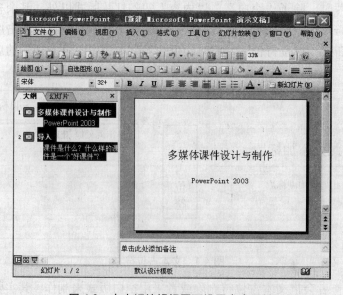

图 4.3　在大纲编辑视图下设置文字属性

(2) 在随意调整文本占位符大小时，文本占位符里的文字可以自动换行，调整大小，如图 4.4 所示。

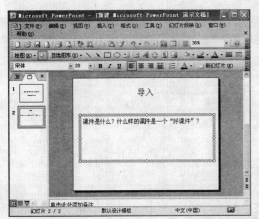 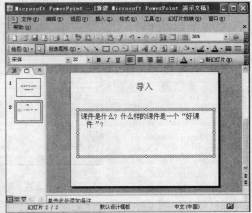

图 4.4 改变字体前后对比

(3) 快速统一设置动画。依次选择"幻灯片放映"→"动画方案"命令，在弹出的任务窗格中选择一个动画应用于所有幻灯片，如图 4.5 所示。

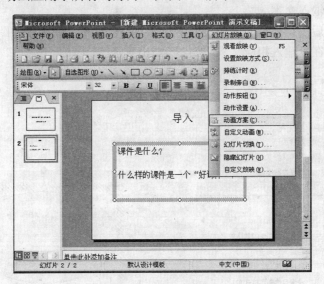

图 4.5 设置动画方案

2) 利用文本框输入文本

文本框分为水平文本框和垂直文本框两种，而文本框中的文本也分为两种：标题文本和段落文本。其中标题文本不会自动换行，文本框的长度与大小随其中文本的长度与大小自动调整，用户可用 Enter 键实现换行；段落文本会随文本框的长度自动换行，文本框的长度不会自动调整，但文本框的高度会自动调整。

绘制文本框的操作步骤如下。

(1) 单击"绘图"工具栏中的文本框按钮▣或竖排文本框按钮▣，或者在"插入"菜单中的"文本框"子菜单中选择"水平"文本框或"垂直"文本框，如图 4.6 所示。

图 4.6　插入文本框

(2) 将光标定位于幻灯片中需要插入文本框的位置。

(3) 单击鼠标，在光标所在处插入一个文本框，所输入的文本成为不能自动换行的标题文本。如果按下左键并向其他位置拖曳，当文本框大小合适时，释放鼠标左键，在文本框中输入的文本将成为段落文本，可以自动换行。

3) 在图形中输入文本

(1) 右击图形后，在弹出的快捷菜单中选择"添加文本"命令，如图 4.7(a)所示。

(2) 在光标所在处输入相应文本，如图 4.7(b)所示。

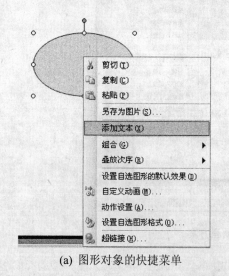

(a) 图形对象的快捷菜单　　　　　　(b) 在图形中输入文本

图 4.7　在图形中输入文本

2. 文本编辑

文本的编辑操作包括文本的删除、移动与复制等，其操作方法同 Word 等文字处理软件一样，均要先选定相应文本，再通过"编辑"菜单或"常用"工具栏或组合键执行相应操作。

3．文本格式

文本的格式设置内容主要包括字体、字号、字型、颜色、效果、对齐方式、行距等，在选定文本后，设置这些格式的主要方法有使用"格式"菜单中的命令、"格式"工具栏、快捷菜单和组合键。

4．文本框

1)　选定文本框

(1)　用鼠标单击文本框所在位置，此时文本框处于文本编辑状态。

(2)　单击文本框四周的边线，文本框即被选定。

(3)　若要选定多个文本框，可按住 Shift 键，再依次单击需要选定的文本框即可。

(4)　若要取消某个已被选定的文本框，可按住 Shift 键，单击该文本框。

若要取消所有被选定的文本框，只要在文本框之外的任何位置单击鼠标即可。

2)　移动文本框

(1)　单击文本框。

(2)　将鼠标指向文本框的边框(控点除外)，按下鼠标左键。

(3)　将文本框拖放至目标位置，释放鼠标。

3)　复制文本框

方法一：

(1)　选定被复制的文本框。

(2)　选择"编辑"菜单中的"复制"命令；或单击"常用"工具栏上的"复制"按钮；或右击选择快捷菜单中的"复制"命令；或按 Ctrl+C 组合键。

(3)　执行"粘贴"命令(方法同"复制"命令的选择类似，其组合键为 Ctrl+V)。

(4)　在当前文本框的右下方将出现该文本框的复制品，将其拖放到目标位置。

方法二：

(1)　选定被复制的文本框，按住 Ctrl 键，鼠标指针指向文本框。

(2)　按下鼠标左键，将文本框拖放至目标位置后，先释放鼠标左键，再释放 Ctrl 键。

4)　删除文本框

选定需要删除的文本框后，按 Del 键或选择"编辑"菜单中的"清除"命令即可。

5)　填充颜色和边框线条

方法一：利用"绘图"工具栏

(1)　在"视图"菜单的"工具栏"子菜单中选中"绘图"工具栏。

(2)　选定文本框后，单击"绘图"工具栏中"填充颜色"按钮 右侧的下拉按钮，选择所需填充的颜色，同时可设置填充效果。

(3)　单击"绘图"工具栏中"线条颜色"按钮 右侧的下拉按钮，为文本框的边框设置颜色。

方法二：利用"设置文本框格式"对话框

(1)　选定文本框。

(2)　选择"格式"菜单中的 "文本框"命令；或者右击，在弹出的快捷菜单中选择"设置文本框格式"命令。打开"设置文本框格式"对话框，如图 4.8 所示。

(3) 在"颜色和线条"选项卡下，可设置"填充颜色"及"线条颜色"。

6) 调整文本框的大小

方法一：

(1) 打开"设置文本框格式"对话框(见图4.8)后，切换到"尺寸"选项卡。

(2) 分别设置文本框的高度、宽度、缩放及旋转角度，如图4.9所示。

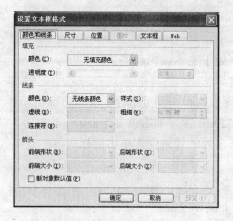

图4.8 "设置文本框格式"对话框

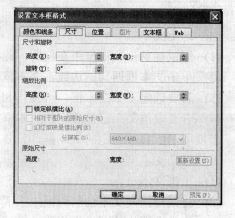

图4.9 "尺寸"选项卡

方法二：

(1) 打开"设置文本框格式"对话框后，切换到"文本框"选项卡。

(2) 取消选中"调整自选图形尺寸以适应文字"复选框并单击"确定"按钮，如图4.10所示。

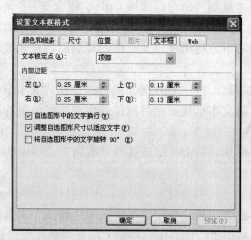

图4.10 "文本框"选项卡

(3) 将鼠标指针指向文本框的控制点，鼠标指针变成双箭头后，按下鼠标左键进行拖曳，在文本框大小合适时释放鼠标。

7) 调整文本的位置和类型

(1) 切换到"设置文本框格式"对话框中的"文本框"选项卡。

(2) 在"文本锁定点"下拉列表框中设置文本的位置，如图4.10所示。若选中"文本框"选项卡中的"自选图形中的文字换行"复选框，则文本框中的文本为段落文本；否则，文本框中的文本为标题文本。

8)　阴影与三维立体效果

当文本框无填充颜色时，单击"绘图"工具栏中的"阴影样式"按钮■，只有少量阴影样式可用；若单击"绘图"工具栏中的"三维效果样式"按钮■，则所有的三维样式均不可用。

当文本框有填充颜色时，所有的阴影样式和三维样式均可用，但两者不能同时生效。此外，在设置三维样式后，先前设置的线条颜色将暂时失效，在取消三维样式后自动恢复原先的线条颜色。

(1)　阴影的设置方法如下。

①　选定文本框后，设置"填充颜色"。

②　单击"绘图"工具栏中的"阴影样式"按钮■，屏幕显示阴影样式，如图 4.11 所示。

③　选择"阴影样式 2"，再次单击"阴影样式"按钮，选择"阴影设置"命令，弹出"阴影设置"工具栏，如图 4.12 所示。

④　单击"阴影设置"工具栏中的"略向上移"按钮■，调整阴影大小，带阴影的文本框如图 4.13 所示。

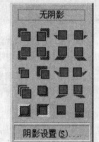

图 4.11　阴影样式

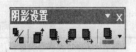

图 4.12　"阴影设置"工具栏

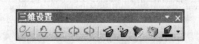

图 4.13　带阴影的文本框

(2)　三维效果的设置方法如下。

①　选定有"填充颜色"的文本框。

②　单击"绘图"工具栏中的"三维效果样式"按钮■，如图 4.14 所示。

③　选择"三维样式 1"，再次单击"三维效果样式"按钮，选择"三维设置"命令，弹出"三维设置"工具栏，如图 4.15 所示。

④　单击其中的"深度"按钮■，选择"144 磅"，三维立体文本框如图 4.16 所示。

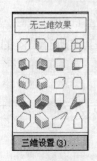

图 4.14　三维效果样式按钮

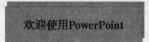

图 4.15　"三维设置"工具栏

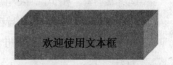

图 4.16　三维立体文本框

5. 文字的格式化

在幻灯片中，通常在同类的内容前加上一些项目符号或者编号，以突出重点，提高其可读性。项目符号可以采用系统预设的符号，也可以采用图片或其他字符。编号则通常是连续的。

1)　项目符号

(1)　添加项目符号。

具体步骤如下。

①　将光标定位于需要添加项目符号的段落，或者选定所有需要添加项目符号的段落；若所有段落均要添加项目符号，则选中文本框。

②　选择"格式"菜单中的"项目符号和编号"命令，如图4.17所示，打开"项目符号和编号"对话框，如图4.18所示。

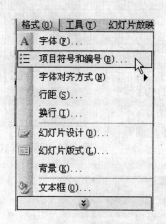

图4.17　"格式"菜单

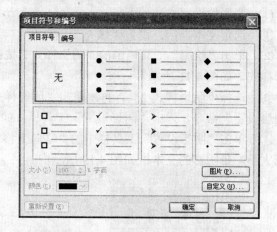

图4.18　"项目符号和编号"对话框

③　在"项目符号"选项卡下，单击需要的一种项目符号。如果需要用图片或字符作为项目符号，可单击"图片"按钮或"自定义"按钮，在打开的"图片项目符号"窗口或"项目符号"对话框中，选择相应的图片或字符作为项目符号。

④　单击"确定"按钮。

(2)　修改项目符号。

操作步骤与添加项目符号相同，只是选择另一种不同的项目符号而已。

(3)　删除项目符号。

方法一：

①　选中需要删除项目符号的段落。若是选中文本框，则将删除其中所有段落的项目符号。

②　选择"格式"菜单中的"项目符号和编号"命令。

③　在"项目符号和编号"对话框中，切换到"项目符号"选项卡，并选择"无"选项。

④　单击"确定"按钮。

方法二：

①　选定需要删除项目符号的段落。

②　单击"格式"工具栏上的"项目符号"按钮☰。

方法三：

将光标定位于项目符号后面，按退格键BackSpace。

2) 编号

(1) 添加编号。

具体步骤如下。

① 选定需要添加编号的段落。

② 在"格式"菜单中选择"项目符号和编号"命令，打开"项目符号和编号"对话框。

③ 切换到"编号"选项卡，如图 4.19 所示。

④ 选择编号类型后，可在"开始于"微调框中选择或输入起始编号。

⑤ 单击"确定"按钮。

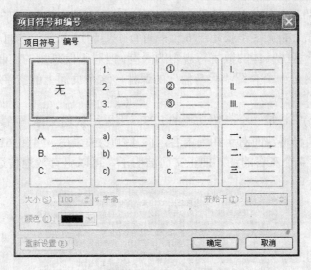

图 4.19 "编号"选项卡

(2) 修改编号

修改编号的步骤和添加编号一样，重新选择新的编号即可。

(3) 删除编号

删除部分编号的步骤如下。

① 选择需要删除编号的段落。

② 选择"格式"菜单中的"项目符号和编号"命令，在"编号"选项卡下选择"无"，再单击"确定"按钮；或者单击"格式"工具栏中的"编号"按钮 ≣ 。

③ 此时后面段落的编号将重新排列，将光标定位于其中的第一个段落，选择"格式"菜单中的"项目符号和编号"命令，在"编号"选项卡下的"开始于"微调框中选择起始编号，使之与前面的编号相连。

删除全部编号的步骤如下。

① 选定文本框，或者选择所有段落。

② 选择"格式"菜单中的"项目符号和编号"命令，在"编号"选项卡中选择"无"，单击"确定"按钮；或者单击"格式"工具栏中的"编号"按钮 ≣ 。

3) 项目符号与编号的互换

"项目符号"与"编号"不可同时设置，在设置"编号"后，原先设置的"项目符号"将自动消失；反之，若设置了"项目符号"，则原先设置的"编号"将自动失效。

4.1.2　PowerPoint 课件中使用文本的常见问题

在 PowerPoint 课件中使用文本时，常见问题主要有以下几个方面。

问题一：满

很多人在使用 PowerPoint 时，习惯在一张幻灯片上放太多的内容。但在演示的时候每张幻灯片并不会长久停留，因此幻灯片上的内容并非是越多越好，内容太多不仅影响平面的美观，也影响阅读者接受信息的效果。

对于一张幻灯片上放多少文字比较合适，很多 PPT 书籍上也提到了一些处理方法。一般来说，每张幻灯片上的文字不要超过 6 行，每行不要超过 3 个关键词。

我们无需拘泥于这些具体的数字与规则的限制，但对于信息量的控制是必须要关注的。如图 4.20(a)所示，这是一个介绍"兵马俑"的课件，这个页面上的文字密密麻麻，主次不分。

同样在图 4.20(b)中，是一个介绍功能的 PPT，因采用叙述文体，字数较多、字号较小，很容易使观众产生厌恶感。而对于相同内容，图 4.20(c)中采用 4*4 或 6*6 法，将正文分成 4 个段落，每个段落 4 个左右的词，便正文简洁明了，可以更有效地传达信息。

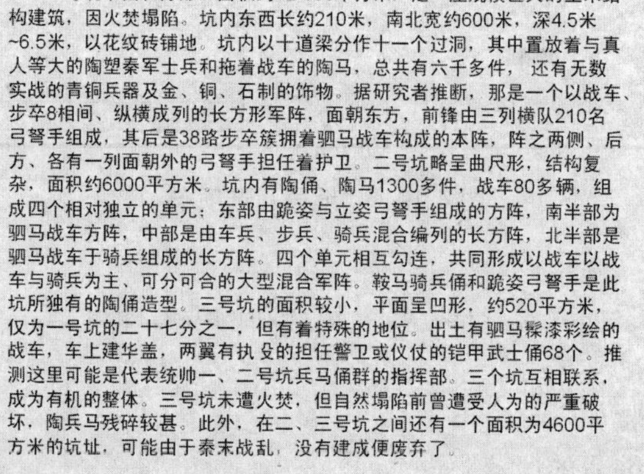

一号坑平面长方形，面积约12 600平方米，是一座规模巨大的土木结构建筑，因火焚塌陷。坑内东西长约210米，南北宽约600米，深4.5米~6.5米，以花纹砖铺地。坑内以十道梁分作十一个过洞，其中置放着与真人等大的陶塑秦军士兵和拖着战车的陶马，总共有六千多件，还有无数实战的青铜兵器及金、铜、石制的饰物。据研究者推断，那是一个以战车、步卒8相间、纵横成列的长方形军阵，面朝东方，前锋由三列横队210名弓弩手组成，其后是38路步卒簇拥着驷马战车构成的本队，阵之两侧、后方、各有一列面朝外的弓弩手担任着护卫。二号坑略呈曲尺形，结构复杂，面积约6000平方米。坑内有陶俑、陶马1300多件，战车80多辆，组成四个相对独立的单元：东部由跪姿与立姿弓弩手组成的方阵，南半部为驷马战车方阵，中部是由车兵、步兵、骑兵混合编列的长方阵，北半部是驷马战车与骑兵组成的长方阵。四个单元相互勾连，共同形成以战车与骑兵为主、可分可合的大型混合军阵。鞍马骑兵俑和跪姿弓弩手是此坑所独有的陶俑造型。三号坑的面积较小，平面呈凹形，约520平方米，仅为一号坑的二十七分之一，但有着特殊的地位。出土有驷马髹漆彩绘的战车，车上建华盖，两翼有执殳的担任警卫或仪仗的铠甲武士俑68个。推测这里可能是代表统帅一、二号坑兵马俑群的指挥部。三个坑互相联系，成为有机的整体。三号坑未遭火焚，但自然塌陷前曾遭受人为的严重破坏。陶兵马残碎较甚。此外，在二、三号坑之间还有一个面积为4600平方米的坑址，可能由于秦末战乱，没有建成便废弃了。

(a)

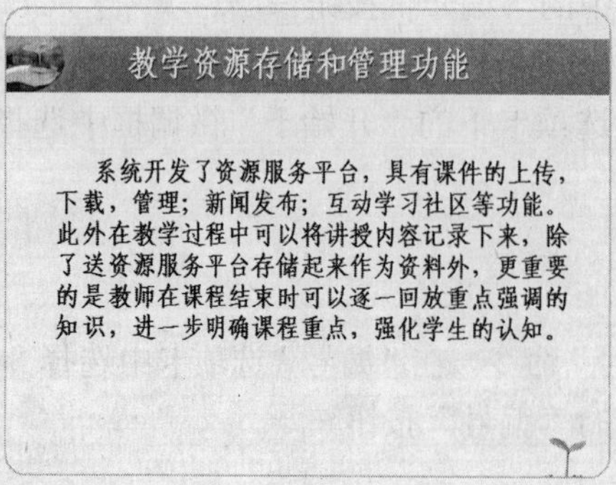

教学资源存储和管理功能

系统开发了资源服务平台，具有课件的上传、下载，管理；新闻发布；互动学习社区等功能。此外在教学过程中可以将讲授内容记录下来，除了送资源服务平台存储起来作为资料外，更重要的是教师在课程结束时可以逐一回放重点强调的知识，进一步明确课程重点，强化学生的认知。

(b)

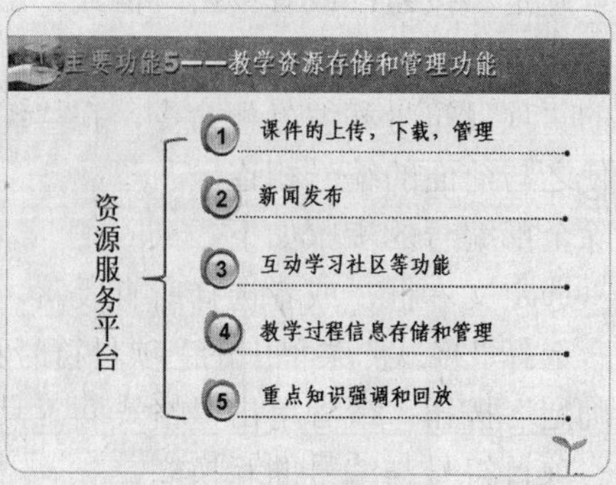

主要功能5——教学资源存储和管理功能

① 课件的上传，下载，管理
② 新闻发布
③ 互动学习社区等功能
④ 教学过程信息存储和管理
⑤ 重点知识强调和回放

资源服务平台

(c)

图 4.20　文字信息

问题二：乱

如图 4.21 所示，在这些幻灯片上可以看到不同的字体、不同的颜色、不同的排版方式，但我们并没有从这些不同中获取要强调的信息，反而让人感觉画面不统一，比较乱。

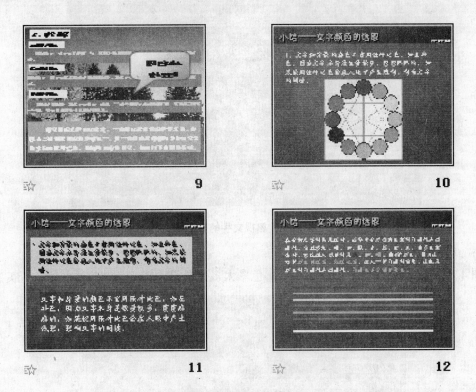

图 4.21　混乱的排版

解决文字排版混乱问题最简单的方法就是：尽可能使用统一的字体(并不是一种字体)，使用统一的颜色(并不是一种颜色)，注意文字对齐。另外很多人喜欢在课件中使用艺术字，但艺术字在很多情况下与课件文字内容的风格并不协调，需要慎重考虑。

一般来说，各种字体的特色如下。

- "黑体" 较为庄重，可以用于标题或需特别强调的区域。
- "宋体" 较为严谨，更适于 PPT 正文使用。从电脑的显示系统来看，该字体显示也最清晰、对比好。
- "隶书" 和 "楷体"源于书法，有一定的艺术特征。
- 幻灯片题目字号为 32～44pt，正文字号为 18～32pt。
- 各级正文文字中，每两个相邻级别字号不要相差太大，最好在数值上相差 4。
- 使用"粗体"、"阴影"、"下划线"强调文字。

问题三：文字的色彩或背景使用不当

1)　忽视文字的易见度

如图 4.22 所示是一张介绍岭南画派的幻灯片，幻灯片的背景图案与课件内容相关，但背景图案与文字颜色过于接近，使我们对内容很难识别。

图 4.22　忽视文字的易见度

2)　版面色彩过多，缺乏主色调

图 4.23 所示幻灯片与上述例子相反，色彩太多，显得花哨，不够简洁统一，无美感。

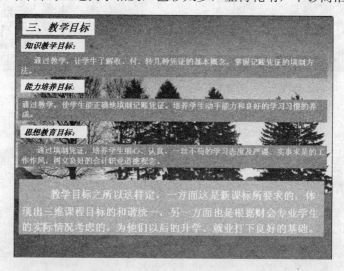

图 4.23　版面色彩过多，缺乏主色调

要让文字看上去简洁、美观，要注意以下几点。

(1)　文字和背景的颜色不宜用强对比色，如互补色，因为文字本身数量较多，密密麻麻的，如果使用强对比色会在人眼中产生残影，影响文字的阅读。

(2)　在分析文字的易见度时，还要考虑到色彩的前进性和后进性。当观察红、橙、黄、绿、青、蓝、紫、灰、白多色彩条时，首先跳入眼帘的是红、黄、橙、白 4 种颜色，因为这四种颜色明度高，纯度也高，给人一种前进的感觉，这就是颜色的前进性和后进性。

(3)　前景与背景应用对比色，但是也不宜用强对比色，如红和绿、黄和紫等。

4.1.3　PowerPoint 课件中文本处理的特殊方法

在 PowerPoint 课件中处理文本的过程中，主要有以下几种特殊的处理方法。

1. 简化课件中的文本内容

制作课件时，不可能简单地将教材上的内容照搬到课件里，内容要取舍增删，形式要适当合理，要充分发挥课件的优势。

方法一：使用更多的幻灯片

想一想，如果把一张幻灯片的内容分散到两张、三张或更多张幻灯片上，那它还会那么挤吗？

在制作课件时，我们强调的是"不要在一张幻灯片上排满文字"，而不是"不要在课件中使用太多文字"，文字是传达教学内容非常重要的方式，在课件设计制作中是不可或缺的，如何避免文字密密麻麻地挤在一起呢？

一种简单有效的方法就是把文字内容分到更多的幻灯片上，把原本在一张幻灯片上展示的内容，用两张、三张或者更多张幻灯片来展示。

在做这种设计时，我们要注意内容的连续性，在任何时候，内容之间有清晰的逻辑是非常重要的。

方法二：精减内容，提炼关键性消息

对于大多数内容，我们都可以将描述、解释说明的部分剔除，只保留关键性的信息，以保证这些关键性的内容能被学习者注意到，至于内容的解释以及描述，教师在使用课件过程中可以用自己的解释引导学习者对内容的理解，如图 4.24 所示。

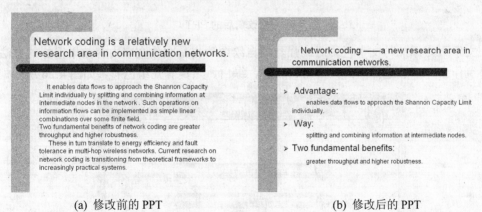

(a) 修改前的 PPT　　　　　　　　　(b) 修改后的 PPT

图 4.24　修改前后的 PPT

而且对于大多数特定的内容，都有一定的方法可以帮助我们找出关键性信息。

对于一种实践的描述，可以概括出时间发生的时间、地点、起因、背景、经过与结果。

对于一种人物的介绍，可以概括出生平主要事件、生活环境、成长过程与取得的成就等。

对于一个定义的介绍，要概括的是"属性"+"种差"。

对于订立的推理与证明，要突出证明方法与过程，重点是其内在的逻辑。

方法三：使用自定义动画，控制文字内容

虽然在一张幻灯片上放置了很多文字，但可以利用自定义动画，控制它们出现与消失的顺序。从而不会让文字内容给人太挤的感觉。

2. 强化课件中的文本内容

强化文本内容就是使一些关键性的文字信息更突出。运动(如闪烁)、新奇性(如颜色变化)的内容很容易吸引学习者的注意力，但这些方法的使用要适当，防止干扰学习内容，分散学习者的注意力。

对比也是强化内容非常有效的方法，运动也是一种对比(静与动的对比)，对比有很多种方式，如大小、明暗、色彩等。

图 4.25 是小学思想品德课中的一张幻灯片。通过改变文字的颜色，增加字号大小，选择不一样的字体，添加下划线，加粗等方法，让一些关键性的信息得到强化。

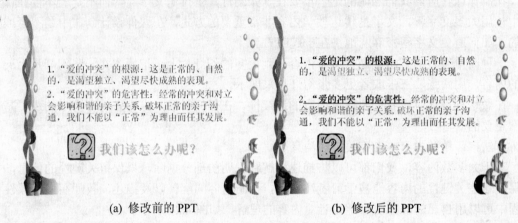

(a) 修改前的 PPT   (b) 修改后的 PPT

图 4.25 修改前后的 PPT

在文字下方添加与文字色彩对比强烈的自绘图形也是强化文字内容效果很好的方法。在课件制作中，一般选择黑白、蓝白、红黄、绿白、黑黄等几组色彩，如图 4.26 所示。

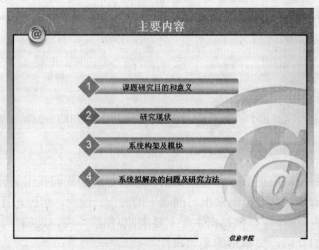

(a) 添加自绘图形凸显文字

图 4.26 添加自绘图形的背景色

父 母		我 们
生理	成年人	青春期
心理	成熟，有主见	青春发展期、不稳定
阅历	有着丰富的人生经验	未真正走上社会
知识	知识比较陈旧	知识新潮，知识不多
行为	处事谨慎，恪守准则	爱冒险，冲动
思想	稳重，倾于保守	先进，易于偏激

(b) 表格中添加背景色彩区分文字

图 4.26　添加自绘图形的背景色(续)

为文字添加边框(利用自绘功能实现，不是文本框的边框)，可以引导学习者将注意力集中在框架内，从而起到强化作用，而且恰当的边框，还具有一定的美化与修饰作用，如图 4.27 所示。

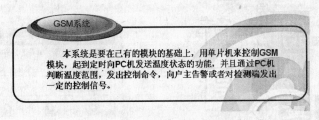

图 4.27　为文字添加边框

有次序和逻辑的内容会比没有顺序的内容更容易吸引读者的注意力。对内容合理组织，添加一定的引导符号，如排序的序号等，也可以起到很好的强化作用。

同样，我们也可以利用箭头、流程图等方式来介绍事件的发展过程，不但能让内容结构更清楚，也可以很好地引导学生观看学习内容，如图 4.28 所示。

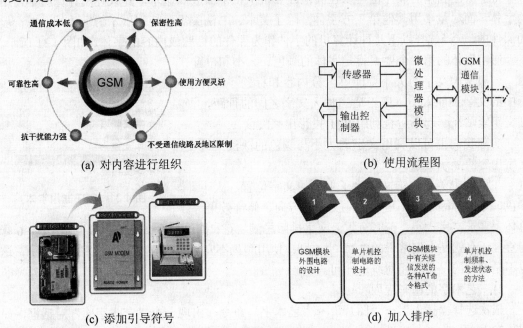

图 4.28　有次序的内容组织

3．美化课件中的文本内容

影响文字外观的第一要素是字体。

现在个性化的字体越来越多，如图 4.29 所示。在课件中如何利用这些字体呢？

1）如何在电脑中安装和使用第三方字体

最简单的方法就是将从网上下载的字体解压后(一般为 OTF 文件)复制到控制面板中的字体文件夹中，如图 4.30 所示。

图 4.29　个性化字体

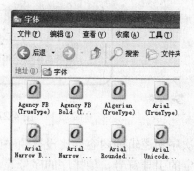

图 4.30　安装第三方字体

为了保证制作的课件也可以在其他计算机上正常播放和显示，建议使用计算机中常用的字体，而尽量不用其他第三方字体，除了美术、书法类需要特别展示的字体外，在一般的课件中，应当选择以下几种计算机的字体作为课件的标题或内容的字体，如图 4.31 所示。

影响字体的第二个要素就是字体的颜色、大小和位置。

一般考虑文字的大小要能够区分内容和标题，课件展示中的文字不能太小，应当适当加大文字之间的行距，否则文字紧贴在一起不适合利用 PPT 投影出来阅读。

实际我们也可以利用文字的大小与颜色的深浅来改变文字内容的显示效果。

在课件中美化修饰文字除了上述的文字位置、大小、颜色、字体等因素外，还要关注文字的方向、修饰效果等。

Tr 仿宋_GB2312
Tr **黑体**
Tr 华文彩云
Tr 华文仿宋
Tr **华文琥珀**
Tr 华文楷体
Tr 华文隶书
Tr 华文宋体
Tr 华文细黑

图 4.31　PPT 常用字体

总体上要求文字大小、疏密有致。文字排版忌满、花、繁。一页文字的行数控制在 5～6 行为宜，还有就是人们常说的"3"字原则：使用颜色不宜超过 3 种，层次不宜超过 3 种，这也不是绝对的，做到相对统一即可。

2）艺术字的精彩应用

依次选择"插入"→"图片"→"艺术字"命令，出现一个"艺术字库"对话框，如图 4.32 所示。

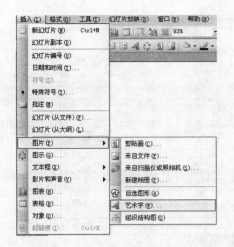

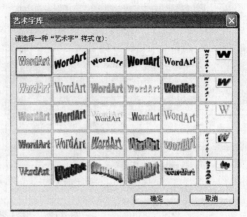

图 4.32　插入艺术字

这里选用字库中的第一种 WordArt 来设置艺术字的属性。

(1) 设置文字内容的字体、字号等属性，具体操作如图 4.33 所示。

(2) 认识"艺术字"工具栏，如图 4.34 所示。

图 4.33　设置字体属性

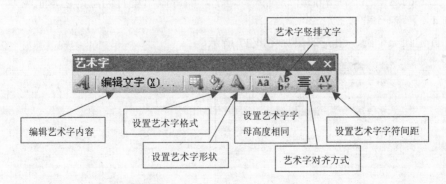

图 4.34　"艺术字"工具栏

(3) 编辑艺术字格式，具体操作如图 4.35 所示。

　　请大家关注 图标，单击这个图标，会弹出"设置艺术字格式"对话框，单击"填充"选项组中的"颜色"下拉列表框后面的下拉按钮，选择"填充效果"，在弹出的"填充效果"对话框里，可以切换到"渐变"、"纹理"、"图案"、"图片"选项卡，选择相应内容，可以为艺术字增添多彩的填充效果，如图 4.36 所示。

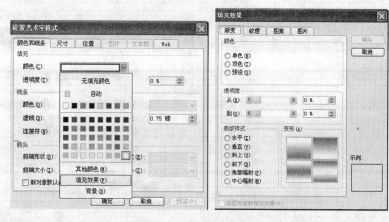

图 4.35　设置艺术字格式

PPT课件的设计与制作

PPT课件的设计与制作

PPT课件的设计与制作

PPT课件的设计与制作

图 4.36　几种艺术字效果图

此外，还可以设置艺术字形状。

(4)　艺术字的拓展设置。

看了上面的这些艺术字，估计感觉太普通了，能否做出更有创意的艺术字呢？

【例 4.1】　制作背景。

①　首先画一个圆，填充效果如图 4.37 所示。

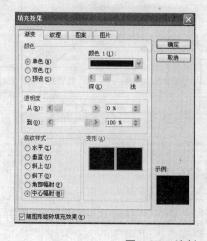

图 4.37　绘制一个圆

② 复制粘贴数个上图的圆，摆放在图中合适的位置，如图 4.38 所示。

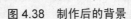

图 4.38　制作后的背景

③ 依次选择"插入"→"图片"→"艺术字"命令，在界面上输入"闪"字，然后设置字体的填充颜色和三维效果，具体操作如图 4.39 所示。

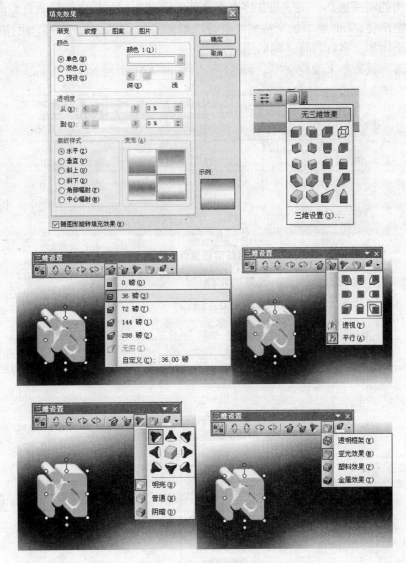

图 4.39　艺术字制作过程

④ 做好一个字后，复制粘贴这个字，然后改为其他字，调整文字的旋转角度后就完成了，效果如图 4.40 所示。

图 4.40　完成效果

3)　改变文字之间距离的方法

文字之间的距离包括：文字与文字水平之间的距离，行与行之间的垂直距离。一般我们通过使用空格键、Tab 键添加空格或制表符增加文字水平方向间的距离，用按 Enter 键插入空行的方法增加文字行与行之间的距离。

利用段落设置命令来改变文字之间的行距，如图 4.41 所示。

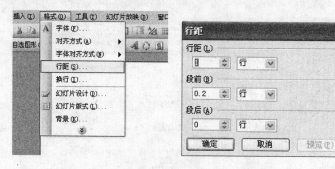

图 4.41　利用段落设置命令来改变行距

4)　阴影、映像、倒影等文字效果的实现

第一种是利用 PowerPoint 中自带的阴影效果。

第二种是利用文字叠加实现阴影的效果。文字叠加，就是将文字复制一份，颜色设置成灰色，放于原来文字的下层。

在"绘图"工具栏中单击"阴影"按钮，在下拉列表中可以选择不同的阴影效果，如图 4.42 所示。

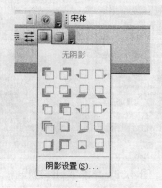

图 4.42　阴影设置

5)　双色字效果制作

双色字是指一个字两种颜色。此种文字经常应用于标题文字，用于美化标题效果。

图 4.43 中的文字看起来有两种颜色，一种是红色，一种是黑色，并与背景色分别对应。

PowerPoint 是无法将一个文字设置成两种颜色的，现在看到的这种效果，实际是两个颜色的字重合在一起的，然后将上面的字裁掉一部分。

制作双色字效果的关键之处是把处于上层的文字转换为图片，在 PowerPoint 中只有图片才能使用裁切工具，如图 4.43 所示。

双色文字

图 4.43　双色文字效果图

其制作步骤如下。

(1)　输入文字，然后复制一份。

(2)　将复制的文字改为另一种颜色。

(3)　将其中的文字存为图片。

(4)　插入图片，并置于文字上方。

(5)　裁切图片。

4．文字排版注意的几个问题

前面讲述的强化和美化文字的一些方法，适合对标题等文字较少的页面使用，如果课件内容页面有较多的文字，则主要考虑的是文字的排版问题，可以考虑使用 Word 排版中的一些技巧，如首字下沉、分栏、左侧添加垂直修饰线等。

具体的可以按照以下过程处理。

1)　组块与分类

首先对文字内容进行概括和简化，提炼关键词和重点信息，并对这些内容进行加工，如分类、设计概念图、排序等。然后按教学设计中的原则，确定每页幻灯片上的内容，按组块原则进行呈现，如图 4.44 所示。

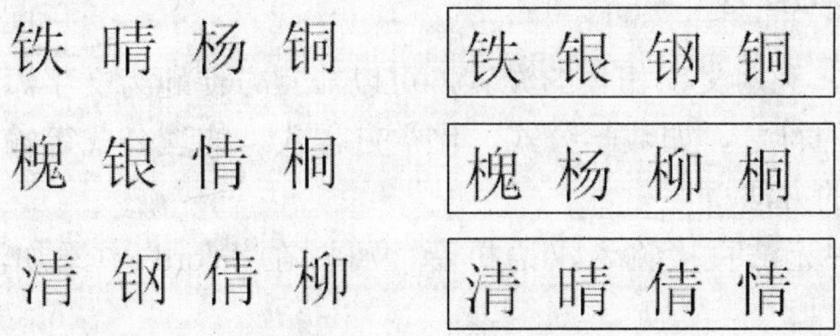

铁 晴 杨 铜　　铁 银 钢 铜
槐 银 情 桐　　槐 杨 柳 桐
清 钢 倩 柳　　清 晴 倩 情

图 4.44　组块与分组

2)　对齐与分栏

文字排版中最基本的要求是对齐，包括文字与文字之间的对齐，也包括文字与其他元素之间的对齐，对齐不一定是完全左对齐或右对齐，也可以是按一定的线条方向进行的对齐。

还可以考虑采用分栏的方式对内容进行排列，如图 4.45 所示。

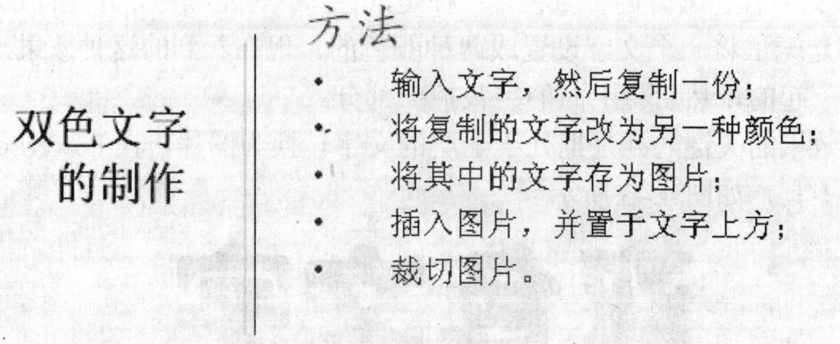

双色文字
的制作
方法
输入文字，然后复制一份；
将复制的文字改为另一种颜色；
将其中的文字存为图片；
插入图片，并置于文字上方；
裁切图片。

图 4.45　对齐与分栏

3)　对比与间距

因为文字比较多，所以空白更为重要，可以调整文字之间的间距和行距。如为了突出一些重要文字内容，可以采用对比强化方法，对文字进行加工，如图 4.46 所示。

添加标题 1
添加标题 2
添加标题 3
添加标题 4
添加标题 5
点击添加文本
点击添加文本
点击添加文本
点击添加文本
点击添加文本
点击添加文本

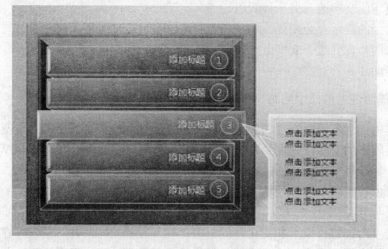

图 4.46　对比与间距

5．特殊文字符号的输入

在 PowerPoint 中，利用文字相关的设置，可以非常方便地为文字添加上标或下标这样的符号，但对于特殊的符号，如数学公式、化学方程式、物理公式等输入却比较麻烦。下面介绍一些相对简洁的方法。

在 PowerPoint 中无法直接输入汉语拼音，可以在 Word 中添加汉语拼音后复制到 PowerPoint 中。

如果要为汉字添加田字格，应选择习字体作为文字的字体，但要保证习字体文字正确显示，在保存文件时，应当嵌入习字体(见图 4.47)，具体操作见 7.1.2 节的 PowerPoint 课件打包技术。

若在 PowerPoint 中嵌入公式，可以通过插入对象来实现，选择“Microsoft 公式 3.0”，如图 4.48 所示。

图 4.47　嵌入习字体

图 4.48　插入公式 3.0

6．快速将 Word 文档转换为 PowerPoint 课件

制作课件不能照搬书本，当然也不能直接将 Word 文档转换成 PowerPoint 作为课件。在课件中，不可避免地要处理大量的文字，如何减少文字的输入操作和重复操作也是应当注意的，在这里有一种比复制粘贴更有效的方法，可以快速地将 Word 中的文字转换到 PowerPoint 中，减少文字输入的麻烦。

这种方法利用的是：在 PowerPoint 的普通视图的大纲中，按 Enter 键会自动添加一张新的幻灯片。

其操作方法如下。

(1) 全选可以用组合键(Ctrl+A)Word 中的文字。

(2) 将 PowerPoint 视图切换到普通视图的大纲，如图 4.49 所示。

(3) 把文字粘贴到一张幻灯片上。

(4) 设置好文字的格式。

(5) 在大纲中，按照文字内容，按 Enter 键，文字会分布到新的幻灯片上。

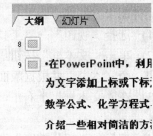

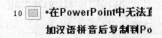

图 4.49　快速将 Word 转化为 PPT

另外，还可以将 PowerPoint 转换成 Word 文档，方便内容打印等操作。

7．如何带走自己的字体

我们通常有这样的担心，在一台电脑上制作好的演示文稿，复制到另一台电脑上播放时，可能由于两台电脑安装的字体不同，会影响到演示文稿的播放效果。那么，怎样才能将自己设置的字体一并带走呢？

具体操作方法为：选择"工具"→"选项"命令，打开"选项"对话框，切换到"保存"选项卡，选中"嵌入 TrueType 字体"复选框，如图 4.50 所示。单击"确定"按钮，然后再保存(或另存为)相应的演示文稿即可。

图 4.50　"保存"选项卡

8．制作滚动文本

在 PowerPoint 中，有时因显示文本内容较多需要制作滚动文本。

具体制作方法如下。

(1) 选择"视图"→"工具栏"→"控件工具箱"命令，打开控件工具箱。

(2) 单击"文本框"按钮，插入"文本框"控件，然后在幻灯片编辑区按住鼠标左键拖出一个文本框，并根据版面来调整它的位置和大小。

(3) 在"文本框"上右击，在弹出的快捷菜单中选择"属性"命令，弹出"属性"对话框。

(4) 切换到"按分类序"选项卡。ScrollBars(滚动)属性有：0－ScrollBarsNone(无滚动条)、1－ScrollBarsHorizontal(水平滚动条)、2－ScrollBarsVertical(垂直滚动条)、3－ScrollBarsboth(水平和垂直滚动条)，这里选择垂直滚动条；"行为"栏中有一项 MultiLine，这是多行的选择，选择 True，如图 4.51 所示。

(5) 关闭"属性"对话框，右击"文本框"，在弹出的快捷菜单中选择"文字框对象"→"编辑"命令，这时就可以进行文字的输入。

(6) 文本编辑完之后，在文字框外任意处单击鼠标，即可退出编辑状态。在幻灯片放映的时候就能够看到可以滚动的文本框，如图 4.52 所示。

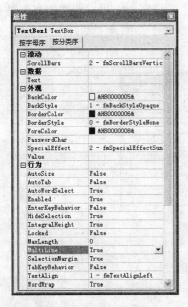

图 4.51　"属性"对话框

当 我们利用 powerpoint2003 制作演示文稿时，经常需要寻找图片来作为辅助素材，其实这个时候用不着登录网站去搜索，直接在"剪贴画"中就能搞定。方法如下：插入－图片－剪贴画，

图 4.52　滚动文本框示例

9．文字的走光效果

在 Flash 动画中经常会看到文字的走光效果，那么用 PPT 也可以制作出这种很炫的效果吗？答案是肯定的。

【例 4.2】　制作彩色的走光文字。

(1)　新建一个演示文稿，空白版式，插入一张图片，在文本框中输入"PPT 网络教室欢迎您的到来"和"PPT 课件制作"文字，如图 4.53 所示。

图 4.53　完成图片文字输入

(2)　把所有文本框和图片选中，剪切，然后依次选择"编辑"→"选择性粘贴"命令，在弹出的对话框中选中"图片(PNG)"，单击"确定"按钮，这样就把刚才的图形转换为

一张 png 格式的图片了，如图 4.54 所示。然后单击图片工具栏中的"设置透明度"按钮，选中黑色文字，左键单击，黑色文字就没有了，这样做就等于在刚才的图片上挖了镂空字，使文字具有镂空效果，如图 4.55 所示。

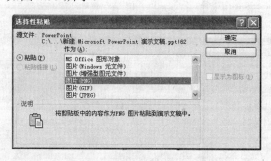

图 4.54　储存为图片格式

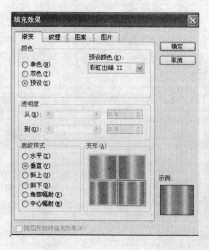

图 4.55　镂空字效果图

（3）依次选择"格式"→"背景"命令，弹出"背景"对话框，在"背景填充"列表框中选择"填充效果"选项，打开"填充效果"对话框，选中"预设"单选按钮，"预设颜色"选择"彩虹出岫Ⅱ"，"底纹样式"选择垂直，"变形"选择右下方的效果，单击"确定"按钮，如图 4.56 所示。

图 4.56　设置背景格式

（4）设置走光。画一个矩形，设置矩形为渐变白色，透明度为 0～100%，底纹样式设置为垂直，"变形"选择右下方的效果，单击"确定"按钮，效果如图 4.57 所示。

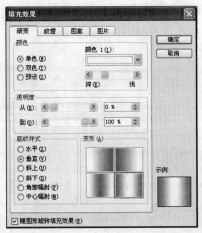

图 4.57　设置矩形格式

（5）设置走光动画。选中走光矩形，依次选择"幻灯片放映"→"自定义动画"命令，在打开的"自定义动画"任务窗格中单击"添加效果"按钮，在弹出菜单中依次选择"动作路径"→"绘制自定义路径"→"直线"选项，在 PPT 上从左至右画出一条动画路径，如图 4.58 所示。

图 4.58　设置走光动画

（6）设置动画属性。在图 4.58 中单击添加的动画后面的倒三角，在下拉列表中选择"效果选项"命令，然后在打开的"自定义路径"对话框中按图 4.59 所示来设置"效果"和"计时"，最后单击"确定"按钮。

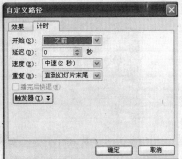

图 4.59　设置动画属性

(7) 最后右键单击"走光"图形，在弹出的快捷菜单中选择"叠放次序"→"置于底层"命令。按 F5 键播放演示，如图 4.60 所示。

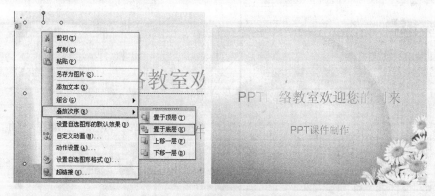

图 4.60　设置叠放次序

【例 4.3】　彩色走光字。

(1) 插入图片和两个文本框并输入文字，设置文本框中的字为红色，如图 4.61 所示。

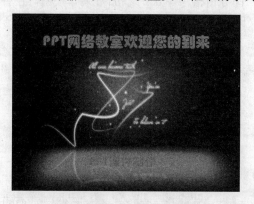

图 4.61　输入文本图片

(2) 选中两个文本框，依次选择"幻灯片放映"→"自定义动画"命令，在打开的"自定义动画"任务窗格中单击"添加效果"按钮，在弹出的下拉菜单中依次选择"强调"→"更改字体颜色"选项，设置"字体颜色"为红色，"开始"设置为"之前"，如图 4.62 所示。

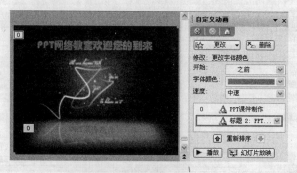

图 4.62　设置文本框动画

(3) 设置动画属性。同时在右侧"自定义动画"任务窗格中选中两个动画，单击其中一个动画后面的倒三角，在下拉列表中选择"效果选项"命令，按照图 4.63 所示来设置"效果"和"计时"，然后单击"确定"按钮。

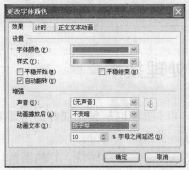

图 4.63　设置动作属性

(4) 选中文本框动画，在计时延迟中输入 1.5 秒，单击"确定"按钮，如图 4.64 所示。按 F5 键播放，效果出来了，如图 4.65 所示。

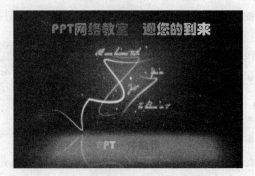

图 4.64　设置延迟　　　　　　　　　　图 4.65　走光字效果

9．将演示文稿转换为 Word 文档

(1) 选择"文件"→"发送"→Microsoft Office Word 命令，打开"发送到 Microsoft Office Word"对话框，如图 4.66 所示。

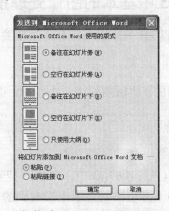

图 4.66　"发送到 Microsoft Office Word"对话框

(2) 设置好相应的选项后，单击"确定"按钮。此时，系统会启动 Word，并新建一个文件，用于保存演示文稿的内容。

> 提示：转换到 Word 文档中的演示文稿内容，并不是普通的文本和图片，而只是将一张张幻灯片作为图片插入 Word 文档中。

4.2 图像处理技术

图片是直观化呈现课件内容的重要方式，同时图片也是美化课件的重要要素。对于以视觉演示见长的 PowerPoint 来说，图片是不可缺少的组成部分。

图片具有高度的暗示性和象征性，能更快地传递信息和感情。好的图片可以一下子抓住学生的注意力、产生强烈的震撼力。使用图片时要注意以下事项。

- 让媒体之间产生关联，所插入的图片不能与讲课内容无关。
- 不是每张幻灯片都需要图片。
- 一张幻灯片上的图片不能太多，以免混淆信息的主体。
- 在课件中，除了与学习内容相关的图片素材外，按钮、背景、提示符号一般也采用图片的形式。

PowerPoint 中支持插入图片的方式有以下几种形式。

- 通过插入菜单，可以插入外部的图像文件，以及剪贴画、艺术字(实际是能编辑字的图)。
- 利用自绘图形功能绘制图形。
- 利用填充功能置入图片。

在 PowerPoint 中绘制的图形都是由形状填充和形状轮廓组成的，填充可以是任意颜色、纹理或图片，轮廓的线条设置也非常灵活，利用图形的组合和叠加，可以做出很多教学中用的图形，如几何形状、物理化学实验设备、物理示意图等。

在 PowerPoint 中还可以对插入的图像进行简单的编辑，如去除图像背景、裁剪图片、改变色彩等。

4.2.1 PowerPoint 2003 中基本的图像处理操作

在 PowerPoint 中，图像处理的基本操作主要有以下内容。

1．插入剪贴画

剪贴画是用计算机软件绘制的，剪辑图库中包含 1000 多种各式各样的剪贴画，供用户挑选使用。

具体步骤如下。

(1) 选择"插入"→"图片"→"剪贴画"命令。

(2) 在"剪贴画"任务窗格(见图 4.67(a))中，单击"搜索"按钮。

(3) 在"剪贴画"任务窗格下方空白处显示出搜索到的图片，选中其中一张图片，右击，在弹出的插入剪贴画菜单中选择"插入"命令即可插入剪贴画；或双击图片也可插入剪贴画，如图 4.67(b)所示。

(4) 关闭"剪贴画"任务窗格。

(a) "剪贴画"任务窗格

(b) 插入剪贴画菜单

图 4.67　插入剪贴画

对剪贴画进行调整和色彩转换，具体操作如下所示。

(1) 把鼠标指针放在"调节控制柄"(空心圆点)上，拖动鼠标到合适大小时松开就可以了。

(2) 可以对剪贴画进行特殊颜色效果的调整，右键单击，在弹出的快捷菜单中选择"设置图片格式"命令，弹出如图 4.68(a)所示的对话框。

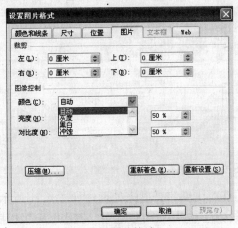

(a) 设置图片格式

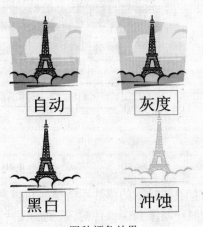

(b) 四种颜色效果

图 4.68　图片颜色效果

(3) 在出现的"设置图片格式"对话框里可以看到有 4 种图片颜色供我们选择，如图 4.68(b)所示。

(4) 还可以对图片重新着色，单击"重新着色"按钮，在出现的"图片重新着色"对话框中修改颜色，如图 4.69 所示。

(a) "图片重新着色"对话框

(b) 重新着色效果图

图 4.69　修改图片颜色

(5) 如果计算机连接上网络，则在搜索框里输入关键字，可以在微软网站搜索到丰富的剪贴画。

2．插入图像文件

对于已有的图像文件，可以直接将其插入到幻灯片中。

具体步骤如下。

(1) 选择"插入"→"图片"→"来自文件"命令。

(2) 在打开的"插入图片"对话框中，选中图片文件后，单击"插入"按钮即可。

下面来认识一下"图片"工具栏，如图 4.70 所示。

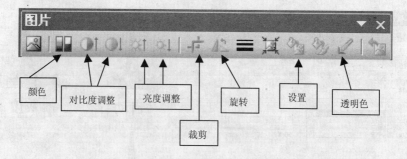

图 4.70　"图片"工具栏

假如有时插入的图片不清楚，可以通过调整对比度和亮度来处理，如图 4.71 所示。

有时在制作 PPT 课件时，找到的图片与背景颜色不协调，可以运用一些小技巧轻松搞定。

(1) 选择"插入"→"图片"→"来自文件"命令，选择一张图片插入。

(2) 设置图片颜色为"灰度"。

(a) 调整前　　　　　　　　　　　　　(b) 调整后

图 4.71　背景色调整前后对比图

(3) 单击"图片"工具栏中的"矩形"按钮，在编辑区画一个矩形，填充背景色，透明度设置为 50%，把矩形盖在图片上面，这样图片就变成和背景颜色一致了，如图 4.72 所示。

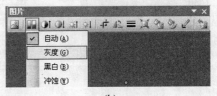

(a)　　　　　　　　　　　　　　　　(b)

(c)　　　　　　　　　　　　　　　　(d)

图 4.72　图片与背景色融合

3．插入自选图形

在 PowerPoint 中，提供了基本的图形绘制和编辑功能，只要灵活运用，就可以绘制教学中用到的很多对象。方法是选择"插入"→"图片"→"自选图形"命令，然后在自选图形中，选择所需要的图形进行绘制。

下面介绍利用对齐和旋转的功能实现圆的等分的方法。

(1) 在幻灯片中画一个圆和三条线，线的长度要比圆的直径长些，如图 4.73(a)所示，注意在画圆时按住 Shift 键，可画出正圆。

(2) 将圆与三条直线全部选中，利用"绘图"工具栏中的对齐功能使之垂直居中和水平居中，如图 4.73(b)所示，这样四个图形均处于幻灯片的中心，三条直线完全重合并与直径重合，如图 4.73(c)所示。

(3) 选中一条直线，右键单击，在弹出的快捷菜单中选择"设置自选图形格式"命令，或者双击打开"设置自选图形格式"对话框，切换到"尺寸"选项卡。让它旋转 60 度，设置如图 4.73(d)所示。

(4) 再选中另外一条线，让它旋转 120 度，如图 4.73(e)所示。

(5) 调整线条的长短时按住 Shift 键，也可以将线条的轮廓色彩设置成与幻灯片的背景相同，如图 4.73(f)所示。

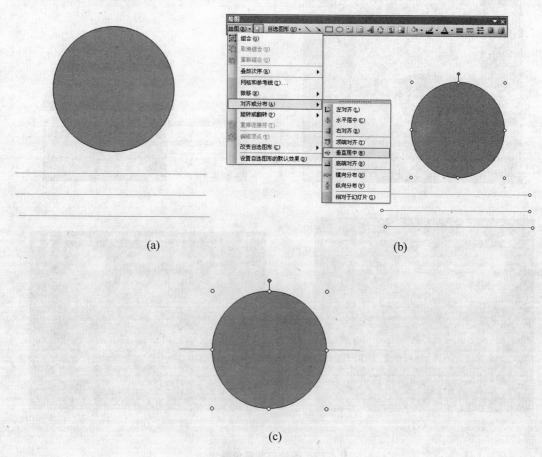

(a)　　　　　　　　　　　　　　　　　　(b)

(c)

图 4.73　图的六等分

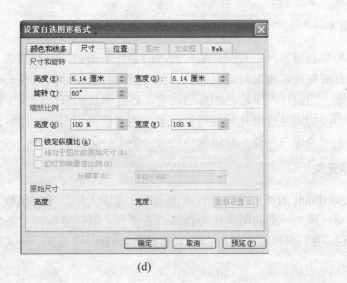

(d)

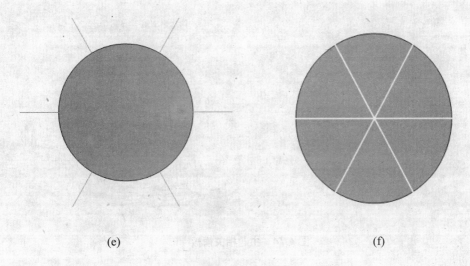

(e)　　　　　　　　　　　　　(f)

图 4.73　图的六等分(续)

利用类似的功能可以进行更多的细分，也可以用此方法来完成雪花等一类有规则的图形绘制。

4.2.2　PowerPoint 课件中使用图像的常见问题

除了文字，图片是课件中最常见的元素，在很多课件中使用的图片都或多或少有一些问题，主要体现在以下几方面。

1. 变形失真

为了保证图片的显示效果，在课件中使用的每一张图片都应当保持正常的比例和大小。但很多人为了照顾课件的版面，把图片放大很多倍，有的把图片拉长或拉宽，这些都极大地改变了图片的外观，让人看了很不舒服。

2. 风格不一

图片的类型有很多种,有照片写实的,有手绘卡通的,有以线条为主的,有以色块填充为主的,有剪贴画,也有自定义形状。但不管图片风格如何,在一个特定的课件中,应当使用风格统一的图片,不论是图片的类型,还是图片的修饰以及排版的方式。

在课件中,如果是针对儿童使用的课件,则不妨采用卡通风格,这样更能吸引孩子的注意力。对于一个课件来说,整体风格的统一是十分必要的。

3. 主题无关

很多 PowerPoint 的模板是用于商务演示的,很多人用这样的模板来做课件,也有很多人喜欢用美女、风光一类的图片作为修饰或者背景,但这些和课件的内容没有关系。

一般来说,我们可以根据课程内容来选择合适的图片,比如,语文科目可以用如图 4.74 所示的背景。

图 4.74 主题相关模板

4. 信息多余

在网上保存的图片通常会有水印,如果我们只需要图片中的一部分内容,却不知道如何只保留需要的那一部分内容,就把整个图片插入到课件中。

4.2.3 PowerPoint 课件中处理图像的特殊方法

在 PowerPoint 课件中处理图像的特殊方法有以下几种。

1. 高质量图像获取方法

制作课件时需要很多图像素材,可以利用 PowerPoint 的自绘图片进行绘制,还可以利用数码相机进行翻拍,或者利用截图软件获取电脑中浏览的界面。随着网络应用的普及,很多图片素材可以直接从网上获取。

下面介绍一些在网络上获取图片的方法与技巧。

1)　利用出版社网站的素材

现代出版的图书已经不只是一种印刷材料，大多数教材都配套提供了相应的多媒体素材。如人民教育出版社：http://www.pep.com.cn，高等教育出版社：http://www.hep.com.cn/portal/index，在这些网站上除了提供下载相应的多媒体素材外，还提供了教材使用以及在线学习指导等服务。

2)　使用 Google 或百度等搜索引擎的图片搜索功能

使用图片搜索功能时需要注意以下问题。

搜索引擎提供的搜索服务有很多种，如网页、图片、音乐等。搜索图片时，要切换到图片搜索。

如果要搜索一个播放按钮，可以在搜索框中输入"按钮"或"开始按钮"，如果找不到满意的图片，可以再试试用 AN NIU 或者 button 等关键词搜索，如图 4.75 所示。

因为要搜索的素材是按钮，所以可以指定搜索图标图片。

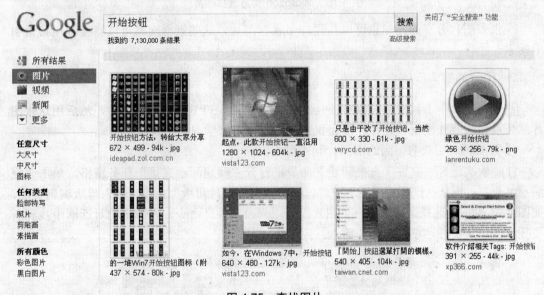

图 4.75　查找图片

在进行图片搜索时要注意以下三个问题：

- 可以使用拼音或英文单词作为关键词。
- 按一定的规则过滤图片。
- 不要直接从网页上复制图片。

使用拼音或英语单词做关键词，是因为图片搜索功能一般利用文件名和图片描述来寻找相应的图片，而在网页中使用汉字作为文件名的图片很少。

网页中的图片一般都带有链接，如果直接复制到 PowerPoint 中，则这些链接也会出现在课件里，不仅会影响到课件的操作，同时也会显得不够专业。

建议把网页中的图片先保存到自己的计算机中，然后再插入到课件里。

3)　一些专业的图像素材网站

如图 4.76 所示的是微软官方提供的图片素材网站：http://office.microsoft.com/zh-cn/

images/?CTT=97。

图 4.76　Microsoft 官方查找图片

在很多图片分享的网站也可以找到许多素材图片，这些素材网站可以直接利用搜索引擎搜索。

2．图片的裁剪

利用"图片"工具栏上的裁剪工具，可以快速制作 PPT 中使用的图片，然后用这张图片就可以轻松制作模板和元件，下面我们以一个例子来学习这个过程。

【例 4.4】 用裁剪得到的小图片制作母版。

(1) 依次选择"文件"→"新建"命令，打开"新建演示文稿"任务窗格，单击"空演示文稿"；再依次选择"视图"→"母版"→"幻灯片母版"命令，进入母版编辑视图，如图 4.77 所示。选择"插入"→"图片"→"来自文件"命令，在弹出的对话框中找到所要插入的图片文件，单击此文件插入。

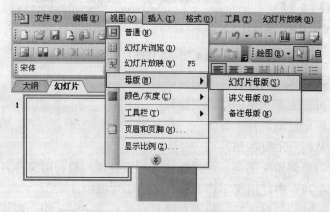

图 4.77　插入幻灯片母版

(2) 选择缩略图，右键单击，在弹出的快捷菜单中选择"新标题母版"命令，如图 4.78 所示。

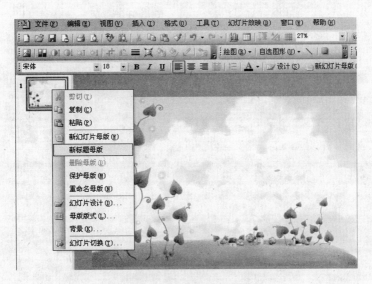

图 4.78　添加"新标题母版"

(3) 选中第一张幻灯片，单击裁剪工具。将上下的小横条向内拖动，这样就裁掉了两边，留下了图片的中间部分，具体操作如图 4.79 所示。

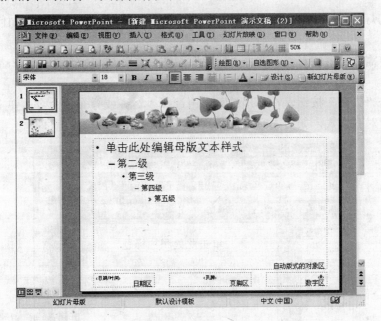

图 4.79　裁剪母版图片

(4) 关闭模板视图后，我们再来设置小元件。利用同样的方法，依次选择"插入"→"图片"→"来自文件"命令，在弹出的对话框中找到所要插入的图片文件，单击此文件插入后，同样用裁剪工具，裁剪出自己需要的小元件。

(5) 然后把裁剪得到的小元件作为目录条，粘贴后如图 4.80 所示。

图 4.80　用图片制作目录条

3．对齐多个对象

在一张幻灯片中，常常要插入多个对象(如图片、图形、文本框等)，如何让它们排列整齐呢？

(1)　选中需要对齐的对象，选择"视图"→"工具栏"→"绘图"命令，显示"绘图"工具栏。

(2)　单击"绘图"按钮，在弹出的菜单中选择"对齐或分布"命令，弹出对应的子菜单，选择一种对齐方式，如图 4.81 所示。

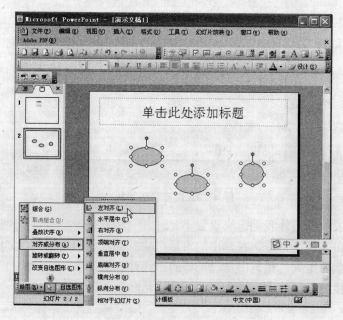

图 4.81　对齐对象

4．半透明图像效果的制作

1） 设计思路

在 PowerPoint 中无法直接修改图片的透明度，但可以通过在图片上叠加自绘的图形，改变自绘图形的填充透明度，从而改变图片的显示效果。

2） 实现方法

通过 PowerPoint 绘图工具绘制的对象，都可以使用多种方式填充。其中渐变填充，还可以实现更丰富的透明度变化的显示效果，如图 4.82 所示。

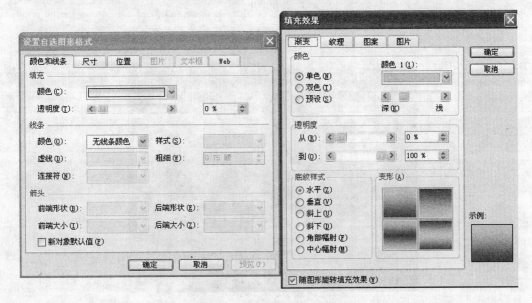

图 4.82 半透明图像效果制作

3） 应用技巧

- “设置自选图形格式”是 PowerPoint 中非常重要的对话框，如果想改变对象的外观，基本上都可以通过此对话框完成。
- 半透明图像主要用于解决在图像上添加文字说明时，背景图像会影响文字阅读的问题。
- 利用填充和自绘图形，可以为图像添加各种边框。如想为图像添加一个双线边框，可以绘制两个大小不一的矩形，置于图像下方。也可以用图像填充自绘图像，但这种方法无法控制显示图像和边框之间的间距。

5．图像与文字排版的样式

图片和文字是课件中使用最广泛的两种内容表现形式，图像和文字如何排版不仅会影响课件内容的美观，也影响学习者阅读，在这里提供几种 PowerPoint 图文排版的范例，供大家参考。

(1) 突出标题文字，如图 4.83 所示。

特殊文字处理技术

双色文字
的制作

方法

· 输入文字，然后复制一份；
· 将复制的文字改为另一种颜色；
· 将其中一份文字存为图片；
· 插入图片，并置于另一份文字上方；
· 裁切图片。

(a)

(b)

图 4.83　突出标题文字示例

(2) 使用四宫格、九宫格或更多宫格排列图片，如果图片较多，要按一定的次序排列，每个图片并不一定要有相同的大小，如图 4.84 所示。

图 4.84　利用宫格排列图片

(3) 使用黄金分割：三分法。在上下方向和左右方向都应避免图片与文字平分，如图 4.85 所示。

(a)

(b)

(c)

图 4.85　利用三分法排列文字图片

6．为图像添加边框

　　为图像添加边框是最简单却非常有效的美化修饰图像的方法，边框可以是简单的线条，也可以是任何材质填充的底纹，如图 4.86 所示。具体操作和实现方法如下。

(a) 修改前

(b) 修改后

图 4.86　添加边框美化图片

(1) 绘制一个自定义形状，可以任意填充颜色或图案，置于图像下方。

(2) 设置图像格式，可以更改线条和颜色等。

7．制作图表

在 PowerPoint 的编辑过程中，我们还可以充分利用各种流程图、结构图以及图表，一方面增强表达的直观性，另一方面是提高 PPT 的质感。

下面列出几种常用的图表，如图 4.87 所示。

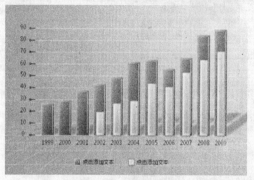

(a) 柱状图

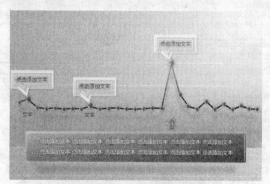

(b) 线形图

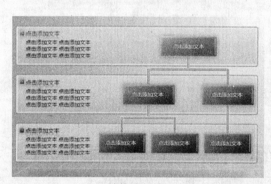

(c) 结构图

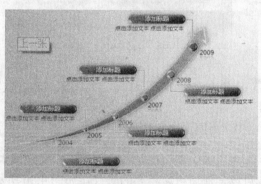

(d) 时间顺序图

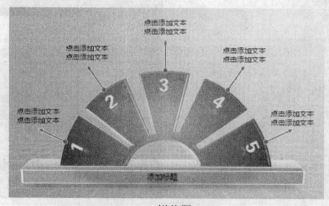

(e) 饼状图

图 4.87　各种图表示例

8. 绘制图章

绘图是 PowerPoint 中的基本功能，其提供了丰富的自定义形状，利用这些形状可以绘制教学中经常用到的一些对象，而无需借助其他的图像软件。

【例 4.5】　制作图章。

具体步骤如下所示。

(1)　绘制圆环。选择"自绘图形"中的椭圆工具，按住 Shift 键绘制圆形；设置圆的填充为透明，线型为双线型，并根据实际情况设置线的粗细，如图 4.88(a)所示。

(2)　绘制五星并居中对齐，得到如图 4.88(b)所示的效果。

(3)　添加文字。插入艺术字，调整形态和外观，位置如图 4.89 所示。

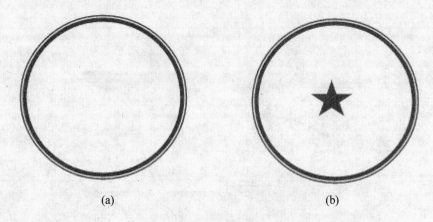

(a)　　　　　　　　　　　　　　　　(b)

图 4.88　绘制圆环和五星

图 4.89　图章完成图

9. 三维对象的绘制

1)　设计思路

PowerPoint 虽然没有提供三维对象绘制功能，但可以利用三维格式和三维旋转设置，将对象转换为三维对象。在 PowerPoint 2003 中，制作三维对象相对简单直观，可以直接利用"绘图"工具栏上的两个三维工具，如图 4.90 所示。

图 4.90 "绘图"工具栏

PowerPoint 2003 绘图工具栏中最右侧两个工具是用来设置对象的三维效果的，分别为阴影样式和三维效果样式。

2） 实现方法

下面以制作一个五角星的三维效果为例介绍三维效果快速应用的方法和过程，如下所示。

(1) 首先绘制一个平面的五角星图案。

(2) 利用不同的阴影和三维效果，绘制所要的图片，效果如图 4.91 所示。

图 4.91 三维效果

3） 应用技巧

利用以上方法，可以制作一些几何立体对象，如圆锥、圆柱、盒子等。结合对象的组合，可以制作更复杂的物体。

在课件制作中，很多地方需要三维效果显示，三维效果本身比平面更有真实感。对于物质的结构等内容，借助三维效果显示也可以帮助学生理解学习内容。直接通过渐变填充、阴影、透视等设置也可以实现一定的立体效果。

10. 图片缩略显示效果实现

1） 设计思路

在一些课件中需要对大量图片进行演示的时候一般都是一张连着一张，无法自主选择顺序演示图片，此时可以利用超链接(详见第 6 章)功能。另外还有一种方法，在 PowerPoint 中插入 PowerPoint(此 PowerPoint 仅有一张幻灯片，放置要展示的内容)，在演示时，单击插入的 PowerPoint 文档会自动播放和退出。

如图 4.92 所示，在任意小图上单击，都可以放大演示，再次单击，返回原画面。

图 4.92　图片缩略显示

2)　实现方法

(1)　新建一个演示文稿，选择"插入"→"对象"命令，打开"插入对象"对话框，如图 4.93 所示。

图 4.93　插入演示文稿

(2)　选中"新建"单选按钮，然后在"对象类型"列表框中选择"Microsoft PowerPoint 演示文稿"，单击"确定"按钮，结果如图 4.94 所示。

(3)　在插入的演示文稿对象中插入一幅图片，将图片的大小改为演示文稿的大小，退出该对象的编辑状态，将它缩小到合适的大小。

图 4.94　插入的 PowerPoint 演示文稿对象

（4）复制插入的演示文稿对象，更改其中的图片，并排列它们之间的位置就可以了，如图 4.95 所示。双击插入的演示文档，可以对演示文档内容进行编辑、修改。

图 4.95　插入的多个演示文稿对象

3）　应用技巧

在插入对象的对话框中，如果选择"由文件创建"选项，可以插入已经存在的 PowerPoint 文件。这样就可以利用 PowerPoint 来管理 PowerPoint，可以把每一个知识点做成独立的演示文稿，然后通过这种方式，插入到不同的课件中。而且插入的文档，不受原有 PowerPoint 课件模板与风格的影响，在一定程度上也实现了内容与外观的分离。

插入的 PowerPoint 文档并不仅仅局限于图片文件，可以是视频(可以用来实现点播功能)，也可以是其他内容，不一定只有一张幻灯片。

11．PPT 羽化效果做背景

（1）依次选择"文件"→"新建"命令，打开"新建演示文稿"任务窗格，单击"空演示文稿"；再依次选择"视图"→"母版"→"幻灯片母版"命令，如图 4.96 所示。

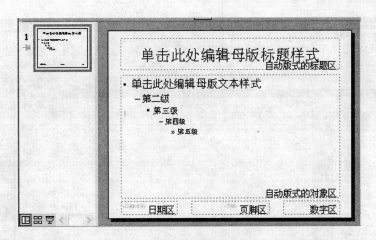

图 4.96　新建幻灯片母版

(2) 选择左边缩略图，右键单击，在弹出的快捷菜单中选择"新标题母版"命令，如图 4.97 所示。

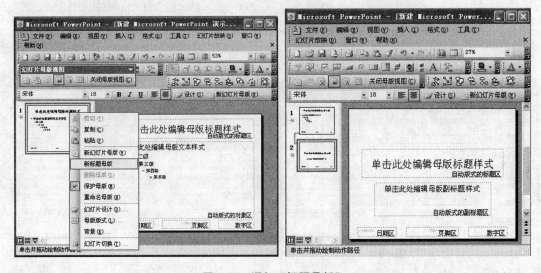

图 4.97　添加"标题母版"

(3) 选中第一张母版，依次选择"插入"→"图片"→"来自文件"命令。找到所要插入的图片素材，单击"插入"按钮，单击第二张母版，用同样的方法插入此图片，如图 4.98 所示。

(4) 选中第一张母版，在"绘图"工具栏中单击"矩形"按钮，在编辑区拖动鼠标画一个矩形。右键单击，在弹出的快捷菜单中选择"设置自选图形格式"命令，在弹出的对话框中设置自选图形格式，如图 4.99(a)所示。

设置填充颜色为"白色"，边线设置为"无线条颜色"，单击"确定"按钮，如图 4.99(b)所示。

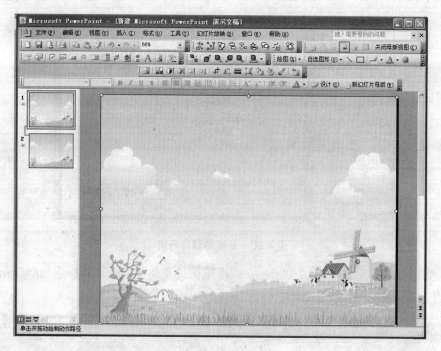

图 4.98 插入母版图片

| (a) 设置格式 | (b) 效果图 |

图 4.99 设置矩形的格式

(5) 依次单击"自选图形"→"基本形状"→"矩形"选项，在编辑区拖动鼠标画一个矩形。右键单击并在弹出的菜单中，设置自选图形格式。

设置填充效果，选中"单色"单选按钮，并设置为"白色"，透明度设置为"0%～100%"，底纹样式为"水平"，在"变形"选项组中选择"左上变形"方式，单击"确定"按钮，如图 4.100(a)所示。线条颜色设置为"无线条颜色"，单击"确定"按钮。设置后的效果如图 4.100(b)所示。

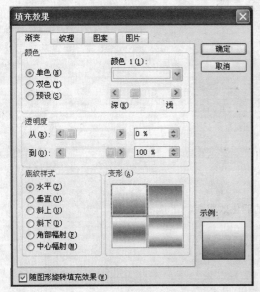

(a)　设置格式　　　　　　　　　　　　　　　(b)　效果图

图 4.100　设置格式及其效果

(6)　单击关闭母版视图，插入一张幻灯片，如图 4.101 所示。

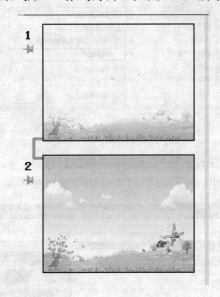

图 4.101　母版效果图

这样用 PPT 羽化效果制作背景的工作就完成了。你还可以展开联想的翅膀，利用刚才的处理方法，做成如图 4.102 所示这样的背景。

12．批量添加和处理图片

如果在制作课件的过程中需要将多张图片插入不同的幻灯片中，可以选择插入相册的方法，一次性插入所有图片，如图 4.103 所示。

图 4.102　其他的羽化效果

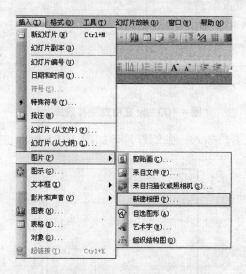

图 4.103　新建相册

在插入相册时，可以对图片的版式及文字说明进行设计，如果目的只是将多张图片一次性地插入到不同的幻灯片中，则可以跳过相册的设置，如图 4.104 所示。

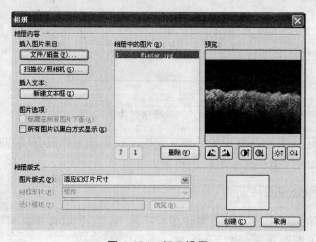

图 4.104　相册设置

4.3　声音处理技术

声音与文字和图片相比，更能在潜意识层次上影响学生的情绪。不论是为学生创设一种带音乐的学习氛围，还是利用声音表达欢快、悲伤的情感，在课件设计制作中，都不应忽略声音的作用。

同时声音在课件使用过程中也更容易带来干扰，如果一个课件在使用时，打字、故障、刹车、风铃等声音不绝于耳，就不能起到集中学生注意力的作用，让人不胜其烦，因此选择声音和使用声音一定要谨慎。

声音在课件中的主要作用体现在以下几方面。

- 利用声音直接提供学习内容，在课件中，配合课件画面提供解说，为学习者提供听觉信息。
- 利用声音提供示范信息，主要用于在音乐或语言的教学中提供标准的声音示范，如单词读音等。
- 提供提示信息，以引起学生的注意。另外也可以通过声音为学生提供反馈信息，如可以根据学生回答问题的情况提供欢快的声音还是难过的声音。
- 利用背景音乐渲染情绪，为学生创设真实的场景。

PowerPoint 的动画效果中集成了很多提示的声音，如爆炸、打印机的声音等。也可以直接通过插入声音文件，利用外部的声音素材。

PowerPoint 也可以为幻灯片录制旁白，这样在放映幻灯片时，可以自动播放声音。

PowerPoint 对声音的编辑功能较弱。大多数情况下，建议使用第三方软件，如 GoldWave 进行录制与编辑。

4.3.1　PowerPoint 2003 的声音处理基本操作

在 PowerPoint 中，声音处理的基本操作主要有以下内容。

1．插入声音

在 PowerPoint 的幻灯片中可以插入 4 种类型的声音，它们是"剪辑管理器中的声音"、"文件中的声音"、"播放 CD 乐曲"和"录制声音"。在播放幻灯片时，这些插入的声音将一同播放。

在安装 Office 时，若安装了附加剪辑，则可在幻灯片中插入"剪辑管理器中的声音"。若已有声音文件，可在幻灯片中插入"文件中的声音"。若要插入 CD 音乐，需要将 CD 光盘放入光驱，并设置 CD 乐曲的序号。

插入声音的方法有很多种，下面简单介绍几种常用的方法。

方法一：

选择"插入"→"影片和声音"→"剪辑管理器中的声音"命令，在出现的任务窗格内就会出现很多声音，当单击其中一个声音时，就会出现一个是否自动播放的对话框，选中一个声音后，屏幕上也会出现一个小喇叭，按 F5 键播放，声音就会响起来，如图 4.105 所示。

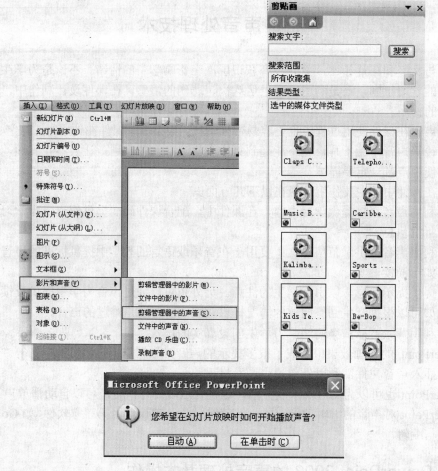

图 4.105　插入声音

方法二：

选择"插入"→"影片和声音"→"文件中的声音"命令，在弹出的对话框中选中一个声音文件插入，在出现的是否自动播放对话框上，单击"自动"按钮后，屏幕上会出现一个小喇叭，按 F5 键播放，如图 4.106 所示。

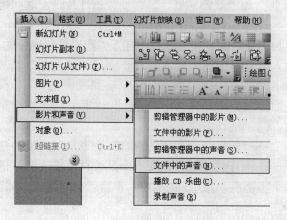

图 4.106　文件中的声音

方法三：

选择"插入"→"影片和声音"→"录制声音"命令，在弹出的对话框中自定义一个声音名称，单击圆形按钮，开始录音，单击暂停按钮，录音结束，单击"确定"按钮后，屏幕上也会出现一个小喇叭，按 F5 键播放，如图 4.107 所示。

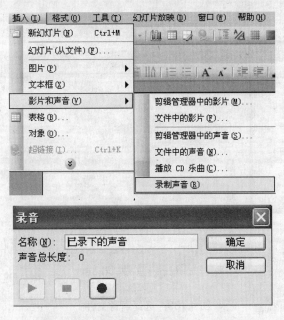

图 4.107　录制声音

方法四：

选择"插入"→"对象"命令，在弹出的"插入对象"对话框中，选中"新建"单选按钮，再在"对象类型"列表框中选择 Windows Media Player，单击"确定"按钮，如图 4.108 所示。

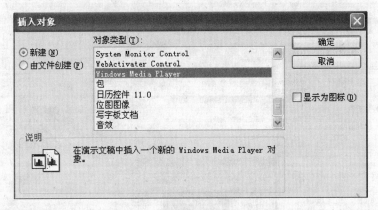

图 4.108　插入对象

上述操作后选中弹出的播放器，右键单击，在弹出的快捷菜单中选择"属性"命令，打开"属性"窗格，找到自定义项，单击后面的"…"按钮，在弹出的播放器属性对话框上，单击"源"选项组中的"浏览"按钮，找到音乐文件选中就可以了，如图 4.109 所示。

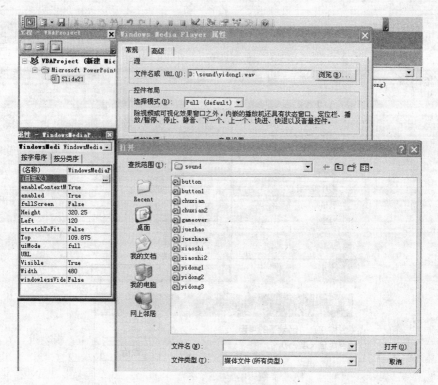

图 4.109　选择声音文件

方法五：

选择"插入"→"对象"菜单命令，在弹出的"插入对象"对话框中，选中"新建"单选按钮，再在"对象类型"列表框中选择"音效"。单击"确定"按钮后跳出一个小喇叭按钮和一个音效编辑对话框，同样可利用此功能录制声音，此外还可以利用"编辑"和"效果"菜单中的不同功能，对录制的声音进行编辑处理，如图 4.110 所示。

图 4.110　录制音效

方法六：

选择"幻灯片放映"→"幻灯片切换"命令，在弹出的窗格中单击所需要的声音选项，并且对速度、切换方法等都可以进行相应的设置，如图 4.111 所示。

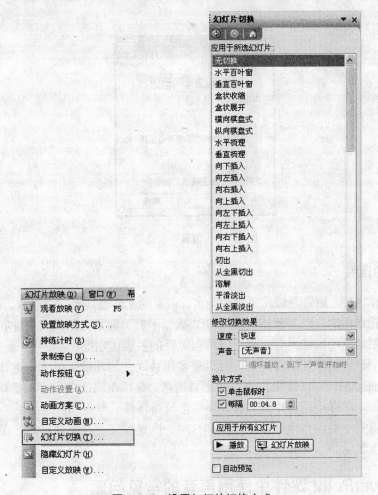

图 4.111　设置幻灯片切换方式

2. 声音的控制

方法一：

选择"插入"→"对象"命令，在弹出的"插入对象"对话框中，选中"新建"单选按钮，再在"对象类型"列表框中选择 Windows Media Player，单击"确定"按钮，然后选择音乐文件，单击打开，如图 4.112 所示。

图 4.112　Windows Media Player 播放器

把播放器窗口下拉缩小，视频窗口就消失了，音频按钮就可以用了。

方法二：

设置声音循环播放，选中喇叭标志，单击右键，在弹出的菜单中选择"编辑声音对象"命令，在"声音选项"对话框中选中"循环播放，直到停止"复选框，单击"确定"按钮，如图 4.113 所示。

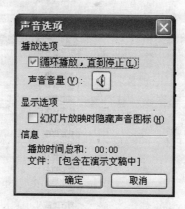

图 4.113　设置声音选项

3. 声音的运用

制作多媒体课件，声音是经常采用的元素。声音的主要表现形式有讲解、声效和音乐。通过这些能烘托课件的主题并营造气氛。PPT 提供了对当前常见的声音文件的支持，能够在课件中很方便地使用这些声音对象，以增强课件的多媒体功能。

在幻灯片中合理地添加声音对象，可以使多媒体课件的功能更强大，更具感染力。但声音在 PPT 课件中的应用一定要恰当，特别要注意的是，在课件中最好不要有很多声音一次又一次地响起，这样不但起不到强调的作用，反而转移了学生的注意力。

建议少用或者不用动作声音，但片头和片尾、朗诵课文、美术课练习、课件的旁白说明等情况，应该配乐。

4.3.2　PowerPoint 课件中使用声音的常见问题

声音不同于文字，获取声音素材、编辑声音等操作比较困难。

在课件中使用声音有三个常见的问题，一是声音质量问题，二是声音与内容相关性问题，三是声音播放是否正常，在一些课件中有时声音会播放不出来或者播放的声音不流畅，这主要由以下三个原因造成。

- 声音质量问题，特别是自己录制的声音文件，要检查录制的声音是否清楚规范，语速快慢是否合适，是否可以作为课件使用的教学对象等。例如课件内容讲解的声音、朗诵等内容，需要选择一些音色比较好的声音，要控制噪音，注意文件的编码参数。

- 声音与课件内容结合问题主要体现在背景音乐的使用上，在很多情况下，课件所使用的声音没有为课件提供相应的意境，没有发挥音乐渲染情绪的作用。

- 课件上的声音播放问题主要是因为声音文件丢失，或声音文件质量过高，计算机性能跟不上，声音不能流畅播放。

注意：幻灯片打包后可以在没有安装 PPT 的计算机中运行，如果连接了声音文件，则默认将小于 100KB 的声音素材打包到 PPT 文件中，而超过该大小的声音素材则作为独立的素材文件。其实我们通过设置就能将所有的声音文件一起打包到 PPT 文件中。其方法是：依次单击"工具"→"选项"→"常规"，将"链接声音文件不小于××KB"改大一些，如"50000KB"(最大值)就可以了，如图 4.114 所示。

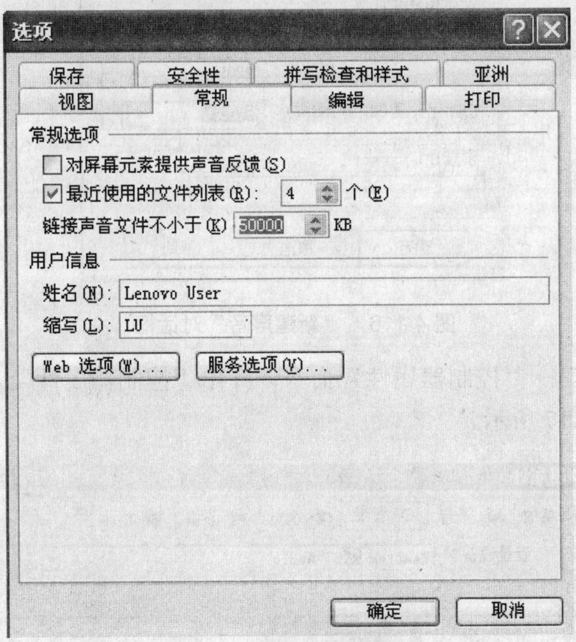

图 4.114　设置声音文件的最大值

4.3.3　PowerPoint 课件中声音处理的特殊方法

在 PowerPoint 课件中处理声音的特殊方法主要有以下几种。

1. 用第三方软件进行录音

在 PowerPoint 课件中可以直接录制声音，但由于较为简单，录制效果不是很好，推荐使用第三方的声音录制编辑软件，如 GoldWave、Audition 等。下面以 GoldWave 为例，介绍录制声音的过程。

1) 启动 GoldWave

(1) 单击桌面上的 GoldWave 图标，或者在安装文件夹中双击 GoldWave 图标，就可以运行 GoldWave，如图 4.115 所示。

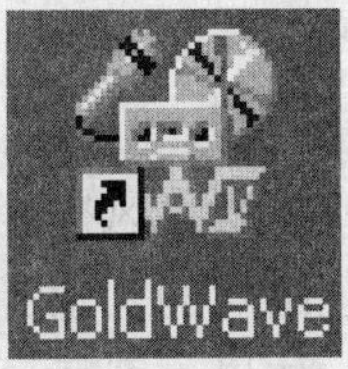

(2) 第一次启动时会出现一个提示，单击"是"按钮，自动生成一个预置文件。

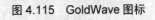

图 4.115　GoldWave 图标

(3) 顺利进入后出现一个灰色空白窗口，旁边是一个暗红色的控制器窗口，它是用来控制播放的。

2) 新建空白文件

(1) 选择"文件"→"新建"命令，弹出一个对话框；把第二个声道的采样速率改为22050，"初始化长度"改为 5 分钟，单击"确定"按钮后返回，窗口中出来空白文件，如图 4.116 所示。

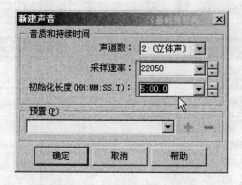

图 4.116　"新建声音"对话框

(2) 选择"选项"→"控制器属性"命令，弹出"控制器属性"对话框，切换到"音量"选项卡，如图 4.117 所示。

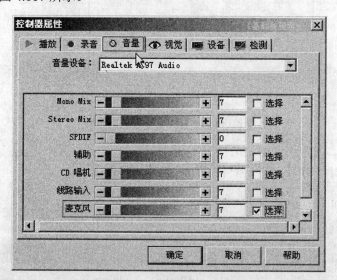

图 4.117　"控制器属性"选项

在"音量设备"下拉列表框中选择设备"麦克风"，也就是从麦克风中录音，单击"确定"按钮返回。

(3) 将麦克风插到电脑上，红色插头插到红色插孔中，在 GoldWave 右侧控制面板上，单击红色圆点的"录音"按钮●，然后对着麦克风说话就可以了。

(4) 如果录音音量太小，可以在"音量控制"对话框中修改。

① 在任务栏右下角的小喇叭图标上双击，打开"音量控制"对话框，如图 4.118 所示。

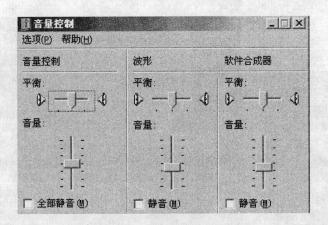

图 4.118　"音量控制"对话框

② 选择"选项"→"属性"命令，弹出"属性"对话框，在"调节音量"选项组中选中"录音"单选按钮，在"显示下列音量控制"列表框中选中"麦克风"复选框，其他复选框取消选中，单击"确定"按钮返回，如图 4.119 所示。

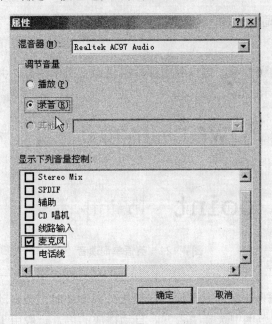

图 4.119　录音时选择"麦克风"选项

③ 选择"选项"→"高级控制"命令，在对话框的下方出现"高级"按钮，单击该按钮，弹出"麦克风的高级控制"对话框，如图 4.120 所示。

④ 选中 1 Mic Boost 复选框，这样录音音量会增加许多，单击"关闭"按钮回到面板中，把音量适当降低。

这样就调整好了音量，回到 GoldWave 中继续录音即可。

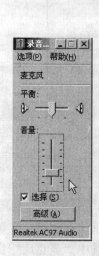
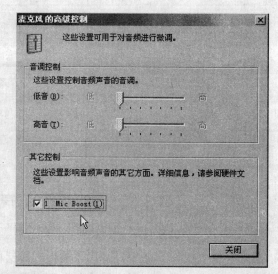

图 4.120 "麦克风高级控制"选项

2．标准的英语单词读音

1）设计思想

在许多特定学科的课件中，可以利用课件提供声音教学信息，并且可以自主控制声音的播放，如图 4.121 所示。

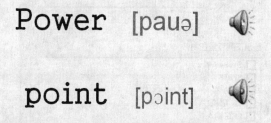

图 4.121 英语单词读音

2）实现方法

在 PowerPoint 中插入声音非常方便，在插入外部文件时，会自动出现一个选项，询问声音是否自动播放，此范例中选择"否"。自动播放的声音一般用于幻灯片内容的自动讲解或背景音乐。

3）应用技巧

在此示例中，利用一些词典软件，如金山词霸、有道词典等，可以用复制的方法快速输入英语音标。关于英语单词的声音，也可以利用软件录制这些单词在词典中的读音，再插入 PowerPoint 中。

3．为指定对象添加声音效果或提示音

1）设计思想

在课件制作中，很多地方为了吸引学生注意，或为了强调一些关键信息，可以适当添

加声音提示。也可以使用声音反馈，在回答正确后添加鼓励的掌声等。所有这些都可以在 PowerPoint 中利用自定义动画中的提示音或动作设置中的提示音来完成。

2)　实现方法

方法一：

选中一个图形或者对象，右键单击，在弹出的快捷菜单中选择"动作设置"命令，跳出如图 4.122 所示的对话框，可以对声音进行设置。

图 4.122　"动作设置"对话框

方法二：

选中一个图形或者对象做动画效果，如图 4.123 所示，在动画效果选项里可以选取声音插入(如果想插入别的声音，可以选择"其他声音"，但必须是.wav 格式的文件)，如图 4.124 所示。

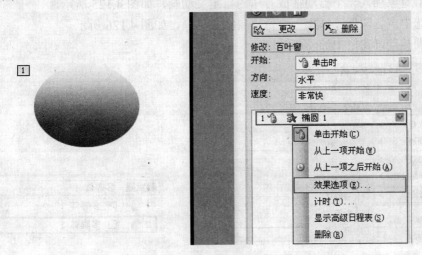

图 4.123　为对象添加动画效果

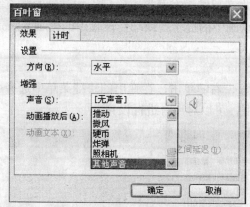

图 4.124　为对象添加声音效果

3)　应用技巧

声音虽然有很好的提示、加强效果的作用，但若使用不当，添加太多的提示音，极易分散学习者的注意力，干扰学生对学习内容的关注，反而起不到提示的作用。

4. 控制声音的播放

1)　设计思想

课件制作中如果通过声音体现教学内容，如课文的朗读及解说等，这种声音怎么控制播放呢？即在需要的时候让它播放，不需要的时候让其停止。

在 PowerPoint 中默认插入的声音控制方式是：单击声音图标，声音从头开始播放，无法直接完成我们需要的功能。

但 PowerPoint 中还有另外一种特性，为插入的声音以及视频对象提供了几种特别的动画方式，结合触发器功能就能实现我们需要的效果。

2)　实现方法

(1)　给对象加入一个自动播放音乐的自定义动画，如图 4.125 所示。

(2)　选中声音图标：添加一个暂停自定义动画，如图 4.126 所示。

(3)　调整动画窗格中的动画顺序。

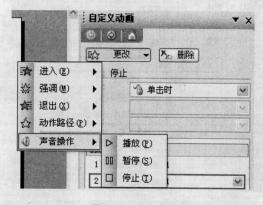

图 4.125　声音操作

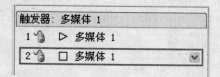

图 4.126　添加声音的动画设置

5．为课件添加背景音乐及声音的循环播放

1）　设计思想

默认情况下，在 PowerPoint 中插入的声音只能在当前幻灯片播放，在播放到新幻灯片时，声音会停止，如何为整个课件添加背景音乐，或为指定范围内的幻灯片播放背景音乐呢？

要想实现在多张幻灯片上播放同一个声音，或者说跨幻灯片播放声音文件，可以直接在插入的声音图标上单击鼠标右键，在弹出的快捷菜单中选择"自定义动画"命令，为声音添加自定义动画。

2）　实现方法

(1)　选择"插入"→"影片和声音"→"文件中的声音"命令，在弹出的对话框中选中一个声音文件插入，在出现的是否自动播放对话框上，单击"自动"按钮后，屏幕上也会出现一个小喇叭，按 F5 键即可播放。但若想让声音一直响到第四张幻灯片，那就需要执行以下操作。

(2)　依次选择"幻灯片放映"→"自定义动画"命令，在"自定义动画"任务窗格里的多媒体对象中，单击倒三角，在下拉菜单中选择"效果选项"命令，打开"播放 声音"对话框，对声音进行设置，如图 4.127 所示。

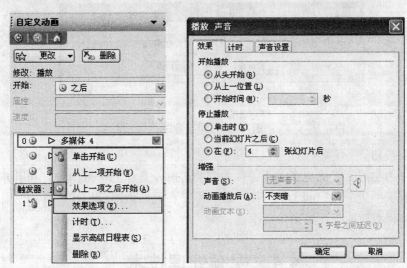

图 4.127　设置声音循环播放

(3)　应用技巧

利用此方法可以设置声音开始播放和结束的地方，对于音乐本身，也可以通过此前介绍过的循环播放方式设置。

6．录制和使用旁白

1）　设计思想

在 PowerPoint 中，旁白是指事先准备好的幻灯片解说。PowerPoint 2003 的幻灯片放映菜单中直接提供了录制旁白的命令。

2) 设计方法

选择"幻灯片放映"→"录制旁白"命令，打开"录制旁白"对话框，可通过"设置话筒级别"和"更改质量"按钮来改变录制参数，单击"确定"按钮，可选择从当前或者第一张幻灯片开始录制。录制到最后一张幻灯片结束后，会跳出如图 4.128(c)所示的对话框，可以将旁白保存于排练时间。

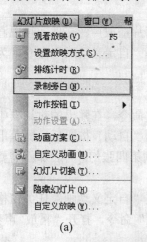

(a)

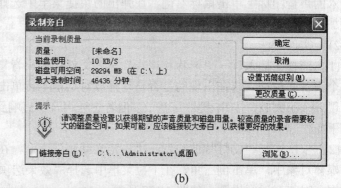

(b)

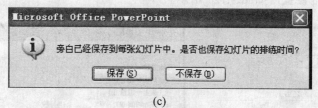

(c)

图 4.128　录制旁白

3) 应用技巧

旁白可以为学习者提供更多关于课件内容的讲解及具体的学习指导。利用旁白可以在一定程度上解决师生学习空间上的分离，教师不必在现场做演示讲解，直接使用录制好的演示旁白，这样对时间控制也更为精准。

4.4　视频处理技术

视频一般是指用摄像机记录的运动场景，视频具有直观、形象、生动、能真实传达事物及其所处环境等特征。在教学中，视频广泛应用于录制讲座，记录实验过程，提供动作练习示范，提供真实历史事件，创设学习情境与同步信息(如视频课堂)。还有大量的科教片应用于特定的主题教学，如《话说长江》、《微观世界》等。

视频通过特定的拍摄及合成技术，可以实现空间与时间的变换，如变快为慢、变慢为快、化小为大、化大为小。可以将数亿年的地球演化过程压缩为数分钟得以演示，也可以将蜜蜂翅膀振动的过程放慢呈现。

在现代，视频拍摄已经是一件非常寻常的事情，而且随着一些视频网站的兴起，如土豆网和优酷网,在网络上出现了越来越多的教学视频素材。

在 PowerPoint 课件中如何利用视频呢?

4.4.1　PowerPoint 2003 中视频处理的基本操作

在 PowerPoint 中,视频处理的基本操作主要有以下内容。

1. 视频的插入

在 PPT 中插入视频通常有三种方法。

1)　直接播放视频

这种播放方法是将事先准备好的视频文件作为电影文件直接插入到幻灯片中,该方法是最简单、最直观的一种方法,使用这种方法将视频文件插入到幻灯片中后,PowerPoint只提供简单的“暂停”和“继续播放”控制,而没有其他更多的操作按钮。

以下是具体的操作步骤。

(1)　运行 PowerPoint 程序,打开需要插入视频文件的幻灯片。

(2)　选择“插入”→“影片和声音”→“文件中的影片”命令,如图 4.129 所示。

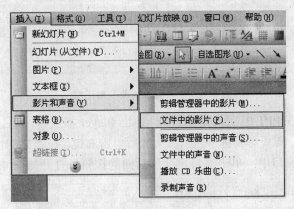

图 4.129　插入文件中的影片

(3)　在随后弹出的“插入影片”对话框中,选中事先准备好的视频文件(注意:只能是Windows Media Player 可播放的影片),并单击“添加”按钮,这样就能将视频文件插入到幻灯片中了。

(4)　然后出现如图 4.130 所示的对话框,“自动”是指当 PPT 进入放映状态后,自动开始播放视频,而“在单击时”则指,需要点一下鼠标或其他翻页键才开始播放视频。

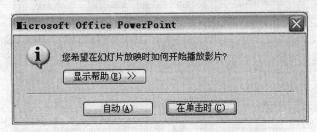

图 4.130　选择影片播放形式

（5）也可以用鼠标选中视频文件窗口，调整大小，并移动到合适的位置。

（6）在播放过程中，将鼠标移动到视频窗口中，单击一下，视频就能暂停播放。如果想继续播放，再用鼠标单击一下即可。

2）插入对象播放视频

这种方法是将视频文件作为对象插入到幻灯片中，与以上两种方法不同的是，它可以随心所欲地选择实际需要播放的视频片段，然后再播放。实现步骤如下。

（1）打开需要插入视频文件的幻灯片，选择"插入"→"对象"命令，打开"插入对象"对话框。

（2）选中"新建"单选按钮后，再在对应的"对象类型"列表框处选中 Windows Media Player 选项，单击"确定"按钮，如图 4.131 所示。

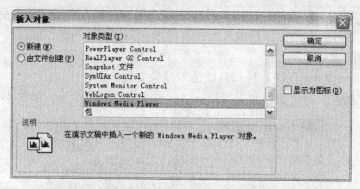

图 4.131　"插入对象"对话框

（3）之后会自动在 PPT 中插入 Windows Media Player 播放器，但只是一个空的播放器，并没有包含任何视频。需要将鼠标移至其上，然后单击右键，在弹出的快捷菜单中选择"属性"命令。在弹出的窗口中，单击"自定义"后面的按钮，打开如图 4.132 所示的对话框。

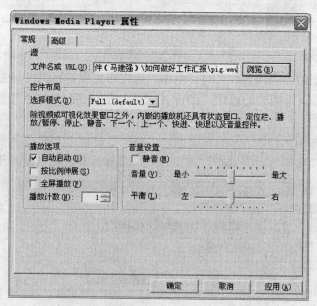

图 4.132　设置 Windows Media Player 属性

（4）根据窗口的提示，找到需要播放的影片，并根据需要设置其他项目，确定即可。

（5）在播放过程中，可以通过媒体播放器中的"播放"、"停止"、"暂停"和"调节音量"等按钮对视频进行控制。

上面介绍的是 Windows Media Player 视频，而且是 Office 2003 中的操作方式。另一类常见的 RM 视频，也可以插入到 PPT 中，只是方法稍有不同。Flash 文件也是当前非常多见的动画视频，都在下文另行介绍。

3）插入控件播放视频

这种方法就是将视频文件作为控件插入到幻灯片中，然后通过修改控件属性，达到播放视频的目的。使用这种方法，有多种可供选择的操作按钮，播放进程可以完全自己控制，更加方便、灵活。该方法更适合 PowerPoint 课件中图片、文字、视频在同一页面的情况。

（1）运行 PowerPoint 程序，打开需要插入视频文件的幻灯片。

（2）选择"视图"→"工具栏"→"控件工具箱"命令，打开控件工具栏，单击工具栏中的"其他控件"按钮，如图 4.133 所示。

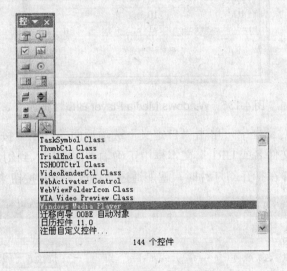

图 4.133 控件工具栏选项

（3）在随后打开的控件选项界面中，选择 Windows Media Player 选项，再将鼠标移动到 PowerPoint 的编辑区域，画出一个合适大小的矩形区域，随后该区域就会自动变为 Windows Media Player 的播放界面，如图 4.134 所示。

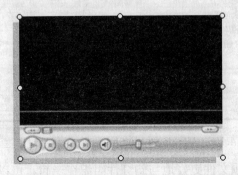

图 4.134 Windows Media Player 的播放界面

(4) 用鼠标选中该播放界面，然后单击鼠标右键，从弹出的快捷菜单中选择"属性"命令，打开该媒体播放界面的"属性"对话框，如图 4.135 所示。

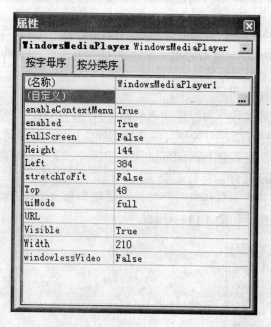

图 4.135　Windows Media Player 的属性界面

(5) 在"属性"对话框中，单击"自定义"选项后面的"…"按钮，弹出如图 4.136 所示的对话框；在"文件名或 URL"文本框中正确输入需要插入到幻灯片中视频文件的详细路径及文件名。这样在打开幻灯片时，就能通过"播放"控制按钮来播放指定的视频了。

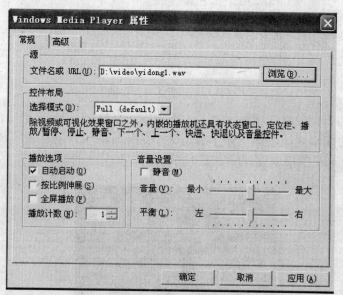

图 4.136　Windows Media Player 的属性对话框

(6) 为了让插入的视频文件更好地与幻灯片组织在一起，可以设置控制栏、播放滑块条以及视频属性栏的位置。

（7）在播放过程中，可以通过媒体播放器中的"播放"、"停止"、"暂停"和"调节音量"等按钮对视频进行控制。

2．视频资源的获取

1）在 IE 的临时文件夹中查找

（1）在文件夹窗口中，选择"工具"→"文件夹选项"命令，打开"文件夹选项"对话框，切换到"查看"选项卡，在"高级设置"列表框中选中"显示所有文件和文件夹"单选按钮。

（2）在浏览器中，选择"工具"→"Internet 选项"命令，打开"Internet 选项"对话框，切换到"常规"选项卡，在"浏览历史记录"选项组中单击"设置"按钮，弹出"Internet 临时文件和历史记录设置"对话框，单击"查看文件"按钮，会打开临时文件夹看到上网时下载的所有文件，找到所要的动画或视频复制到文件中。

2）网上下载

在网上搜索感兴趣的视频，然后通过迅雷等软件进行下载。

3）使用专用软件进行录制

如果网上没有合适的素材，则需要使用专用视频软件进行录制，如 Premiere，详见第2章。

当前流行的视频网站如 ku6、YouTobe、ouou 等，其视频应当是.flv 格式的，而且这些文件名都由一连串的数字组成，如图 4.137 所示。

名称	Internet 地址	类型 ▲
1153748841103.flv	http://v1.ouou.com/...	Shockwave Video Flash
1157469466990.flv	http://v1.ouou.com/...	Shockwave Video Flash
1163121842448.flv	http://v1.ouou.com/...	Shockwave Video Flash
1164086741360.flv	http://v1.ouou.com/...	Shockwave Video Flash
1164269684647.flv	http://v1.ouou.com/...	Shockwave Video Flash
1168663223185.flv	http://v1.ouou.com/...	Shockwave Video Flash
1168765050423.flv	http://v1.ouou.com/...	Shockwave Video Flash

图 4.137 文件夹中文件名的显示

4.4.2 PowerPoint 课件中视频使用的常见问题

在很多课件中使用的视频都或多或少有一些问题，主要体现在以下几方面。

1．视频能在 Windows Media Player 中播放，但却不能在 PowerPoint 中播放

PowerPoint 是用 Windows MCI player (而不是用 Windows Media Player)来播放演示文稿中的所有视频的，视频的编码解码方式只有与 MCI player 的兼容，才能在 PowerPoint 中正常播放。

2. 播放时只听到声音，只看到白屏(或黑屏)，而看不到视频

这种情况大多是由于视频文件的路径及文件名太长造成的，请把演示文稿移到一个较短路径的文件夹(如：D:\test)下，再把视频文件也移到该文件夹下并重新在演示文稿中插入一次，然后播放一下试试。

3. 演示文稿中的视频在原来制作演示文稿的电脑上播放正常，但复制到其他电脑后却不能正常播放

PowerPoint 是通过链接的方式插入视频媒体的，并没有把视频嵌入到演示文稿中，必须把视频文件与演示文稿一起复制到其他电脑上才行。另外，媒体文件存放的路径应始终与把它插入演示文稿时的路径相同，因为复制的演示文稿保持着原来插入的链接路径，否则复制到其他电脑后应重新插入一次。

4. 有些媒体文件在 PowerPoint 中始终不能播放

PowerPoint 尊重媒体的版权，不直接播放具有数字版权管理要求的视频格式。另一个可能的原因是电脑中没有安装与当前要播放的视频相对应的多媒体数字信号编解码器。建议在电脑中安装最新版的 K-Lite Mega Codec Pack 视频解码包。

5. 不能在 PowerPoint 中播放 QuickTime 格式的文件

QuickTime 是苹果公司开发的一个视频格式，与 Windows MCI Player 并不兼容，必须把 QuickTime 文件转换成 Windows 格式的文件或者是在 PowerPoint 中把 QuickTime Player 作为对象插入，即插入一个 QuickTime Player 控件来播放 QuickTime 格式的文件。

6. 如何插入并播放 FLV 格式的 Flash 视频

Flash 视频是 Adobe 公司的专有视频格式，与 MCI Player 也不兼容，要在 PowerPoint 中插入 FLV 格式文件并正常播放，一种方法是将它转换为标准的 Windows 格式的视频；另一种方法是用能直接播放它的插件，如 VLC media player for Windows 插件(这是一个跨平台、开放源代码的工具，其最新版本可在官方网站 http://www.videolan.org/vlc/download-windows.html 下载)，然后在插件中链接 FLV 视频来播放。

7. 在 PowerPoint 中播放 RM 或 RMVB 格式的视频

RM 和 RMVB 是 REAL 公司的流媒体视频格式，与 Windows MCI Player 不兼容，不能在 PowerPoint 中直接插入并播放，我们可以通过在系统中安装 RealPlayer 播放器，然后在 PowerPoint 中插入 RealPlayer 播放器附带的 ActiveX 控件来播放 RM 及 RMVB 格式的视频。

8. 原有的带视频的演示文稿现在不能正常演示

出现这种情况，通常是安装多媒体数字信号编解码器或是安装应用程序修改了系统设置所致，通常最简单有效的解决办法是下载一个最新版的 Windows Media Player 并在系统中重新安装一遍，这样可以纠正系统的设置。

4.4.3 PowerPoint 课件中视频处理的特殊方法

在 PowerPoint 课件中主要有以下几种特殊的处理视频的方法。

1. 视频格式的转换

视频格式众多，有 RMVB、MP4、MOV、FLV、AVI、WMV 等。很多视频不能直接插入 PowerPoint 中，所以在使用前应当清楚视频素材是什么格式的。

转换视频格式的软件很多，可以从网络中搜索，这里介绍一款常用的格式转换软件"格式工厂"，它几乎支持所有的视频格式之间的转换，如图 4.138 所示。

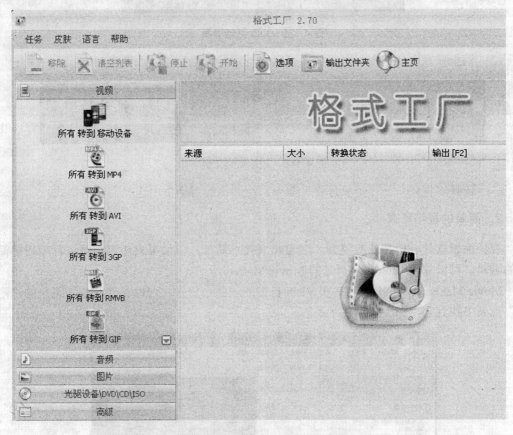

图 4.138 "格式工厂"软件界面

建议大家转换视频格式时，选择 AVI 或 WMV 这两种视频格式，这样可以保证课件能在更多的计算机中正常使用。

另外使用 QQ 影音等视频播放软件也可以非常方便地对视频进行截取和格式转换。

下面用一个例子说明利用 QQ 影音截取视频的方法。

(1) 使用 QQ 影音播放要截取或转换格式的视频，在菜单中选择"视频"→"音频截取"命令，如图 4.139 所示。

图 4.139　QQ 影音界面

(2) 调整要截取的范围，可以使用微调工具进行精确调整，如图 4.140 所示。

图 4.140　截取微调工具

(3) 选择"视频"→"音频保存"命令，在弹出的对话框中选择需要的格式。

2．简单的视频剪辑

视频编辑软件一般都非常复杂，学习起来并不简单，但如果只想对视频进行剪辑等简单的编辑，可以使用 Windows 自带的 Movie Maker。

Movie Maker 是 Windows XP 和 Vista 自带的一款小软件，可以在"开始"菜单的"附件"列表中找到它，如图 4.141 所示。

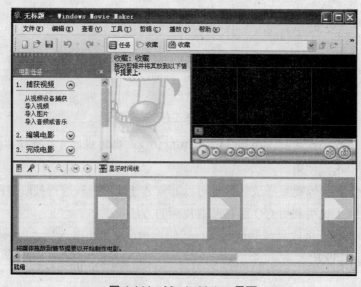

图 4.141　Movie Maker 界面

每个人在计算机上看到的软件界面可能因为版本原因会与上面的截图不同，具体的操作可以查看软件的帮助文件。

3．在 PowerPoint 中直接插入 FLV 视频

　　网络上分享的视频大多为 FLV 格式的视频，但 PowerPoint 并不支持 FLV 格式视频的直接插入，除了将 FLV 视频格式进行格式转换以外，还可以在 PowerPoint 中插入一个 FLV 的播放器，利用插入的播放器播放 FLV 视频，从而实现将其插入到 PowerPoint 中，如图 4.142 所示。

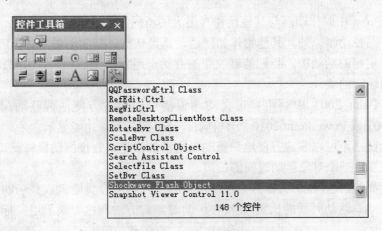

图 4.142　插入指定控件

4.5　动　画　技　术

　　动画具有视频的直观、形象、生动等特点，且比视频更具有灵活性，它摆脱了摄像机的限制，可以自动设计。在 PowerPoint 中利用提供的自定义动画可以组合成多种不同的动画效果。

　　动画可以突出重点、控制信息的流程，并提高演示文稿的趣味性。课件中的动画分两种形式：一种是画面与画面之间的切换关系，如淡进淡出、实进虚出等；另一种是画面内的形象元素根据需要进行移动，如多行文字的逐行显示等。

　　在教学课件中，物体的运动，事情的发展过程，事物之间的相互关系等都可以用动画来表达。用简化的模型动画，更能突出学习内容的关键特征，减少学习过程中的干扰因素。

　　另外，动画还有一种重要的作用：控制学习内容的显示速度与顺序。

　　在 PowerPoint 中，系统支持进入(38 种)、强调(24 种)、退出(38 种)和自定义路径(63 种)4 种类型的动画，供 163 小类，利用这些组合，可以实现多种形式的运动。

　　在 PowerPoint 中也可以通过自定义动画，使用外部的 SEF 动画，或者直接通过插入图片，支持 GIF 的图片动画。

　　动画可以被看做是连续运动的静止画面。所以使用动画关键在于两点。

- 如何控制时间。
- 如何控制运动的物体(包括位置、大小、色彩、方向等)。

在 PowerPoint 中有一个"高级日程表"工具用来控制动画的时间。控制物体的方式在 PowerPoint 中就是细分的动画类型,在 PowerPoint 中制作动画非常方便,只需要关注如何将它们组合起来。

4.5.1　PowerPoint 2003 中处理动画的基本操作

在 PowerPoint 中,处理动画的基本操作主要有以下内容。

1. PowerPoint 中设计动画的技巧

在 PowerPoint 中制作动画与其他软件有很大的不同,PowerPoint 中的动画都是已经设计好的,除了路径动画以外,其他物体如何运动都是依据选择的动画方式决定的。

在这些设定好的动画中,我们能够改变的有动画运行的先后顺序与时间长短、提示音效,以及动画运行的条件。

在 PowerPoint 2003 中利用自定义动画窗格可以非常方便地调整动画顺序,但在 PowerPoint 2007 或 PowerPoint 2010 版本中动画窗格需要设置才能显示。

利用动画窗格,可以非常方便地调整动画运动的次序,直接拖动鼠标就可以移动这些动画排序,改变某一个对象运动时间的长短。

通过动画高级日程(在动画窗格中单击鼠标右键,可以设置隐藏或显示动画),能够更为直观地调整动画运动时间的长短(直接在运动对象右方的颜色方块上用鼠标拖动调整),如图 4.143 所示。

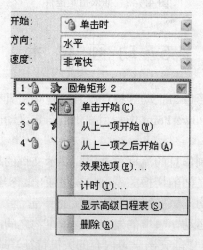

图 4.143　显示高级日程表

双击动画窗格中的动画,可以对其效果进行设置。也可以在动画窗格中,选中具体的动画对象,进行与动画相关的各项设计,如图 4.144 所示。

在 PowerPoint 中设计动画的一般过程如下所示。

如果要为某一个对象添加动画效果,一般可以按以下步骤进行。

(1) 在幻灯片中选中对象,并指定动画类型。一个对象可以添加多种类型动画,如图 4.145 所示。

图 4.144　动画窗格

图 4.145　四种动画种类

- 进入动画：设定对象出现方式。
- 强调动画：设定对象变化方式。
- 退出动画：设定对象消失方式。
- 动作路径动画：设定动画运动方向。

(2) 设置动画同步的方式如图 4.146 所示。

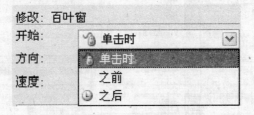

图 4.146　三种同步方式

- 之前：是指与上一动画同步，用于动画效果的叠加。即可以实现两个或多个动画同步开始。
- 单击时：是指只有在单击鼠标时，动画才会播放。
- 之后：是指在前一动画结束后，开始此动画。

(3) 设置动画运动时间长短。可以利用动画高级日程设置，也可以在动画窗格中直接双击动画对象，进行时间设置，如图 4.147 所示。

(4) 设置动画的细节效果，如音效等，如图 4.148 所示。

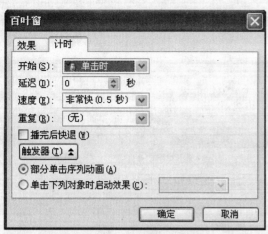

图 4.147　"计时"选项卡

图 4.148　"效果"选项卡

2．在 PowerPoint 中插入动画

在 PowerPoint 2003 中播放 Flash 动画的操作方法与播放视频类似，主要有三种方法。

方法一：利用控件插入法

(1)选择"视图"→"工具栏"→"控件工具箱"命令，显示控件工具箱，如图 4.149 所示。

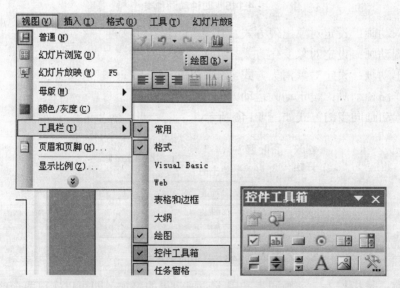

图 4.149　用控件工具箱插入控件

(2)　单击控件工具箱右下角的"其他控件"按钮　，在列表框中选择 Shockwave Flash Object 选项(见图 4.150)，然后在幻灯片窗口中绘制一个用于播放 Flash 动画的矩形区域，如图 4.151 所示。

(3)　在该区域中单击鼠标右键，在弹出的快捷菜单中选择"属性"命令，打开"属性"对话框。

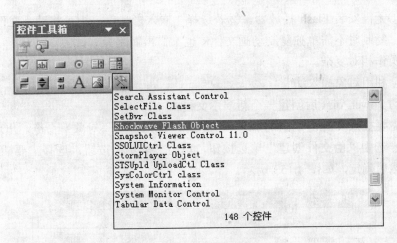

图 4.150　插入所需控件

(4)　在 Movie 属性框中输入 Flash 动画文件的绝对路径及文件名，如"E:\001.swf"，然后将 EmbedMovie 属性值设置为 True，如图 4.152 所示。

(5)　关闭"属性"对话框，Flash 就能在演示文稿中播放了。

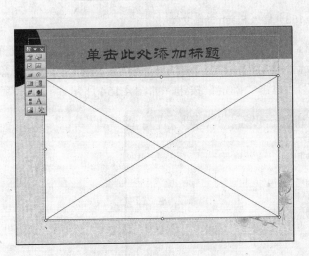

图 4.151　插入 Shockwave Flash Object 控件

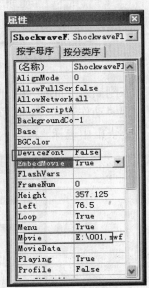

图 4.152　设置属性

注意：在填写影片 URL 时需填写上文件的后缀名.swf。另外选中"嵌入影片"，即可将 Flash 动画包含到 PPT 文件中，复制 PPT 的同时不需复制动画文件，当将该 PPT 复制或移动到其他计算机使用时仍能正常显示 Flash。若未选"嵌入影片"，则需将动画文件和 PPT 文件同时复制，并且修改影片 URL 路径，否则在动画位置上将会出现白框，动画显示不正常。笔者建议选择"嵌入影片"。若计算机上未安装 Flash 播放器也能正常运行，保存浏览即可。

优点：①无需安装 Flash 播放器。②若选择"嵌入影片"，则可将动画文件和 PPT 文件合为一体，复制时不需单独复制动画文件，也不需再做路径修改。

缺点：操作相对复杂。

方法二：利用对象插入法

(1) 启动 PowerPoint 后创建一个新演示文稿。

(2) 在需要插入 Flash 动画的那一页，选择"插入"→"对象"命令。出现"插入对象"对话框，选中"由文件创建"单选按钮，单击"浏览"按钮，选择需要插入的 Flash 动画文件，然后确定，如图 4.153 所示。

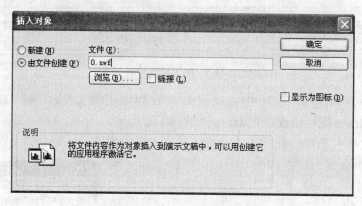

图 4.153 插入 Flash 动画文件

(3) 在刚插入 Flash 动画的图标上，单击鼠标右键打开快捷菜单，选择"动作设置"命令，出现"动作设置"对话框，选择"单击鼠标"或"鼠标移过"都可以，在"对象动作"下拉列表框中选择"激活内容"，单击"确定"按钮，如图 4.154 所示。

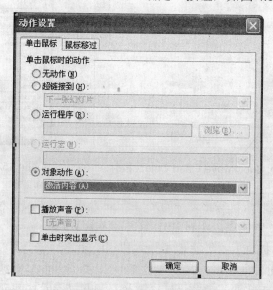

图 4.154 "动作设置"对话框

选择"幻灯片放映"→"观看放映"命令，当把鼠标移过该 Flash 对象时，就可以演示 Flash 动画了。

注意：播放使用该方法插入 Flash 动画的 PPT 文件时，是启动 Flash 播放软件(Adobe Flash Player)来完成动画播放的，所以在计算机上必须有 Flash 播放器才能正常运行。

优点：动画文件和 PPT 文件合为一体，在 PPT 文件进行移动或复制时，不需同时移动或复制动画文件，也不需要更改路径。

缺点：播放时要求计算机里必须安装有 Flash 播放器。

方法三：利用超链接插入 Flash 动画

(1) 启动 PowerPoint 后创建一个新的演示文稿。

(2) 在幻灯片页面上插入一图片或文字用于编辑超链接。在本例中我们插入一个圆。

(3) 右击"圆"，在弹出的快捷菜单中选择"超链接"命令，弹出"插入超链接"对话框，输入 Flash 动画文件的地址，最后单击"确定"按钮，如图 4.155 所示。

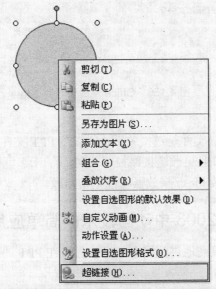

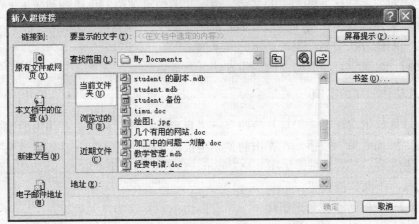

图 4.155　添加超链接

(4) 保存文件。

注意：使用超链接插入的动画有 3 点需要注意。

(1) 改变动画文件名称或存储位置会导致超链接"无法打开指定的文件"。解决方法是，在进行文件复制时，要连同动画文件一起复制，并重新编辑超链接。

(2) 在 PPT 播放时，单击超链接，将会弹出如图 4.156 所示对话框，通常做法是单击"确定"按钮。

(3) 计算机上要安装有 Flash 播放器才能正常播放动画。

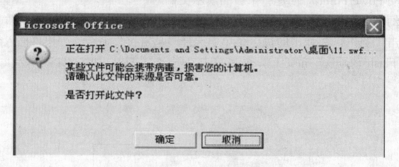

图 4.156　Office 中的警号对话框

优点：操作简单。

缺点：由于 PPT 和动画文件是链接关系，所以在 PPT 文件复制或移动过程中，必须同时复制和移动动画文件，并且更改链接路径。否则，将出现"无法打开指定文件"对话框。另外，在计算机中必须安装 Flash 播放器才能正常播放。

4.5.2　PowerPoint 2003 中动画技术的简单应用

在制作课件时，为了直观地讲解概念，可以尝试在 PPT 课件中制作一些简单的动画，PPT 中的动画有以下特点。

● 动画对象多样化，PPT 中的文字、图形和图像等都可制作成动画效果。

● 动画动作模式化，动作模式基本被限制在 PPT 所规定的那些动画内。

● 动画制作方法简单，很容易学会并掌握。

下面我们一起来学习简单动画的制作方法。

1．进入动作的简单实例

打开幻灯片，依次选择"幻灯片放映"→"自定义动画"命令，在弹出的窗口中选中对象，单击"添加效果"按钮，在弹出的菜单中依次选择"进入"→"其他效果"命令，弹出"添加进入效果"对话框，如图 4.157 所示，进入动画效果共有 52 种，是课件制作中最常用的动画，下面举例说明。

【例 4.6】 绘制两个三角形组成一个平行四边形，并添加飞入效果。

(1) 画一个三角形，再复制粘贴一个三角形，然后把两个三角形调整成一个平行四边形，如图 4.158 所示。

图 4.157　进入效果

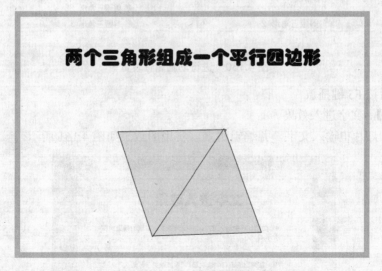

图 4.158　绘制图形

(2)　选中一个三角形，依次选择"幻灯片放映"→"自定义动画"命令，在弹出的任务窗格中单击"添加效果"按钮，在弹出的菜单中依次选择"进入"→"飞入"命令，如图 4.159 所示。

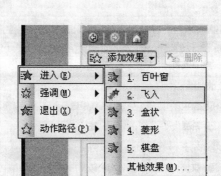

图 4.159　添加飞入动画

(3) 将"自定义动画"任务窗格中的"开始"设置为"单击时"，"方向"设置为"自左侧"，如图 4.160(a)所示。

(4) 设置另一个三角形，添加"飞入"效果，将"自定义动画"任务窗格中的"开始"设置为"之前"，"方向"设置为"自右侧"，如图 4.160(b)所示。

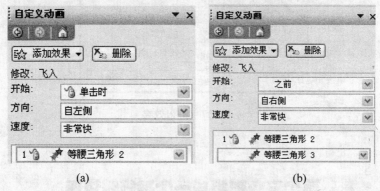

(a)　　　　　　　　　　　　　　(b)

图 4.160　进行动画属性设置

(5) 最后按 F5 键播放。

【例 4.7】　文字进入效果。

(1) 在幻灯片中输入文字，并编辑格式，实现的效果如图 4.161 所示。

图 4.161　输入文字

(2)　选中文本框，依次选择"幻灯片放映"→"自定义动画"命令，在弹出的任务窗格中单击"添加效果"按钮，在弹出的菜单中依次选择"进入"→"飞入"命令，将"飞入"设置为"单击时"，"方向"设置为"自底部"，"速度"设置为"非常快"，如图4.162 所示。

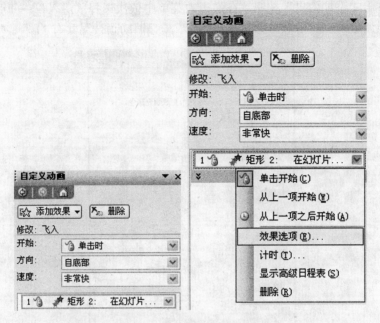

图 4.162　设置文字格式

(3)　单击动画后面的倒三角，选择"效果选项"命令，在弹出的"飞入"对话框中切换到"正文文本动画"选项卡，设置"组合文本"为"按第一级段落"，单击"确定"按钮，如图 4.163 所示。

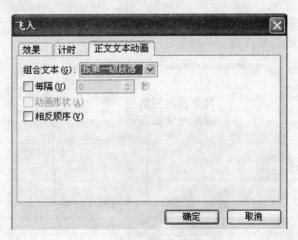

图 4.163　设置正文文本动画

(4)　按 F5 键播放，单击一下鼠标，出一行字。如果希望单击一下鼠标，文字一行一行连续进入，就把"计时"选项卡中的开始设置为"之后"。

进入的效果应用很多，在后面的实例中，我们还会用到。

2. 强调效果

在用 PPT 课件讲课中，经常会遇到一些知识点需要强调，这就需要运用强调效果。

打开幻灯片，依次选择"幻灯片放映"→"自定义动画"命令，选中对象，在弹出的任务窗格中单击"添加效果"按钮，在弹出的菜单中依次选择"进入"→"强调"命令，打开"添加强调效果"对话框，如图 4.164 所示，强调动画效果共有 31 种。

图 4.164　强调动画效果

【例 4.8】　制作简单的图形线条动画提示——两个直角三角形组成一个长方形。

(1) 画出元件，即两个直角三角形和一个矩形，如图 4.165 所示。

图 4.165　绘制图形

(2)　设置动画，分别选中两个直角三角形，依次选择"幻灯片放映"→"自定义动画"命令，在弹出的任务窗格中单击"添加效果"按钮，在弹出的菜单中依次选择"进入"→"飞入"命令，将"自定义动画"任务窗格中的"开始"设置为"单击时"，"方向"设置为"自左侧"，另一个设置为"自右侧"，如图 4.166 所示。

图 4.166　设置三角形动画

(3)　强调右边的三角形，选择"幻灯片放映"→"自定义动画"命令，在弹出的任务窗格中单击"添加效果"按钮，在弹出的菜单中依次选择"强调"→"陀螺旋"命令，如图 4.167 所示；在"数量"下拉列表中选择"自定义"，输入 180°，按 Enter 键，"开始"设置为"之前"。

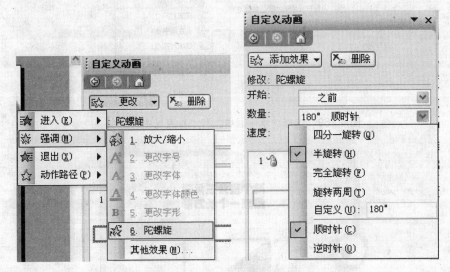

图 4.167　设置"强调"动画

(4)　选中矩形，选择"幻灯片放映"→"自定义动画"命令，在弹出的任务窗格中单击"添加效果"按钮，在弹出的菜单中依次选择"进入"→"出现"命令，"开始"设置为"之后"。再次单击"添加效果"按钮，在弹出的菜单中选择"强调"→"更改线条颜色"命令，将"线条颜色"设置为"褐色"，"开始"设置为"之前"，如图 4.168 所示。

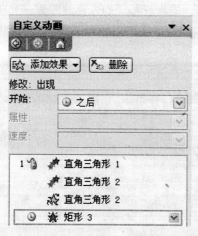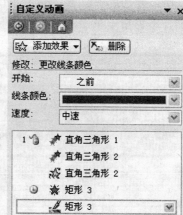

图 4.168　设置矩形动画

（5）全选幻灯片中的元件，在"绘图"工具栏中单击"绘图"按钮，在下拉菜单中选择"对齐或分布"命令，在弹出的子菜单中，分别选择"水平居中"和"垂直居中"命令，如图 4.169 所示，这样图就在居中位置显示了，如图 4.170 所示。

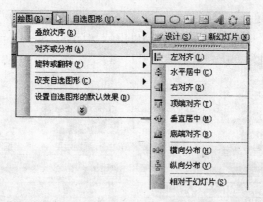

图 4.169　选择"水平居中"和"垂直居中"命令

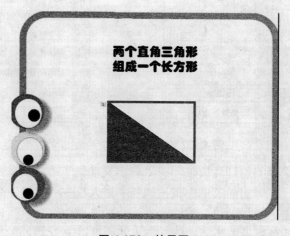

图 4.170　效果图

(6) 制作完成后，按 F5 键播放。

【例 4.9】 制作文科课件中文字变色和放大缩小强调效果。

(1) 输入文字，注意是两个文本框，效果如图 4.171 所示。

图 4.171　输入文字

(2) 设置动画，选中两个文本框，依次选择"幻灯片放映"→"自定义动画"命令，在弹出的任务窗格中选中对象，依次单击"添加效果"→"进入"→"飞入"命令，将"方向"设置为"自左侧"，但第二个文本框，"开始"设置为"之后"，如图 4.172 所示。

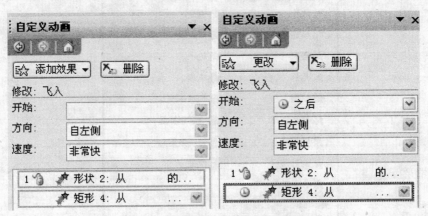

图 4.172　设置动画

(3) 设置强调效果，选中第二个文本框，依次单击"添加效果"→"强调项"→"更改字体颜色"命令，在弹出的窗口中，设置字体颜色为"褐色"；再依次单击"添加效果"→"强调"→"放大/缩小" 命令，在弹出的"自定义动画"窗格中，将"开始"设置为"之前"，如图 4.173 所示。

图 4.173　设置强调效果

(4)　制作完成后，按 F5 键播放。

3．退出动作

有时我们做课件，需要把一些元件退出幻灯片，再进入其他元件，这样的效果就用到了退出动画。打开幻灯片，依次选择"幻灯片放映"→"自定义动画"命令，在弹出的任务窗格中选中对象，依次单击"添加效果"→"退出"命令，进入退出动画项，退出动画效果共有 52 种，如图 4.174 所示。

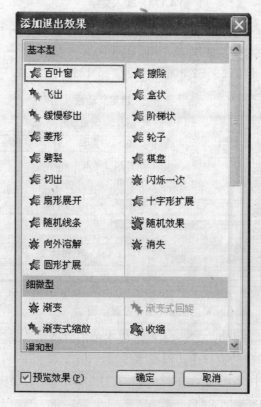

图 4.174　退出动画效果

【例 4.10】 制作由两个等腰三角形组成的平行四边形。

(1) 在幻灯片中画出一个等腰三角形，再复制粘贴一个等腰三角形，把其中一个三角形选中，依次单击"绘图"→"旋转或翻转"→"垂直翻转"命令，如图 4.175 所示，合成一个平行四边形，如图 4.176 所示。

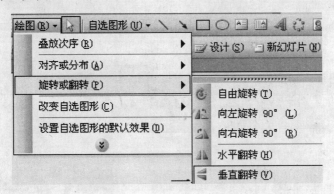

图 4.175 对图形进行垂直翻转

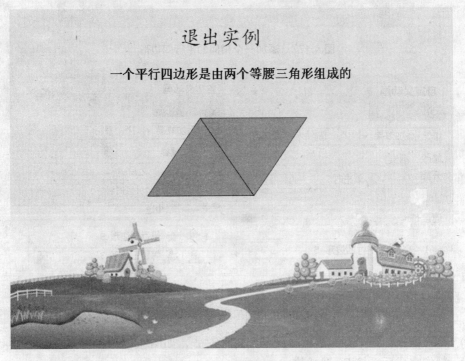

图 4.176 输入图形及文本

(2) 在幻灯片中再画一个平行四边形，选中平行四边形，调整黄色菱形调节柄，使平行四边形和由两个三角形组成的四边形一致，如图 4.177 所示。

(3) 设置动画。选中平行四边形，依次选择"幻灯片放映"→"自定义动画"命令，在弹出的任务窗格中选中对象，依次选择"添加效果"→"退出"→"渐变"效果，在弹出的"自定义动画"窗格中，将"开始"设置为"单击时"，如图 4.178(a)所示。

(4) 选中左侧一个等腰三角形，再依次单击"添加效果"→"强调"→"陀螺旋"命令，单击数量，在弹出的菜单中选择"自定义"，输入"180°"，按 Enter 键，"开始"设置为"之后"，如图 4.178(b)所示。

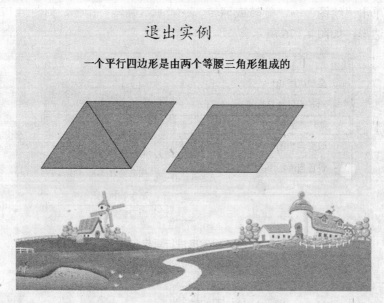

图 4.177　添加一个相同的平行四边形

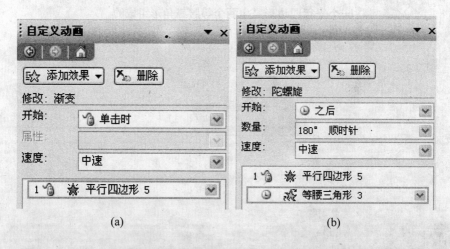

(a)　　　　　　　　　　　　(b)

图 4.178　设置动画效果并添加强调项

(5) 整理位置，把平行四边形放到三角形上对齐，如图 4.179 所示。

(6) 制作完成后，按 F5 键播放。

【例 4.11】　验证连线是否正确。

(1) 在幻灯片上写出所需要的文字，并画出相应的连线，文本框设置为黑色边框，同时还要准备一个小图片，图片上面输入"重来"文字，如图 4.180 所示。

> 注意：在使文本框对齐时，可利用"绘图"工具下的对齐等命令。连线用连接符来画，单击"自选图形"→"连接符"，这样画出的直线自动连接边线的中心点，再单击箭头样式选择正确箭头。

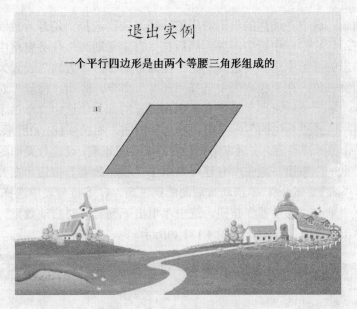

图 4.179　制作完成效果图

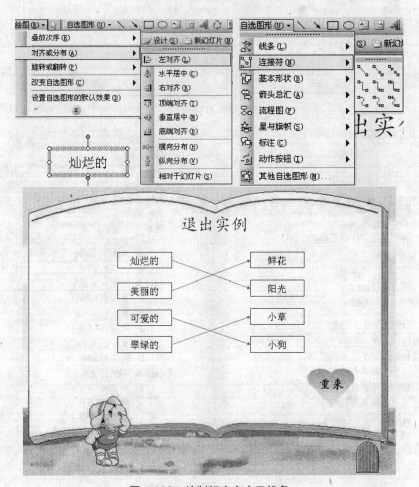

图 4.180　绘制相应文本及线条

（2）设置动画。选中"灿烂的"所对应的连线，依次选择"幻灯片放映"→"自定义动画"命令，在幻灯片窗口中选中对象，然后在"自定义动画"任务窗格中单击"添加效果"按钮，在弹出的菜单中选择"进入"→"擦除"命令，"方向"设置为"自左侧"，单击动画后面的倒三角，在下拉列表中选择"计时"命令，弹出"擦除"对话框，切换到"计时"选项卡，单击"触发器"按钮，然后在展开的部分中选中"单击下列对象时启动效果"单选按钮，选择"灿烂的"，单击"确定"按钮，如图 4.181(a)所示。

（3）其他操作都一样设置，注意方向和触发器要设置正确，设置效果如图 4.181(b)所示。

（4）设置"重来"按钮。选中所有连线，单击"添加效果"按钮，在弹出菜单中依次选择"退出"→"渐变"命令，单击动画后面的倒三角，在下拉列表中选择"计时"命令，在打开的对话框中单击"触发器"按钮，选中"单击下列对象时启动效果"单选按钮，选择"重来"，单击"确定"按钮，如图 4.181(c)所示。

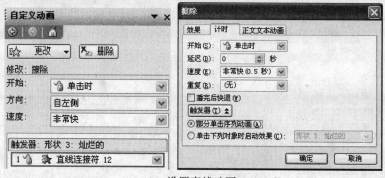

(a) 设置直线动画

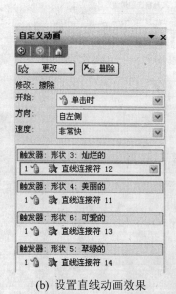

(b) 设置直线动画效果

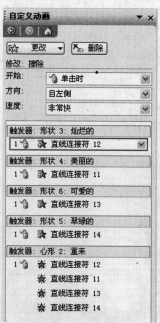

(c) 设置"重来"动画效果

图 4.181　各动画设置方法

注意："重来"的触发器退出效果，一定要放在动画中的最下面，否则动画就乱了。

(5) 全部设置完毕，按F5键播放。

4．动作路径

下面来讲最后一个动画效果——动作路径。打开幻灯片，依次选择"幻灯片放映"→"自定义动画"命令，在幻灯片窗口中选中对象，然后在"自定义动画"任务窗格中单击"添加效果"按钮，在弹出的菜单中依次选择"动作路径"→"其他动作路径"命令，打开"更改动作路径"对话框，路径动画效果共有64种，如图4.182所示，在课件制作中应用也很广泛。

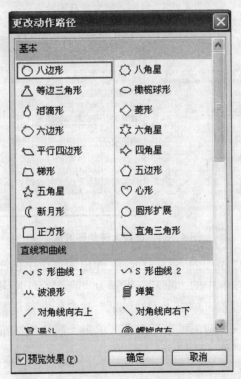

图 4.182　动作路径动画效果

【例4.12】 一个球围绕另一个球旋转。

(1) 画两个球。先画小球，复制小球放大成大球，两个球的摆放如图4.183所示。

(2) 设置动画。选中大球，依次选择"幻灯片放映"→"自定义动画"命令，然后在"自定义动画"任务窗格中单击"添加效果"按钮，在弹出的菜单中依次选择"强调"→"陀螺旋"命令，"开始"设置为"之前"，"速度"设置为"慢速"，将"计时"选项卡中的"重复"设置为"直到幻灯片末尾"，如图4.184所示。

图 4.183　绘制所需文本及图片

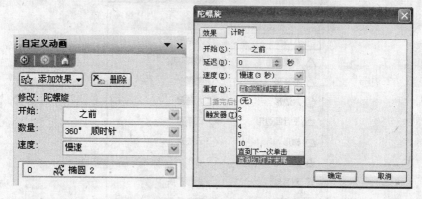

图 4.184　设置大球动画效果

(3)　选中小球，单击"添加效果"按钮，在弹出的菜单中依次选择"强调"→"陀螺旋"命令，将"计时"选项卡中的"重复"设置为"直到幻灯片末尾"。

(4)　继续对小球进行设置。单击"添加效果"按钮，在弹出菜单中依次选择"动作路径"→"其他动作路径"→"圆形扩展"命令，单击"确定"按钮，如图 4.185 所示。

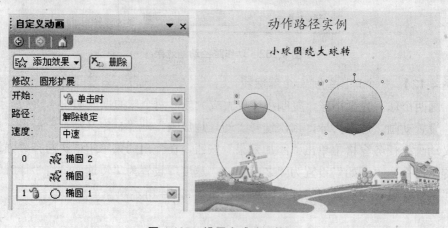

图 4.185　设置小球动画效果

(5)　选中圆形路径，绿色起点有个旋转调节柄，拖动旋转成水平，拉长路径如图 4.186 所示。

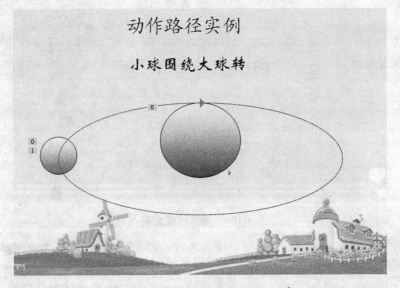

图 4.186　对路径进行修改

(6)　调整路径动画的属性。取消选中"平稳开始"和"平稳结束"复选框，在"计时"选项卡中将"开始"设置为"之前"，"速度"设置为"慢速"，"重复"设置为"直到幻灯片末尾"，如图 4.187 和图 4.188 所示。

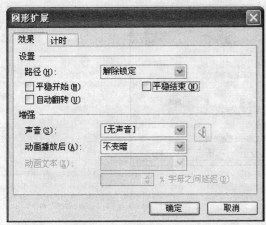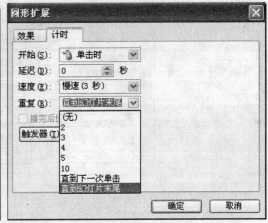

图 4.187　动画效果设置　　　　图 4.188　"计时"选项卡设置

(7)　全部设置完毕，按 F5 键播放。

【例 4.13】　"PPT 课件制作"文字路径动画。

(1)　输入所需要的文字，如图 4.189 所示。

图 4.189　输入所需文字

(2) 要设置准确的路径动画，应学会用参考线。依次选择"视图"→"网格和参考线"命令，打开"网格线和参考线"对话框，选中"屏幕上显示绘图参考线"复选框，单击"确定"按钮。这样屏幕上就会出现水平和垂直的参考线，左手按着 Ctrl 键的同时，拖动水平或垂直的参考线可以复制出一条参考线。在水平中心线上下各复制一条与其距离为 3.20 的水平线，垂直中线左右各复制一条数值为 6.60 的垂直线。这样就形成了定位，如图 4.190 所示。

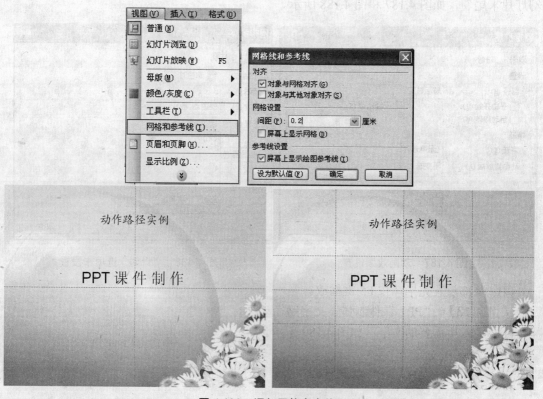

图 4.190　添加网格参考线

（3）设置动画。选中"PPT"字母，对准中心网格参考线，选择"幻灯片放映"→"自定义动画"命令，然后在"自定义动画"任务窗格中单击"添加效果"按钮，在弹出的菜单中依次选择"动作路径"→"绘制自定义路径"→"直线"命令，从中线点向左上角拉出一条动作路径线，在"自定义动画"任务窗格中将"开始"设置为"之前"。再次单击"添加效果"按钮，在弹出的菜单中选择"强调"→"陀螺旋"命令，将"开始"设置为"之前"；再次单击"添加效果"按钮，在弹出的菜单中选择"强调"→"更改字体颜色"命令，"字体颜色"设置为"红色"，"样式"设置为"五彩"，"重复"设置为"直到幻灯片末尾"，单击"确定"按钮，操作如图 4.191 所示。

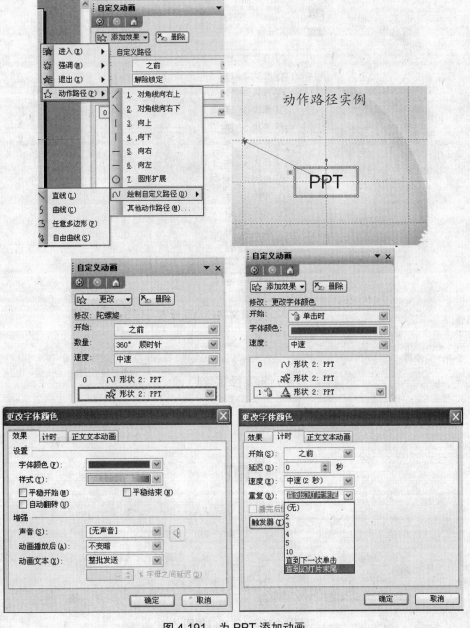

图 4.191　为 PPT 添加动画

（4）"课"、"件"、"制"字的动画设置和 PPT 一样，可以复制"PPT"字母，然后修改成"课"，只需更改动作路径的方向，选中路径拖动中点到右上角即可，其他字的设置都一样。最后复制修改"件"字时，把路径动画去掉，只保留强调的动画，并放在幻灯片的中间位置，如图 4.192 和图 4.193 所示。

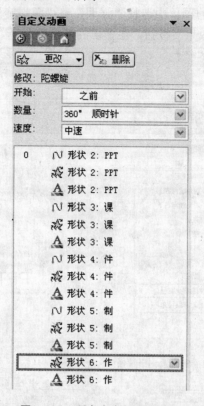

图 4.192　所有文字的动画设置

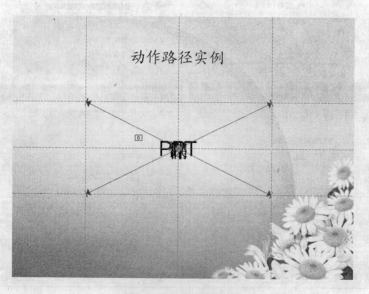

图 4.193　完成效果图

(5) 全部设置完毕后，按 F5 键播放。

4.5.3　PowerPoint 2003 中处理动画的特殊方法

在 PowerPoint 课件中处理动画的特殊方法主要有以下几种。

1．让 PowerPoint 动画自动演示

默认情况下，PowerPoint 中的运动对象需要单击才会播放，如果要连续播放动画该怎么做呢？

1) 设计思路

在 PowerPoint 中设置动画开始时间有三种选项：单击时、之前和之后。

如果想让动画自动播放，则只能采用后两种方式。

2) 应用技巧

幻灯片之间也可以实现连续播放，只需要把默认选项取消即可，如图 4.194 所示。

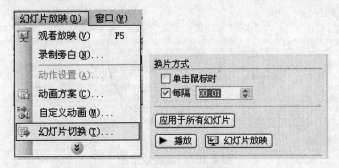

图 4.194　改变幻灯片切换方式

2．模拟画圆

在 PowerPoint 中制作画圆动画比较简单，只要设置"进入"→"轮子动画"效果即可，但如果想精确显示半径和圆心，可以按照圆设置的位置，设置多个对象，让它们依次出现即可。

模拟画圆的具体步骤如下。

(1) 单击"绘图"工具栏中的"椭圆"按钮，画一个圆，注意画圆的同时按住 Shift 键可以画出一个正圆。

(2) 设置圆的格式，使其填充颜色为"白色"，边线为"红色"，如图 4.195 所示。

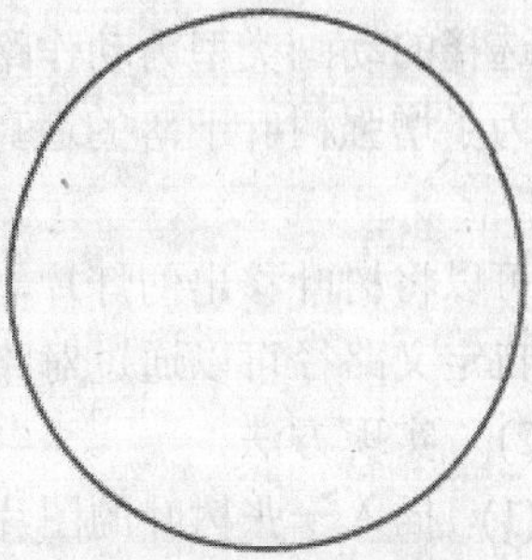

(3) 设置动画，单击"添加效果"按钮，在弹出的菜单中依次选择"进入"→"轮子"命令，在"效果"选项卡中选择"1 轮辐图案"，如图 4.196 所示。

图 4.195　绘制一个圆形

图 4.196　添加"轮子"动画

（4）　放映效果如图 4.197 所示。

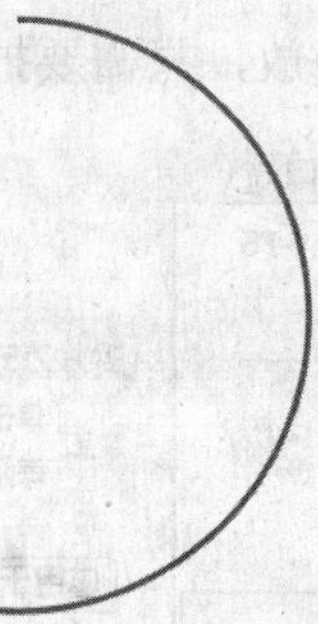

图 4.197　放映效果图

3．模拟树叶飘落

PowerPoint 中的自定义路径可以为运动的对象设置任意运动方向。本案例中树叶的飘落效果可以利用自定义路径动画来实现。

1）　设计要点

选择的动画类型为动作路径中的自定义路径，自定义路径可以任意设置。

为了增强树叶下落的逼真程度，可以增加"陀螺旋"动画，让树叶在下落过程中同时翻转。

可以将树叶移出幻灯片，从画面外进入。

自定义路径可以通过对路径上的箭头的移动进行修改。

2）　实现方法

（1）　插入一张树叶的图片，可以通过网络搜索获得，如图 4.198 所示。

图 4.198　插入树叶图片

（2）对树叶进行动画设置，选择树叶，单击"添加效果"按钮，在弹出的菜单中依次选择"强调"→"陀螺旋"命令，"开始"设置为"之前"，"速度"选择为"慢速"；在"添加效果"菜单中依次选择"动作路径"→"绘制自定义路径"→"自由曲线"命令，绘制自己需要的下落曲线，"开始"设置为"之前"，"速度"选择为"慢速"，如图 4.199 所示。

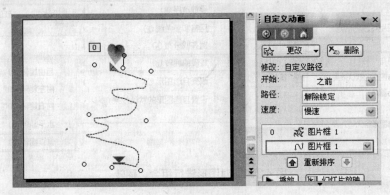

图 4.199　设置树叶动画效果

（3）完成后即可放映观看，若觉得和树叶下落不太符合还可以通过拖动路径来进行修改。

3）应用拓展

此类动画可用于制作任意不规则方向的运动，如蝴蝶飞舞、雪花飘落等。

4．钟摆运动

1）设计思路

在 PowerPoint 中没有摆钟这种动画方式，但是有能够实现圆周运动的陀螺动画方式。如果只让陀螺旋动画在很小的范围内运动，不就是钟摆运动了吗？

2）实现方法

（1）绘制钟摆运动对象，即一个线条和一个圆，并将其组合，如图 4.200 所示。

图 4.200　绘制所需图形

（2）因为陀螺做的是以运动对象的中心点为圆心的圆周运动，所以还要将组合后的对象复制一份，并做垂直翻转。对齐对象后再次组合，并将另一半设置为透明色或把线条色彩与填充色彩设置为和幻灯片色彩一致，如图 4.201 和图 4.202 所示。

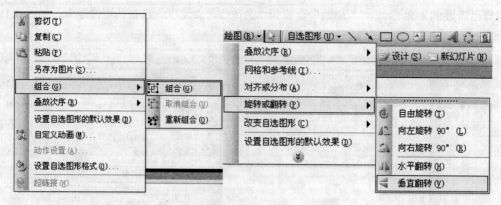

图 4.201　对图形进行组合、翻转

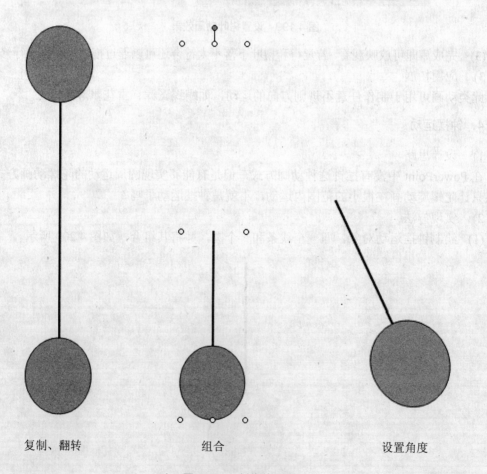

复制、翻转　　　　　　　组合　　　　　　　设置角度

图 4.202　制作效果图

（3）将运动对象旋转一定的角度，为运动对象添加陀螺旋动画，并将角度设置成一定的度数，如图 4.203 所示。

自动翻转：动画运动到终点时，会自动以动画方式返回起点，而不是突然回到动画的起点。即"起始处→动画→终点处→动画→起点处"。如果没有选中此项，则效果为"起始处→动画→终点处→起点处"。

　　另外在"计时"选项卡中，需要为动画设置一定的重复次数。

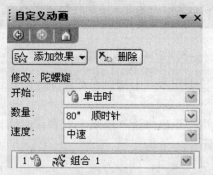

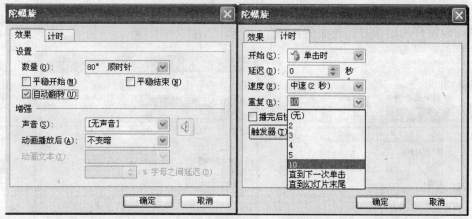

图 4.203　对组合进行动画设置

3)　应用技巧

　　此动画的设计技巧在于将圆周旋转动画变成类似单摆运动的动画效果，实现此效果的关键在于隐藏另外一半的运动对象。

　　此种运动可用于制作机械的转动、人体的关节等运动。

5．倒计时动画

　　在课堂教学中，有一些场合需要使用计时功能：如设置练习时间或提醒演讲者讲解时间等。但在幻灯片里不能直接动态显示时间，一般可以通过使用 VBA 或插入 Flash 动画方式实现。

　　在这里为大家介绍一种利用自定义动画实现倒计时效果的方法，但这种方法无法自定义时间。

1)　设计思路

　　动画原理是在幻灯片上先放置好各种动画对象，如显示时间的文本框或按一定规则排列的计时图案，然后按顺序为这些对象设计退出与进入动画。

2) 实现过程

(1) 按设计时的效果，放置好动画对象，如图 4.204 所示。

图 4.204　绘制所需图形及文本

(2) 动画应当设置为红色的矩形从右边到左边一个一个地消失，时间文本框是出现以后再消失。

消失的动画可以统一使用"退出擦除"：从左到右，时间为 1 秒，计时方式为"上一动画之后"，如图 4.205(b)所示。

文本动画使用"退出消失"效果，同步方式为"上一动画之后"。"时间到"提示文字使用出现动画，不使用退出动画，如图 4.205(c)所示。

(3) 设置好的动画时间线如图 4.205(d)所示。

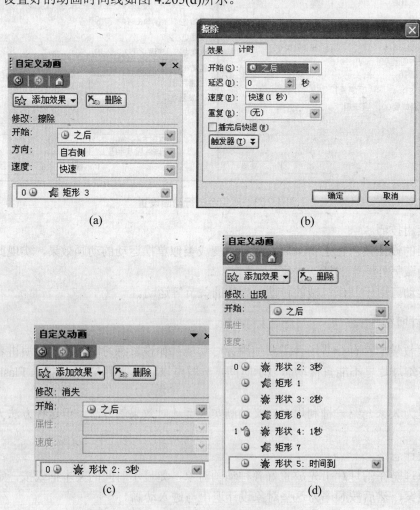

图 4.205　动画设置

3)　应用拓展

要在 PowerPoint 中插入显示时间、显示上课时间等功能，可以上网查找 Flash 动画，然后插入到 PowerPoint 母版里。

另外还有一种利用动画延迟和播放后隐藏的方法制作倒计时动画。

(1)　设置数字动画，按照计时时间的长短，输入数字。例如输入 10 秒，则从 10 秒开始，第一个"10 秒"自定义动画设置为"退出-消失动画"，同步方式为"单击"，这样单击鼠标时，它会消失，即意味着计时开始。后面的数字设置为"进入-出现"动画即可，这里关键是添加效果"下次单击后隐藏"，实现完成动画后自动隐藏的效果，延时时间为 1 秒，还可以适当添加声音效果，如图 4.206 所示。

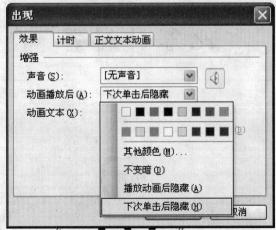

图 4.206　设置隐藏动画

(2) 复制数字"09"的动画,改变文本为"08"、"07"、……,直到其排列为"00",如图 4.207 所示。

图 4.207　所需设置的动画效果

(3) 将这些数字文本框选中,选择对齐方式为"水平居中"、"垂直居中",则如图 4.208 所示。

图 4.208　完成效果图

6．卷轴动画

使用卷轴呈现内容的表现形式比较新颖，能很好地吸引学生的注意力，如图 4.209 所示。

图 4.209　卷轴动画效果图

1) 设计要点

● 卷轴动画至少有三个对象：两个轴，一个展开的画面。设置卷轴动画，一定要注意对象的叠放层次，卷轴一定要放在展开对象的上方。

● 三个对象为同步动画，两个轴均为直线运动，一个从左到右，一个从右到左。展示图片的动画采用的是：劈裂→中央向左右展开，如图 4.210 所示。

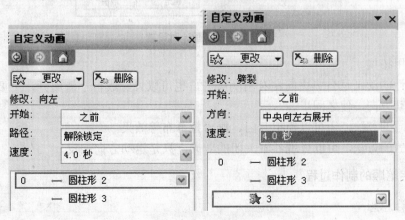

图 4.210　设置动画

- 为了较好地控制时间和同步效果，可以取消选中"平稳开始"和"平稳结束"复选框，如图 4.211 所示。

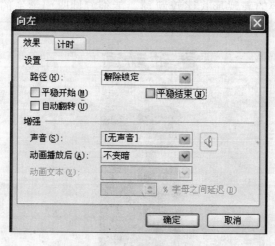

图 4.211　动画效果设置

- 动画播放的时间除了选择默认选项外，还可以输入任意时间值，注意要以秒为单位，如运行 4 秒，则输入"4 秒"，如图 4.212 所示。

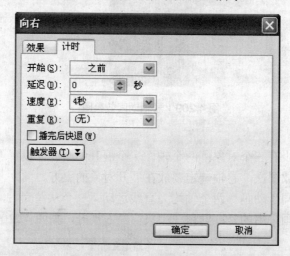

图 4.212　动画计时设置

2)　应用拓展

上面设计的动画是自中央向左右两侧展开，也可以设置成自一侧展开，主要是调整上方的卷轴运动方向，使之同步。

使用相同的方法，还可以模拟开门、舞台拉幕布等效果。

利用遮盖的方法，可以呈现卷轴关闭的效果，只是运动方向相反。

7. 文字笔顺的制作过程

1)　设计思想

在汉字教学中，汉字的笔画书写顺序是一项重要任务。但在 PowerPoint 中文字对象是独立的，没有很好的方法分解，有一种思路是借助艺术字，将艺术字作为 Windows 的图元对象复制，然后将其缩小组合，这种方法有一种局限：对于有交叉笔画的汉字就无法完成。

我们转换一个思路：汉字笔画没有办法分解，那可以将它描出来吗？

2) 实现方法

(1) 在 PPT 课件中设置所需要的文字和对应的拼音；拼音可以先用 Word 格式中的"中文版式"中的"拼音指南"输写，再复制到 PPT 里，如图 4.213 所示。

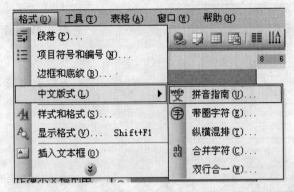

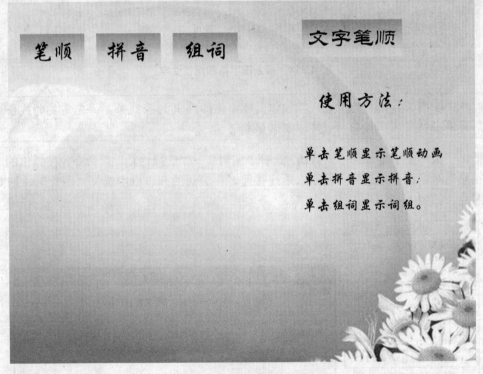

图 4.213　插入所需文本、拼音

(2) 设置文字动画。

按住 Shift 键，画出一个正方形，在工具栏中，单击直线标志按钮画出所有田字格线条，设置斜线条为虚线，输入文字(注意：文字颜色不要与矩形和线条的背景颜色一样)，完成的效果如图 4.214 所示。

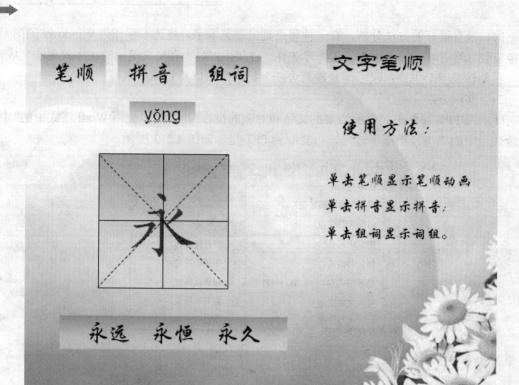

图 4.214　插入田字格和所需文字

> **技巧：** 双击绘图工具栏里的"直线"按钮，可以连续画出 N 条线条，画完需要的线条后，再单击"直线"按钮，就可以正常编辑了。

　　把田字格和文字全部选中，剪切，选择"编辑"→"选择性粘贴"命令，在弹出的"选择性粘贴"对话框中，选中"粘贴"单选按钮，在旁边的列表框中选择"图片"，把对象变成图片，如图 4.215 所示。

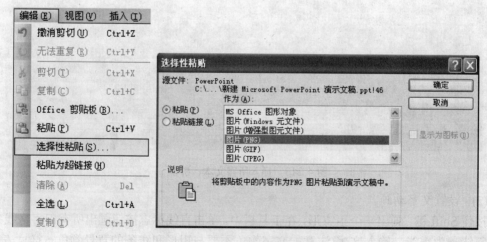

图 4.215　将对象转化为图片格式

　　将粘贴过来的图片设置为透明色，再选中文字，单击一下鼠标，这时产生的效果就如同在一个板子上挖出来格子字，如图 4.216 所示。

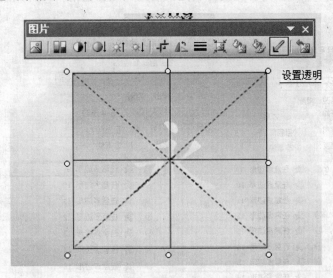

图 4.216　给字体设置透明色

　　在"绘图"工具栏中单击 "自选图形"按钮，在下拉列表中依次选择"线条"→"曲线"，把笔画一笔一笔地描出来，注意不要露出下面的颜色，还要注意遇到竖勾，要描两笔，实现的效果如图 4.217 所示。

图 4.217　描出字体

接下来就是一笔一笔做动画，依次选择"添加效果"→"进入"→"擦除"命令，注意方向和笔顺的先后顺序。在弹出的"自定义动画"任务窗格中，开始设置为"之后"，如图 4.218(a)所示。

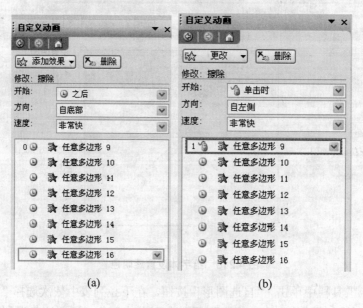

(a)   (b)

图 4.218　设置笔画动画

单击所有动画后面的倒三角，在下拉列表中选择"计时"命令，在打开的对话框中单击"触发器"按钮，选中"单击下列对象时启动效果"单选按钮，选择"笔顺"，单击"确定"按钮，如图 4.218(b)所示。

最后，也是一个关键的知识点，选中田字格，右键单击，在弹出的快捷菜单中依次选择"叠放次序"→"置于底层"命令，操作如图 4.219 所示。

操作完成后，按 F5 键演示，单击"笔顺"按钮，就开始书写文字了，实现效果如图 4.219 所示。

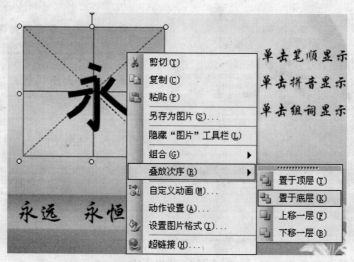

图 4.219　将田字格置于底层

(3)　设置拼音和组词动画。

选中拼音，单击"添加效果"按钮，在弹出的菜单中依次选择"进入"→"渐变式缩放"命令，单击动画后面的倒三角，在下拉菜单中选择"计时"命令，打开相应的对话框，单击"触发器"按钮，选中"单击下列对象时启动效果"单选按钮，选择"拼音"选项，单击"确定"按钮。

选中组词，单击"添加效果"按钮，在弹出菜单中依次选择"进入"→"擦除"命令，单击动画后面的倒三角，在下拉菜单中选择"计时"命令，打开相应的对话框，单击"触发器"按钮，选中"单击下列对象时启动效果"单选按钮，选择"组词"选项，单击"确定"按钮，如图 4.220 所示。

图 4.220　增加拼音和组词触发动画

设置完毕，按 F5 键演示，单击"笔顺"按钮，就开始书写汉字；单击"拼音"按钮显示拼音；单击"组词"按钮显示词组。

8. 片头设计

(1)　首先设置好参考线。依次选择"视图"→"网格和参考线"命令，在打开的对话框中选中"屏幕上显示绘图参考线"复选框，单击"确定"按钮。按住 Ctrl 键的同时拉出水平参考线，上下两条，数值为 6.20，依次选择"格式"→"背景"命令，打开"背景"对话框，设置"背景填充"为黑色，单击"全部应用"按钮，如图 4.221 所示。

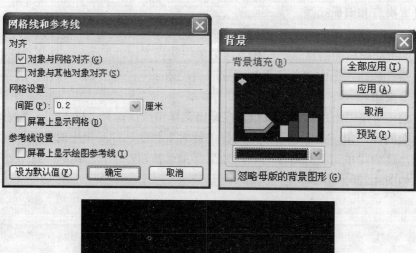

图 4.221　设置背景并添加网格线

(2)　依次选择"插入"→"图片"→"来自文件"命令，在弹出的对话框中找到需要的图片插入，放在幻灯片中间，如图 4.222 所示。

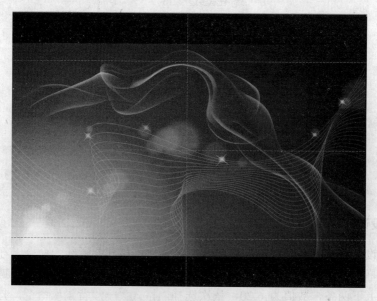

图 4.222　插入所需图片

(3)　画两个黑色矩形盖住整个编辑区，如图 4.223 所示。

图 4.223　绘制两个矩形

（4）依次选择"插入"→"文本框"→"横排"命令，在文本框中输入"等待中……"，文字颜色设置为白色，文本框线条和填充颜色都设置为无颜色。再画一个圆环和一条白色线段，如图 4.224 所示。

画圆环的方法是：在"绘图"工具栏中单击"自选图形"按钮，在下拉列表中依次选择"基本形状"→"同心圆"形状，按住 Shift 键的同时在编辑区画同心圆，调节换色调节柄。设置圆环的填充效果为单色白色，颜色为"浅"，透明度从 20% 到 80%，底纹样式为"水平"，变形为"左上"。

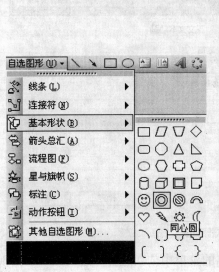

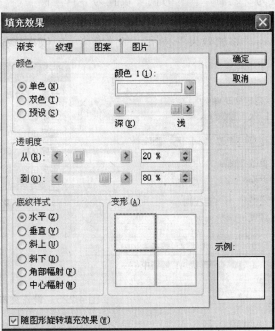

图 4.224　文本及图形的绘制

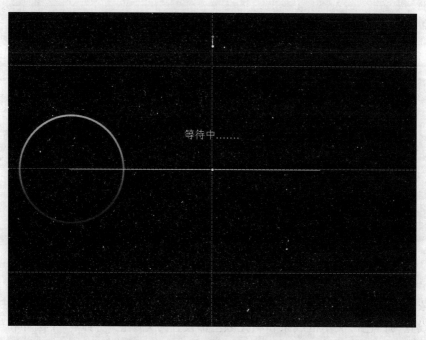

等待中……

图 4.224　文本及图形的绘制(续)

（5）分别对图形进行动画设置。选中"等待中……"，依次选择"幻灯片放映"→"自
定义动画"命令，打开"自定义动画"任务窗格，再单击"添加效果"按钮，在弹出的菜
单中依次选择"进入"→"擦除"命令。然后在"自定义动画"任务窗格中，将"开始"
设置为"之前"，"方向"设置为"自左侧"，"速度"设置为"快速"。单击动画后面
的倒三角，在下拉菜单中选择"计时"命令，将计时重复设置为"3"，如图 4.225 所示。
再单击"添加效果"按钮，在弹出菜单中依次选择"退出"→"渐变"命令。

图 4.225　设置文本框动画

选中同心圆，单击"添加效果"按钮，在弹出的菜单中依次选择"进入"→"出现"
命令；再次单击"添加效果"按钮，在弹出的菜单中依次选择"强调"→"陀螺旋"命令，
在"自定义动画"任务窗格中，将"开始"设置为"之前"，"速度"设置为"中速"。

再单击"添加效果"按钮，在弹出的菜单中依次选择"动作路径"→"绘制自定义路径"→"直线"命令，取消选中"平稳开始"和"平稳结束"复选框，将"开始"设置为"之前"，速度设置为"中速"，如图 4.226 所示。

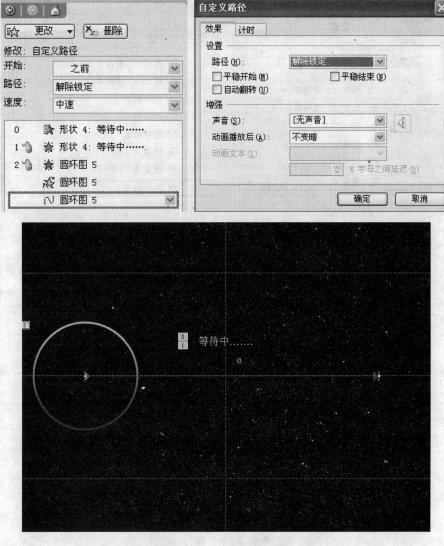

图 4.226　设置圆环动画

选中"线条"，单击"添加效果"按钮，在弹出的菜单中依次选择"进入"→"擦除"命令，在"自定义动画"任务窗格中，将"开始"设置为"之前"，"方向"设置为"自左侧"，速度设置为"中速"，如图 4.227(a)所示。

选中"线条"，单击"添加效果"按钮，在弹出的菜单中依次选择"退出"→"消失"命令；选中同心圆，单击"添加效果"按钮，在弹出的菜单中依次选择"退出"→"渐变"命令，在"自定义动画"任务窗格中，将"速度"设置为"中速"，"开始"设置为"之后"，如图 4.227(b)所示。

多
媒
体
课
件
制
作
案
例
教
程
（
基
于
PowerPoint
平
台
）

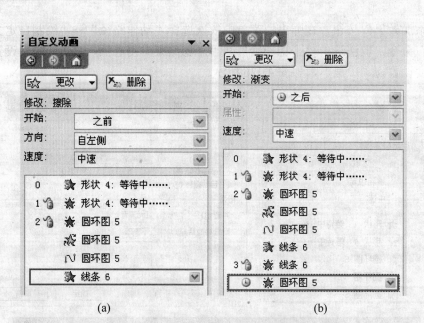

(a)   (b)

图 4.227 设置直线动画

选中上面的矩形，单击"添加效果"按钮，在弹出的菜单中依次选择"动作路径"→"向上"命令；选中下面的矩形，单击"添加效果"按钮，在弹出的菜单中依次选择"动作路径"→"向下"命令，"开始"设置为"之前"，如图 4.228 所示。

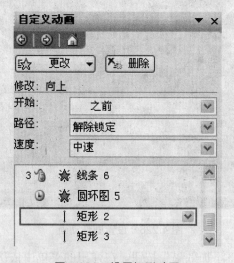

图 4.228 设置矩形动画

(6) 画一个同心圆，步骤操作同上，复制粘贴一个同心圆，右击，在弹出的快捷菜单中选择"设置自选图形格式"命令，在打开的对话框中将缩放设置为 120%，选中"锁定纵横比"复选框，单击"确定"按钮；再复制粘贴一个同心圆，缩放 120%，选中"锁定纵横比"复选框，单击"确定"按钮；选中两个同心圆，单击"绘图"工具栏中的"绘图"按钮，在下拉菜单中依次选择"对齐或分布"→"垂直居中"和"右对齐"命令，输入相应文字，如图 4.229 所示。

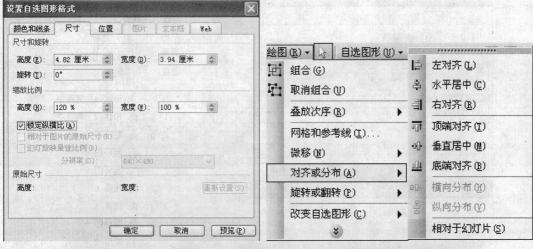

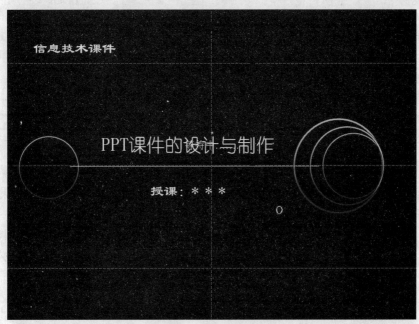

图 4.229 绘制新图形

(7) 设置后半部分的动画。选中 3 个同心圆，依次选择"幻灯片放映"→"自定义动画"命令，在打开的"自定义动画"任务窗格中单击"添加效果"按钮，在弹出菜单中依次选择"进入"→"飞入"命令，"开始"设置为"之后"，"方向"设置为"自右侧"，"速度"设置为"非常快"。从里往外数第二个同心圆，"开始"设置为"之前"，"延迟"设置为"1.5 秒"。选中 3 个同心圆，单击"添加效果"按钮，在弹出的菜单中依次选择"强调"→"陀螺旋"命令，"开始"设置为"之前"，"速度"设置为"中速"，在计时里，重复次数设为 2 次，第二个同心圆效果"数量"设置为"360 逆时针"，"开始"都设置为"之前"，如图 4.230 所示。

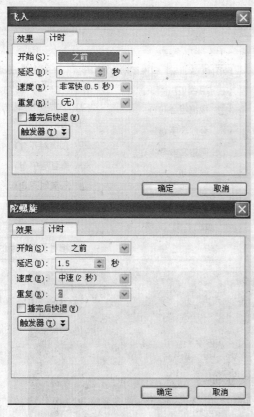

图 4.230　设置新圆环动画

（8）选中"信息技术课件"，添加文本"网址：*******"，单击"添加效果"按钮，在弹出的菜单中依次选择"进入"→"渐变"命令，"开始"设置为"之前"，"速度"设置为"中速"，如图 4.231 所示。选中标题和副标题，单击"添加效果"按钮，在弹出的菜单中依次选择"进入"→"切入"命令，开始设置为"之后"，"方向"设置为"自右侧"。

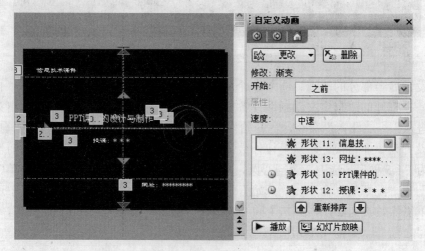

图 4.231　设置文本动画

(9) 在幻灯片中画一个箭头，输入文字。选中箭头，依次选择"幻灯片放映"→"自定义动画"命令，单击"添加效果"按钮，在弹出的菜单中依次选择"进入"→"渐变"命令，"开始"设置为"之后"，"速度"设置为"中速"。再单击"添加效果"按钮，在弹出的菜单中依次选择"强调"→"忽明忽暗"命令，"开始"设置为"之前"，速度设置为"中速"，如图 4.232 所示。

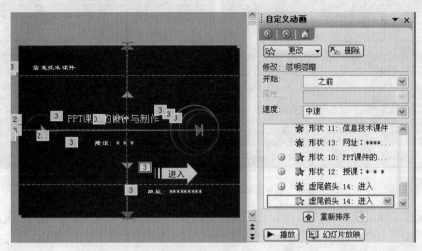

图 4.232　设置箭头动画

(10) 选中箭头，右键单击，在弹出的快捷菜单中选择"超链接"命令，选择"需要链接到的文本文档中的位置"，在弹出的对话框中选择"下一张幻灯片"，单击"确定"按钮，如图 4.233 所示。

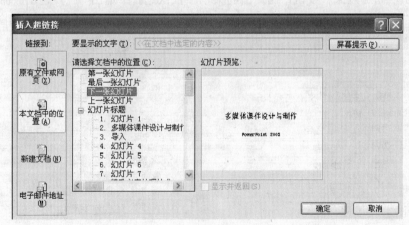

图 4.233　设置箭头超链接

(11) 嵌入片头音乐，依次选择"幻灯片放映"→"幻灯片切换"命令。找到下载的 WAV 格式的音乐，如图 4.234 所示，这样片头就做好了，按 F5 键放映。

图 4.234　修改切换效果

9. 片尾设计

（1）依次选择"插入"→"图片"→"来自文件"命令，找到所需要的图片插入，画上下两个矩形盖住编辑区，输入相关文字，依次改好，如图 4.235 所示。

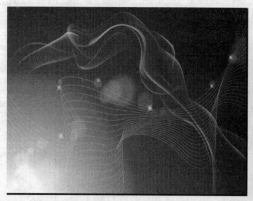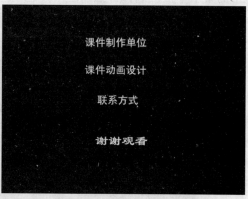

图 4.235　插入图片及文字

（2）设置动画。选中上下矩形，单击"添加效果"按钮，在弹出的菜单中依次选择"进入"→"切入"命令。上面矩形："开始"设置为"之后"，"方向"设置为"自顶部"，"速度"设置为"非常快"，如图 4.236(a)所示；下面矩形："开始"设置为"之前"，"方向"设置为"自底部"，"速度"设置为"非常快"。

选中第一行文字，单击"添加效果"按钮，在弹出的菜单中依次选择"进入"→"切入"命令，"开始"设置为"之后"，"方向"设置为"自底部"，"速度"设置为"中速"；再单击"添加效果"按钮，在弹出的菜单中依次选择"退出"→"切出"命令，"速度"设置为"中速"，"开始"设置为"之后"，"方向"设置为"到顶部"，如图 4.236(b)所示。

（a）　　　　　　　　　　　　　　（b）

图 4.236　设置矩形及文字动画

选中第二、三行文字，单击"添加效果"按钮，在弹出的菜单中依次选择"进入"→"切入"命令，"开始"设置为"之前"，"方向"设置为"自底部"，速度设置为"中速"；再单击"添加效果"按钮，在弹出的菜单中依次选择"退出"→"切出"命令，速度设置为"中速"，"开始"设置为"之后"，"方向"设置为"到顶部"。

选中最后一行文字，单击"添加效果"按钮，在弹出的菜单中依次选择"进入"→"切入"命令，"开始"设置为"之前"，"方向"设置为"自底部"，"速度"设置为"中速"，完成的效果如图 4.237 所示。

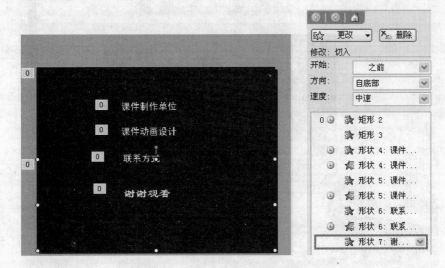

图 4.237　设置所有字体动画效果

(3) 选中全部文字，在"绘图"工具栏中单击"绘图"按钮，在下拉菜单中选择"对齐或分布"→"垂直对齐"和"左对齐"命令，使文字左对齐。

(4) 全部操作完成后，按 F5 键播放。

10．正反翻书效果

在用 PPT 课件演示时，经常遇到要展示很多图片的情况，而展示的方法有很多种，翻书效果就是其中一种，让我们一起来学习吧！

(1) 对 PPT 课件设置背景，输入所需文字，然后单击"绘图"工具栏中的"自选图形"按钮，在下拉列表中依次选择"基本形状"→"折角形"，然后单击"绘图"工具栏中的"绘图"按钮，在下拉菜单中依次选择"旋转或翻转"→"水平翻转"命令，折角形可以填充图片，如图 4.238 所示。

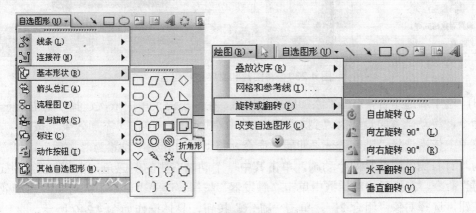

图 4.238　插入所需的图片和文字并设置

图 4.238　插入所需的图片和文字并设置(续)

(2)　插入文本框，输入文字，然后把文字和相应页组合，实现的效果如图 4.239 所示。

图 4.239　将图片和文字进行组合

(3)　选中右边组合，单击"添加效果"按钮，在弹出的菜单中依次选择"退出"→"叠层"命令，将动画方向设置为"到左侧"；选中左边组合，单击"添加效果"按钮，在弹出的菜单中依次选择"进入"→"伸展"命令，将动画"开始"设置为"之后"，"方向"设置为"自右侧"；选择两个动画，单击其中一个动画右侧的倒三角，在下拉菜单中选择"计时"命令，在打开的对话框中单击"触发器"按钮，选中"单击下列对象时启动效果"单选按钮，选择对象"组合 2"，单击"确定"按钮，具体操作如图 4.240 所示。

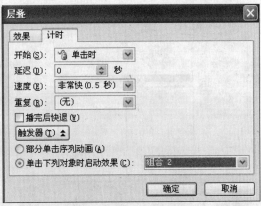

图 4.240 设置组合动画

(4) 播放测试一下，单击鼠标键书就翻过去了。我们下面再反方向做一次动画，左边的组合先退出，然后右边的组合进入，触发器是左边的"组合 5"，再测试，就发现单击右边的组合，左边翻出，单击左边的组合，右边翻回，如图 4.241 所示。

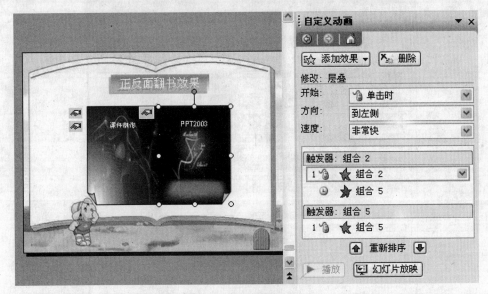

图 4.241 设置组合动画

(5) 剩下的操作就是把这两个组合复制粘贴后，修改内容。选中右边的组合，右键单击，在弹出的菜单中依次选择"叠放次序"→"置于底层"命令，这样反复多次操作，如图 4.242 所示。

(6) 分别选定左侧和右侧图形，在"绘图"工具栏中单击"绘图"按钮，在下拉菜单中依次选择"对齐或分布"→"底端对齐"和"左对齐"命令。将其摆放好后，全部选定，设置边线颜色，单击"绘图"工具栏里"线条颜色"右侧的倒三角，在下拉菜单中选择"带图案线条"命令，在弹出的"带图案线条"对话框里，选"前景"为白色，"背景"为褐色，图案选下数第一行右数第三个"苏格兰方格呢"，单击"确定"按钮，操作如图 4.243 所示。

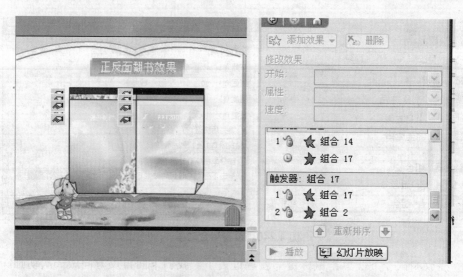

图 4.242　复制组合动画

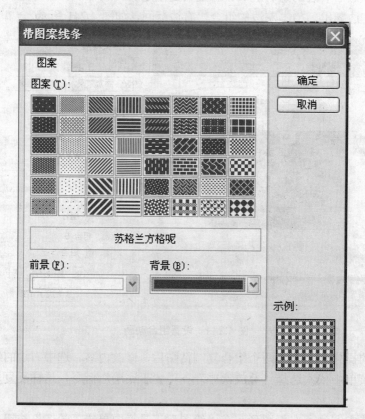

图 4.243　绘制边框填充效果

　　(7)　单击"绘图"工具栏中的"自选图形"按钮，在下拉菜单中依次选择"基本形状"
→"圆柱形"命令，画一个圆柱形，对圆柱形填充颜色，右键单击圆柱形，在弹出的快捷
菜单中依次选择"叠放次序"→"置于底层"命令。完成操作后，按 F5 键播放，如图 4.244
所示。

图 4.244　完成效果图

11. 探照灯(遮罩)动画效果

探照灯效果是指有光照经过时会显示相应位置的内容，一般光照效果使用白色或其他颜色的圆形代替即可。但如果能让圆形经过的时候就能显示相应位置原本"没有"的内容呢？

1) 设计要点

(1) 这个动画没有什么特别的地方，只是一个简单的路径动画。动画效果是通过对象的叠放次序来实现的。

(2) 将圆形置于文字和背景中间，这样，圆形经过的时候，就能显示出文字。

(3) 在 PowerPoint 中设置对象叠放次序，可以直接利用右键菜单完成。

2) 实现方法

(1) 将幻灯片的背景设置为黑色，插入所需要的文字，字的颜色同样设置为"黑色"，这样就可以起到隐藏文字的效果。

(2) 绘制一个填充色为"白色"的圆，为了增加图形的效果，可以利用填充效果的渐变来实现；动画开始前，将圆置于幻灯片之外。

(3) 动画实现的关键在于：圆在文字之下，却在黑色的背景色之上，这样圆经过时，文字就可以显示出来。

(4) 为圆添加动画，单击"添加效果"按钮，在弹出的菜单中依次选择"路径动画"→"自定义路径"→"直线"命令，拖动箭头到需要的位置就设定好了，如图 4.245 所示。

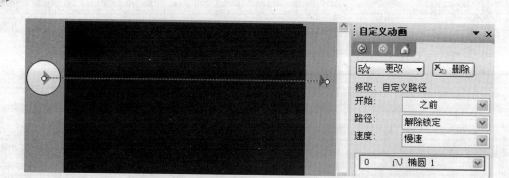

图 4.245　圆形动画设置

(5)　按 F5 键来观看一下效果，如图 4.246 所示。

图 4.246　探照灯动画效果图

3)　应用拓展

也可以让圆形固定不动，而让文字运动。这样就形成了另一种动画效果。

12. 进度条动画效果制作

进度条动画在课件片头应用广泛，可以模拟类似程序加载的过程。利用类似的效果，也可以制作事物发展进度的指示，虽然 PowerPoint 中的进度条并不能真实地反应程序加载进度，但是可以将其作为内容过渡的一种方式，也可以作为吸引学习者注意力的一种手段。

进度条动画一般由两部分组成，一部分是形状指示，可以是矩形，也可以是其他形状，如扇形、圆形或漏斗形等；另一部分是文字指示。

PowerPoint 中的文字指示动画原理是利用极短的时间通过"显示→擦除→显示"来实现。形状进度条也可以利用一个擦除动画或多个擦除动画实现进度指示。

进度表的动画分为两部分。

进度条动画：红色的矩形动画方式是选择进入动画→擦除，方向设置为自左侧，时间为 12 秒(0.3×20×2)，时间设置是根据下方的文字指示显示次数，共 20 次、从 5%、10%、15%直到 100%，第一个文字指示延迟 0.3 秒显示，再延迟 0.3 秒消失。后续动画以 0.3 秒递增，或可以设置更短时间，以保证动画的连贯。

动画的困难和烦琐之处在于文字指示对象太多，有 20 个。因为每一个文字对象都需要设置两个动画，即"进入→擦除"和"退出→消失"动画。所以可以先完全设置好一个文字动画后再复制，然后更改文字内容和动画延迟时间，如图 4.247 所示。

图 4.247　进度动画设置

文字动画的对象可以利用对齐设置，以保证文字对象完全重合叠加在一起，使动画不出现移动和跳跃。

为了更精细地控制进度指示，可以将多个进度条组合在一起。

进度条的指示也可以由多个小的对象拼合而成，出现的方式也可以有一定变化。

4.6　上机练习

1．新建一个演示稿，设置字体和背景，并进行保存，具体要求如下。

(1)　新建一个幻灯片文档，插入如图 4.248 所示的幻灯片。

(2)　将第一张幻灯片的副标题设置为：红色(注意：请用自定义标签中的红色 255，绿色 0，蓝色 0)，40 磅；将第二张幻灯片的版面改变为"垂直排列标题与文本"，并将这张幻灯片中的文本部分动画设置为"溶解"。

(3)　将第一张幻灯片的背景填充预设颜色为"漫漫黄沙"，底纹样式为"斜下"；全部幻灯片切换效果设置为"向左下插入"。

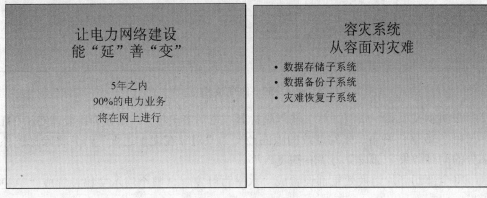

图 4.248　PPT 文档

2. 新建一个演示稿，插入图片并设置动画，改变幻灯片切换的设置，然后保存，具体要求如下。

(1) 新建一个幻灯片文档，插入如图 4.249 所示的幻灯片。

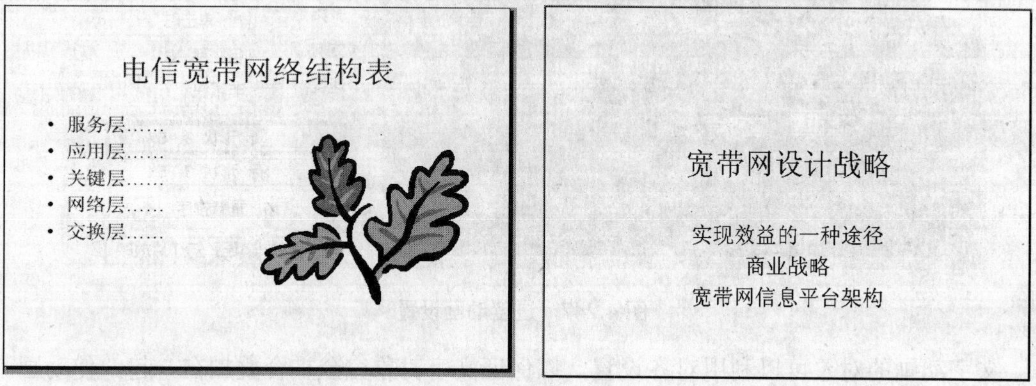

电信宽带网络结构表

- 服务层……
- 应用层……
- 关键层……
- 网络层……
- 交换层……

宽带网设计战略

实现效益的一种途径
商业战略
宽带网信息平台架构

图 4.249　PPT 文档

(2) 将第一张幻灯片的版面改变为"剪贴画与文本"，该幻灯片中的剪贴画动画效果设置为"盒状展开"，并将该幻灯片移动为演示文稿的第二张幻灯片。

(3) 整个演示文稿设置成"草地型模板"，全部幻灯片切换效果都设置成"随机水平线条"。

3. 新建一个演示稿，进行文字处理和动画处理，并保存，具体要求如下。

(1) 新建一个幻灯片文档，插入如图 4.250 所示的幻灯片。

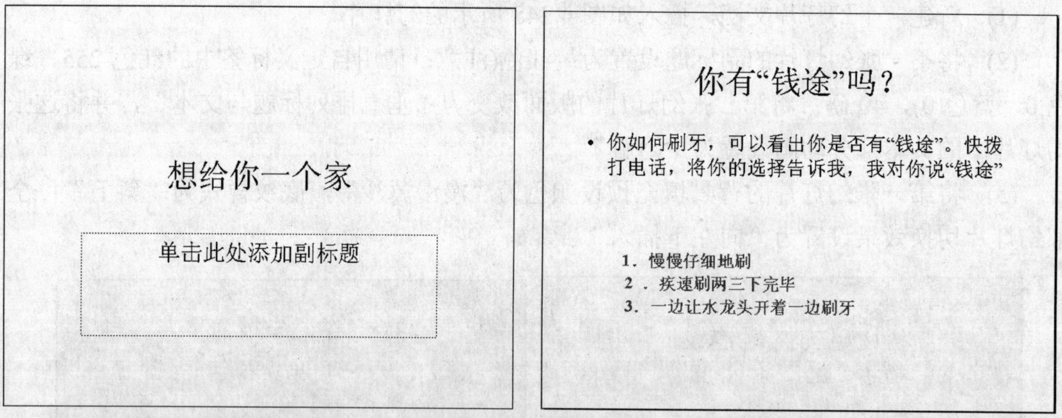

想给你一个家

单击此处添加副标题

你有"钱途"吗？

- 你如何刷牙，可以看出你是否有"钱途"。快拨打电话，将你的选择告诉我，我对你说"钱途"

　1．慢慢仔细地刷
　2．疾速刷两三下完毕
　3．一边让水龙头开着一边刷牙

图 4.250　PPT 文档

(2) 在演示文稿第一张幻灯片上输入副标题"生活多美好"，设置为：楷体 GB_2312、蓝色、加粗、36 磅；将第二张幻灯片的版面改变为"对象在文本之上"，并将除标题外的其他部分的动画效果全部设置为"右侧飞入"。

(3) 将全部幻灯片切换效果都设置成"水平百叶窗"，整个演示文稿设置成"笔记本型模板"。

4. 打开一个演示稿，进行图片与动画设置，并保存，具体要求如下。

(1) 打开 PPT 文件，得到如图 4.251 所示的四张幻灯片。

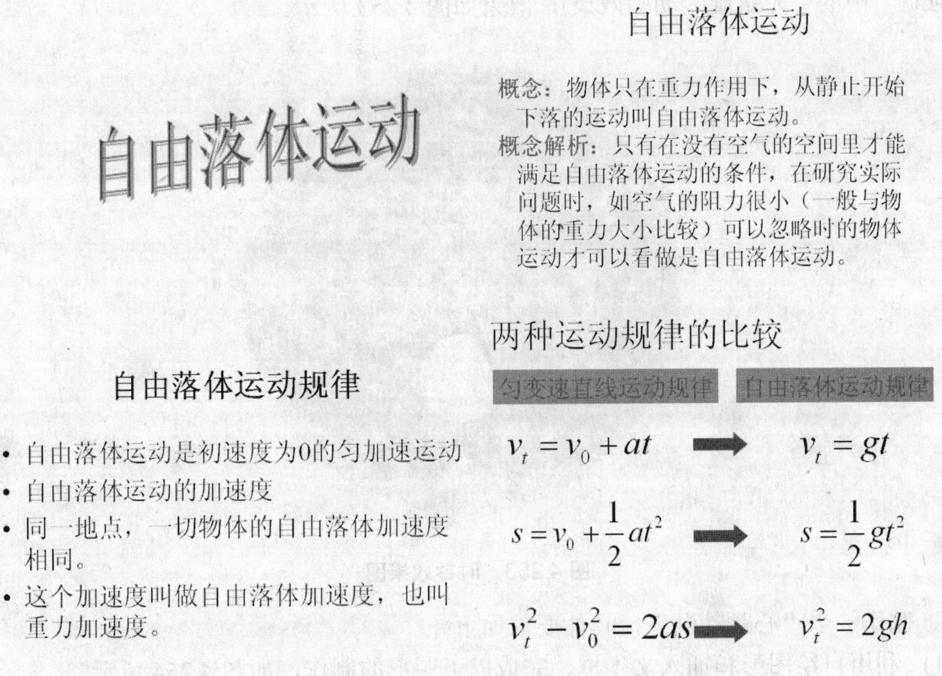

自由落体运动

自由落体运动

概念：物体只在重力作用下，从静止开始下落的运动叫自由落体运动。

概念解析：只有在没有空气的空间里才能满足自由落体运动的条件，在研究实际问题时，如空气的阻力很小（一般与物体的重力大小比较）可以忽略时的物体运动才可以看做是自由落体运动。

两种运动规律的比较

自由落体运动规律

匀变速直线运动规律	自由落体运动规律

- 自由落体运动是初速度为0的匀加速运动
- 自由落体运动的加速度
- 同一地点，一切物体的自由落体加速度相同。
- 这个加速度叫做自由落体加速度，也叫重力加速度。

$$v_t = v_0 + at \Longrightarrow v_t = gt$$

$$s = v_0 + \frac{1}{2}at^2 \Longrightarrow s = \frac{1}{2}gt^2$$

$$v_t^2 - v_0^2 = 2as \Longrightarrow v_t^2 = 2gh$$

图 4.251　PPT 文档

(2) 将第一张幻灯片中的艺术字对象"自由落体运动"设置自定义动画为"飞出"，开始为"之前"，方向为"到左侧"，速度为"中速"。

(3) 将第二张幻灯片中的文本框内容"自由落体运动"改为"自由落体运动的概念"。

(4) 将所有幻灯片的切换效果设置为"水平百叶窗"，"中速"，"风铃"，每隔"10"秒自动切换。

(5) 在最后插入一张"文本与剪贴画"版式的幻灯片。

(6) 在新插入的幻灯片中添加标题，内容为"加速度的计算"，字体为"宋体"。

5．制作一个钟面动画，具体要求如下。

(1) 利用自绘图形，制作一个钟面，示意图如图 4.252 所示。

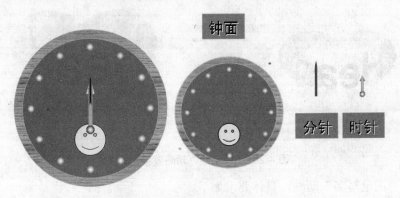

图 4.252　绘制钟面

(2) 分别对时针、分钟设定动画，实现分针转动一圈，时针转动一格的功能(提示可以用"强调"中的"陀螺旋"动画效果)，效果如图 4.253 所示。

图 4.253　时钟效果图

6. 制作一个"心跳动画"，具体要求如下。

(1) 利用自绘图形和插入文本框，完成以下图形的制作，如图 4.254 所示。

图 4.254　绘制爱心

(2) 对爱心进行动画设置，使其具有跳动效果，如图 4.255 所示。(提示：使用放大/缩小效果)

图 4.255　"心跳"动画效果图

7. 制作"用笔写字"动画，具体要求如下。

(1) 利用自绘图形，画出一支笔的形状，如图 4.256 所示。

图 4.256　绘制一支笔

(2) 对笔进行动作设置，使其能够写出一个"心"字(这里的写字方法与前面案例中的不同，可采用"擦除"效果和"自定义路径"效果，此外，"心"字也应该提前绘制)，由于此动画比较复杂，下面给出其动画设置，如图 4.257 所示。

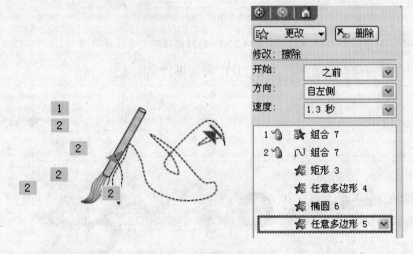

图 4.257　写字动画设置

写字动画效果如图 4.258 所示。

图 4.258　写字动画效果图

8. 制作一个台球碰撞效果动画，具体要求如下。

(1) 利用自绘图形，画出如图 4.259 所示图形。

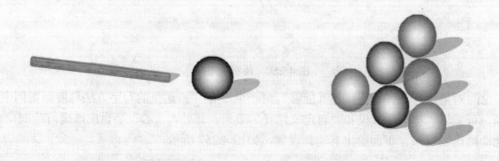

图 4.259　台球碰撞图

(2) 对球杆和球设置动画，实现台球碰撞效果，如图 4.260 所示。

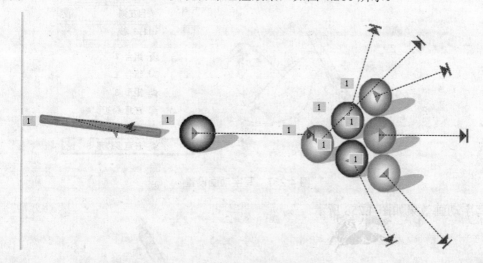

图 4.260　台球碰撞动画

9. 制作一个钢球的对心碰撞动画，具体要求如下。

(1) 利用自绘图形，画出如图 4.261 所示图形。

图 4.261　钢球对心碰撞图形

(2)　对球设置动画，实现钢球对心碰撞效果，如图 4.262 所示。

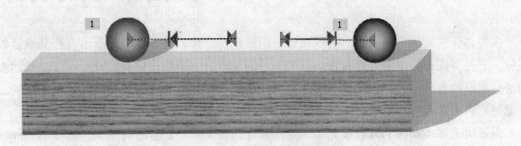

图 4.262　钢球对心碰撞动画

第 5 章 PowerPoint 课件界面和导航设计

多媒体课件是由多种视觉、听觉元素所组成的综合体，其中视觉元素占有极其重要的地位，它是多媒体教学中传递教育信息最重要的手段。一个制作精美的课件不仅能帮助教师进行很好的教学，使学生便于理解和记忆，达到事半功倍的教学效果；同时也是听觉、视觉等感官上富有神韵的综合美的享受，使学生在学的过程中逐步提高自己的审美观。

但事实上许多课件的内容很充实，界面设计却很简单，而且布局单一、结构不合理，使得花费大量时间和精力制作的课件由于缺乏美感和吸引力达不到预期的教学效果。

本章主要介绍 PowerPoint 课件的界面设计的方法及原则，以及母版的应用技术等。

5.1 课件界面设计的基本原则

PowerPoint 课件的界面设计是影响信息呈现效果的重要因素，主要包括屏幕版面设计、色彩设计和显示次序设计。

屏幕版面设计是对幻灯片内的媒体布局进行统筹安排，为文字、图形、图像、影像等进行定位、信息量和大小设计，力求做到主次分明，符合视觉传达规律，例如：一次呈现一至两个概念(避免出现大篇幅的文字)，主要教学内容处于醒目位置并占据主体面积等。

其主要原则有以下几点。

1. 简洁明了

界面设计最重要的原则就是简洁与明了，从美学的角度来讲，整洁、简单明了的设计更有可取性。课件的操作界面避免繁琐，内容应力求准确、简洁，尽可能用较少的文字或简单的图表来表达所需的信息。多媒体课件界面设计宜简洁，突出重点，避免画面做得过于花哨，并且同一画面的对象不宜过多，否则将分散学生的注意力、降低学习效果。课件内容宜言简意赅，文字简练精辟，过多的文字容易使人视觉疲劳，而且干扰学生的感知；若确需大量文字，可采用语言声音的方式来代替。主题内容宜置于画面中部醒目的位置，可以在显示中使用黑体字、加下划线、增大字的宽度、闪烁、反白和彩色来强调某些重要的、期望引起学习者注意的信息，精心选择一些简洁的线条和清新典雅的图案构成背景，这样不仅可以赋予课件形式美感，而且可以赋予课件艺术品位。

但是，在实际的 PPT 制作过程中，我们会遇到很多问题，那么我们该如何应对呢？

1) 我的 PPT 课件要用的文字实在精简不了，怎么办？

思路 1：提炼关键词(见图 5.1)

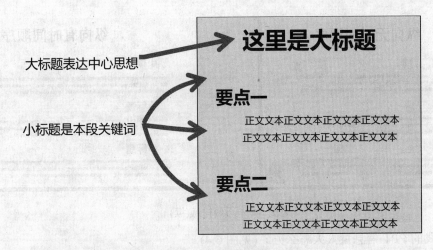

图 5.1　提炼关键字

思路 2：利用行间距留白(见图 5.2)

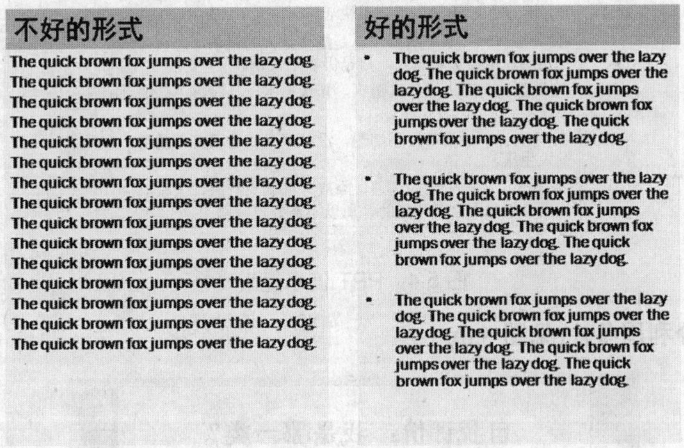

图 5.2　利用行间距留白

思路 3：巧妙排版(见图 5.3)

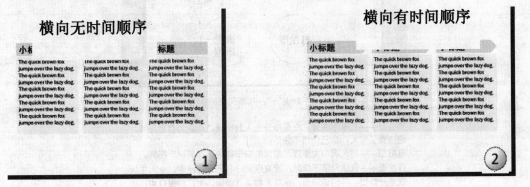

图 5.3　巧妙排版

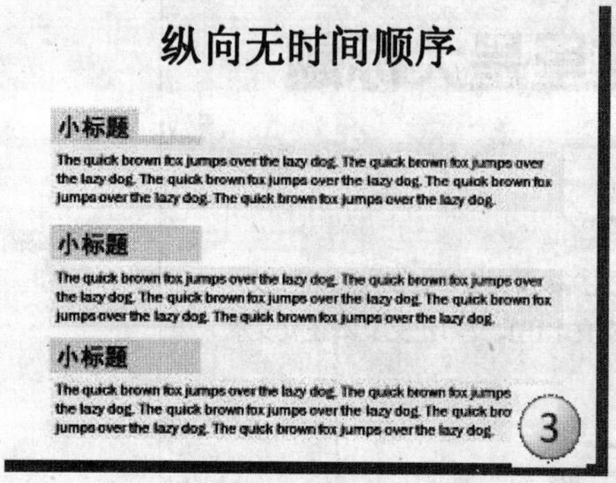

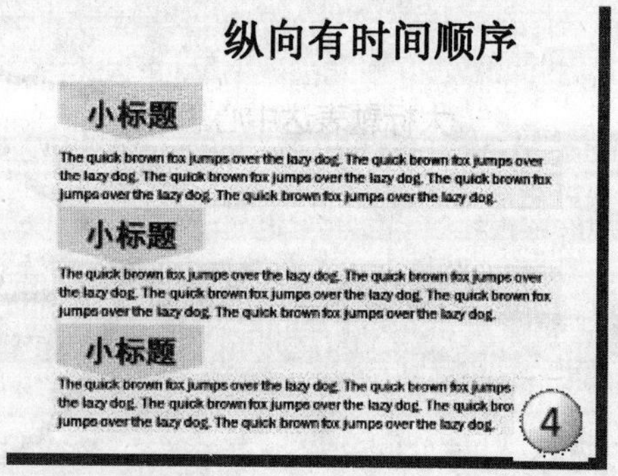

纵向无时间顺序

小标题

The quick brown fox jumps over the lazy dog. The quick brown fox jumps over the lazy dog. The quick brown fox jumps over the lazy dog. The quick brown fox jumps over the lazy dog. The quick brown fox jumps over the lazy dog.

小标题

The quick brown fox jumps over the lazy dog. The quick brown fox jumps over the lazy dog. The quick brown fox jumps over the lazy dog. The quick brown fox jumps over the lazy dog.

小标题

The quick brown fox jumps over the lazy dog. The quick brown fox jumps over the lazy dog. The quick bro jumps over the lazy dog. The quick brown fox ③

纵向有时间顺序

小标题

The quick brown fox jumps over the lazy dog. The quick brown fox jumps over the lazy dog. The quick brown fox jumps over the lazy dog. The quick brown fox jumps over the lazy dog. The quick brown fox jumps over the lazy dog.

小标题

The quick brown fox jumps over the lazy dog. The quick brown fox jumps over the lazy dog. The quick brown fox jumps over the lazy dog. The quick brown fox jumps over the lazy dog.

小标题

The quick brown fox jumps over the lazy dog. The quick brown fox jumps over the lazy dog. The quick brown fox jumps over the lazy dog. The quick bro ④

图 5.3　巧妙排版(续)

2)　我的 PPT 信息量太大怎么办？(见图 5.4)

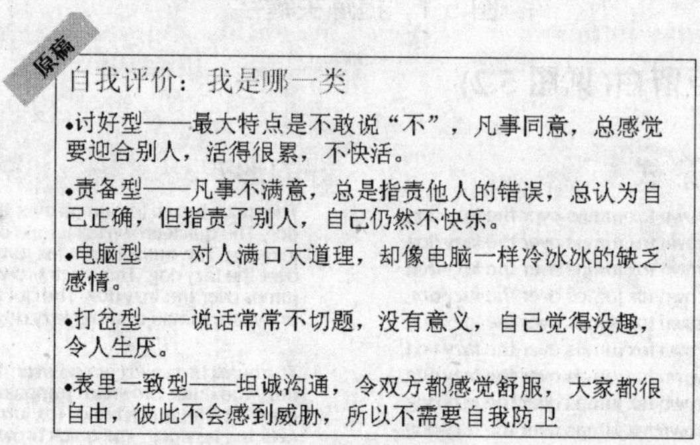

原稿

自我评价：我是哪一类

- 讨好型——最大特点是不敢说"不"，凡事同意，总感觉要迎合别人，活得很累，不快活。
- 责备型——凡事不满意，总是指责他人的错误，总认为自己正确，但指责了别人，自己仍然不快乐。
- 电脑型——对人满口大道理，却像电脑一样冷冰冰的缺乏感情。
- 打岔型——说话常常不切题，没有意义，自己觉得没趣，令人生厌。
- 表里一致型——坦诚沟通，令双方都感觉舒服，大家都很自由，彼此不会感到威胁，所以不需要自我防卫

图 5.4　PPT 信息量大

思路 1：充分利用备注(见图 5.5)

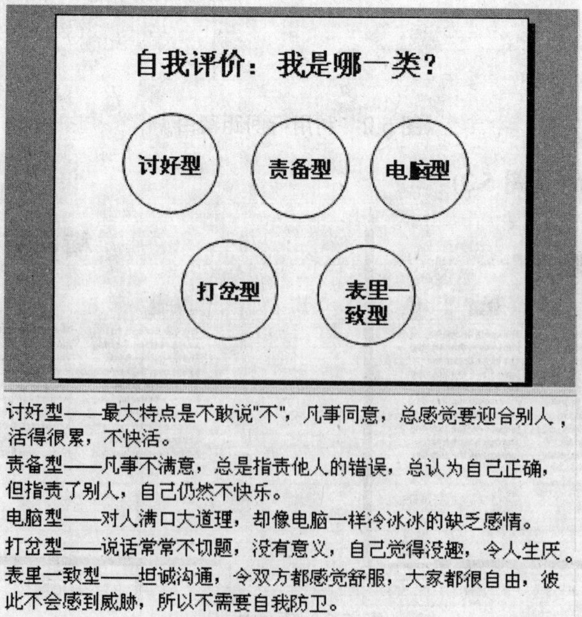

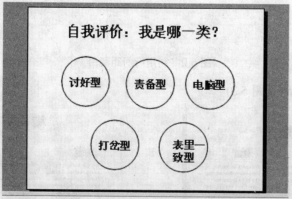

讨好型——最大特点是不敢说"不"，凡事同意，总感觉要迎合别人，活得很累，不快活。
责备型——凡事不满意，总是指责他人的错误，总认为自己正确，但指责了别人，自己仍然不快乐。
电脑型——对人满口大道理，却像电脑一样冷冰冰的缺乏感情。
打岔型——说话常常不切题，没有意义，自己觉得没趣，令人生厌。
表里一致型——坦诚沟通，令双方都感觉舒服，大家都很自由，彼此不会感到威胁，所以不需要自我防卫。

图 5.5　充分利用备注

思路 2：拆成多个页面(见图 5.6)

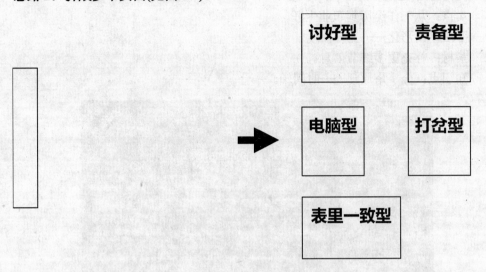

图 5.6　拆成多个页面

思路 3：要点分条显示(见图 5.7)

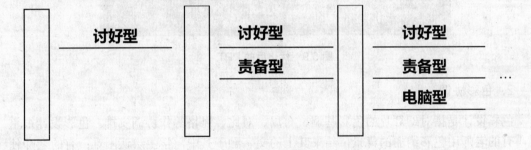

图 5.7　要点分条显示

3)　我的 PPT 像流水账怎么办？(见图 5.8)

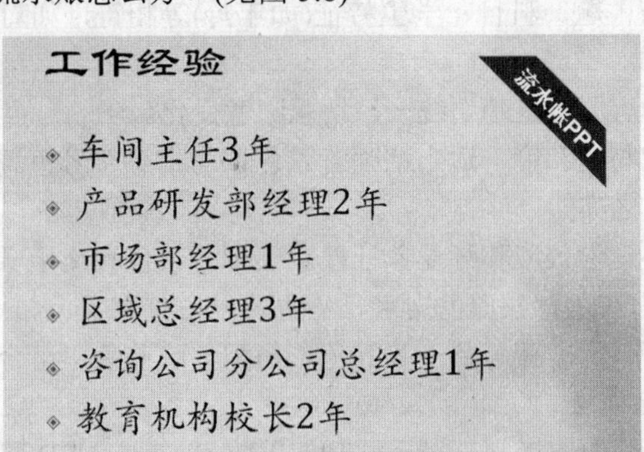

图 5.8　PPT 像流水账

PPT 优化思路(见图 5.9)如下。

- 卖点：从工作经历到职业生涯。
- 手法：图形化——上升曲线。
- 素材：补充更多细节信息。
- 知识点：金字塔原理——时间轴。

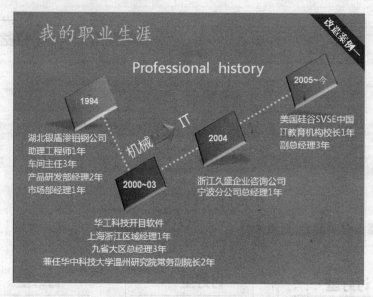

图 5.9　优化后的 PPT

2. 色彩协调

色彩设计是指对幻灯片的色彩基调、布局、对比、风格等作协调安排。色彩设计很重要，有的老师用色彩绚丽的背景，结果其上的文字融于其中，学生辨认困难；有的老师使用的字体色彩与背景色彩相近，造成字体模糊。

色彩设计的一般原则是总体协调、局部对比，如下。

(1) 色彩风格要与主题、科目、学生特征(如年龄)等相符，如对于小学生可以用绚丽的色彩。

(2) 色彩基调为内容服务，基调统一，切忌随意变化。

(3) 用好色彩对比与饱和度，适当增强背景色调与信息符号色调的对比，以深色的背景衬托浅色的内容，反之亦然。

(4) 参考色彩的心理学效应和行业象征性。下列背景色和文字颜色的组合就很合适：白色背景黑色文字、黑/灰色背景白色文字、蓝色背景白色文字，如图 5.10 所示。色块不宜使用红—绿、红—蓝、绿—蓝、蓝—黄等色彩搭配，这些色彩组合会在边界产生振荡和余像。

(5) 注意色彩失真问题，老师开发课件时使用的 CRT 或 LCD 显示器的显示效果与教室内的投影机的显示效果会有所差异，最突出的是投影机显示色彩看上去比较暗淡，画面的细微处会变得比较模糊，例如细线条或宋体字体中的横向笔画，可以采取适当增加对比度、对字体进行加粗等措施弥补。

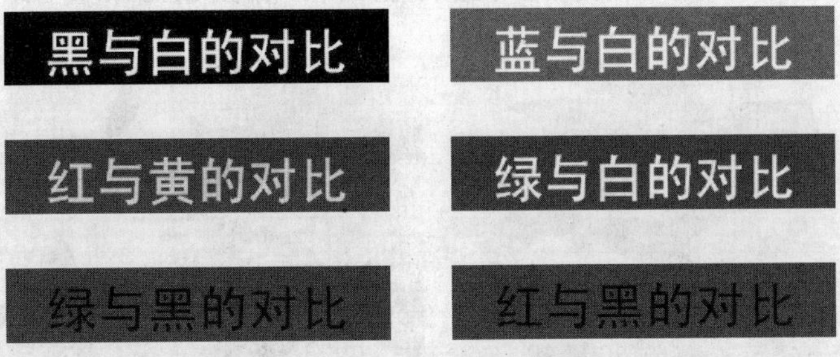
黑与白的对比
蓝与白的对比
红与黄的对比
绿与白的对比
绿与黑的对比
红与黑的对比

图 5.10　协调的色彩搭配

3. 视觉化

幻灯片制作中应注重放映时的视觉效果，充分利用图文之间的结合，制作出令人赏心悦目的幻灯片。下面我们来看几个利用图文结合使幻灯片视觉化的实例。

图 5.11 是一张介绍杰克·韦尔奇的幻灯片，也许你觉得这已经是视觉化了，那么请看图 5.12 所示的一张幻灯片，是不是有不一样的效果？

你们知道了，但是我们做到了。
杰克·韦尔奇 1960 年在 GE 公司开始自己的职业生涯，1981 年成为该公司的第八任董事长兼 CEO 。在任期间，GE 公司的市值增长到 4000 亿美元，高居世界第一。

图 5.11　修改前的 PPT

你们知道了
但是我们做到了
---- Jack Welch

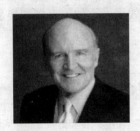

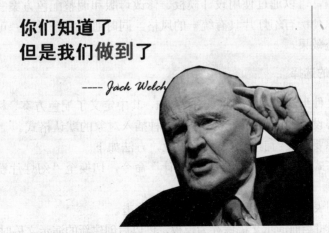

图 5.12　修改后的 PPT

另一方面我们还可以利用网格快速对齐大量图片，如图 5.13 和图 5.14 所示。

图 5.13　修改前的 PPT

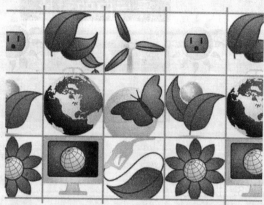

图 5.14　修改后的 PPT

4．注重显示次序，使 PPT 播放流畅

显示次序设计是指根据教学内容和课堂活动设计幻灯片的显示次序，包括页面内的媒体元素间的显示次序、页面间的显示次序、呈现时间以及动画效果的设计。页面内，媒体元素一般按照教学进度显示，注重刺激的时效性、新颖性。页面间显示的顺序要自然、连贯，时间不能过快或过慢，以学生充分接收信息为限；幻灯片间的切换效果要统一，切忌随意变化，一般按照主题来定，注意不同的切换有不同的效果，比如：直接切换显得轻快、利索，淡入淡出可以表示时间的流逝和情境的变迁等。

5.2　界面设计的基本方法

5.2.1　修饰演示文稿

对于演示文稿，可以通过使用设计模板、修改母版和调整配色方案三种方法来控制幻灯片的外观，可以使所有幻灯片具有统一的风格。同时通过背景设计，可以修改幻灯片的背景颜色及其填充效果。

1．设计模板的选择

设计模板以文件形式出现，其扩展名为.pot，其中定义了配色方案、标题母版、幻灯片母版以及一组精心设计的背景对象，还包括各种插入对象的默认格式。

(1)　若用户想要修改当前演示文稿的模板，方法如下。

①　选择"格式"菜单中的"幻灯片设计"命令，切换至"幻灯片设计"任务窗格，如图 5.15 所示。

②　在模板列表框中选择所需的设计模板并单击。

(2)　若用户想将当前演示文稿保存为模板，供以后创建新的演示文稿时使用，方法如下。

①　选择"文件"菜单中的"另存为"命令。

图 5.15　"幻灯片设计"任务窗格

② 在"另存为"对话框中选择"保存类型"为"演示文稿设计模板"。

2．配色方案的使用

在设计模板和母版中，幻灯片的颜色是通过一套配色方案来设置的。既可对演示文稿中的所有幻灯片设置一种配色方案，也可以对单张幻灯片独立设置一种配色方案。配色方案由 8 种颜色组成，包括一种背景颜色和用于显示特定对象的 7 种颜色。

1) 查看和选择标准配色方案

(1) 打开演示文稿后，选择"格式"菜单中的"幻灯片设计"命令，在"幻灯片设计"任务窗格中单击"配色方案"，如图 5.16 所示。

(2) 在"应用配色方案"列表中将鼠标置于要选择的配色方案上，如图 5.17 所示。

(3) 单击右侧出现的向下箭头，弹出下拉菜单，单击"应用于所有幻灯片"按钮，则演示文稿中所有幻灯片均采用当前所选的配色方案；单击"应用于所选幻灯片"按钮，则仅当前幻灯片采用所选配色方案。

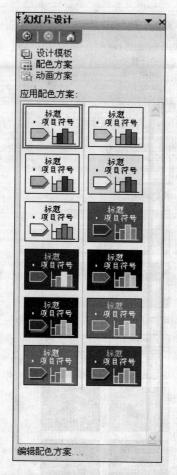

图 5.16　"幻灯片设计"任务窗格

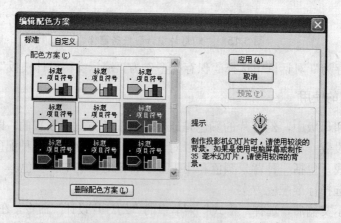

图 5.17　"编辑配色方案"对话框的"标准"选项卡

2)　自定义配色方案

(1) 在"配色方案"列表框的底部，单击"编辑配色方案"按钮，在弹出的"编辑配色方案"对话框中，切换到"自定义"选项卡，如图 5.18 所示。

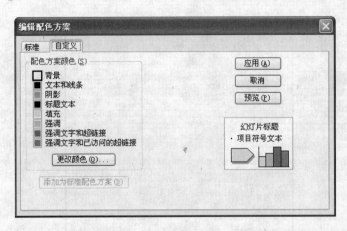

图 5.18　"编辑配色方案"对话框的"自定义"选项卡

（2）对"背景"、"文本和线条"、"阴影"、"标题文本"、"填充"、"强调"、"强调文字和超链接"、"强调文字和已访问的超链接"等 8 种颜色进行设置。修改任一对象的颜色后，可单击"添加为标准配色方案"按钮，将当前的颜色配置保存为标准的配色方案，供用户以后选用。

3）修改母版的配色方案同上

4）复制配色方案

当用户需要将某一张幻灯片的配色方案应用到另一些幻灯片上时，可以复制配色方案，其操作步骤如下。

（1）切换至"幻灯片浏览"视图，选中设定好配色方案的幻灯片。

（2）双击"常用"工具栏上的"格式刷"按钮 。

（3）在需要复制配色方案的幻灯片上单击鼠标。

5）背景颜色和填充效果

（1）选中需要改变背景颜色的幻灯片。

（2）选择"格式"菜单中的"背景"命令，显示"背景"对话框，如图 5.19 所示。

（3）单击"全部应用"按钮，则背景修改适用所有幻灯片。

单击"应用"按钮，则背景设置仅对当前幻灯片有效。

若选中"忽略母版的背景图形"复选框，则母版中设计的背景图形将不在幻灯片中显示。

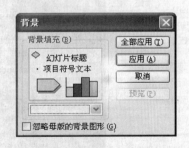

图 5.19　"背景"对话框

（4）单击"背景"对话框中"背景填充"选项组中的下拉按钮，可在其中选择其他背景颜色；选择"填充效果"选项，屏幕显示"填充效果"对话框，如图 5.20 所示，可切换到"渐变"、"纹理"、"图案"或者"图片"选项卡，对背景的填充效果进行设定。

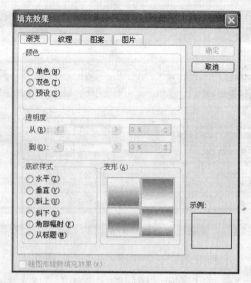

图 5.20 "填充效果" 对话框

5.2.2 界面的布局方法

　　设计课件界面，需要掌握简单的布局方法，很多课件的界面就是通过对课件内容要素的排列而完成的。因此最基本的学习过程就从学习布局开始。

　　(1) 完成课件界面元素制作，如一个以图片展示为主题的课件界面，一般包括图片及图片的标题、图片说明等要素，要先把这些内容做好。如图 5.21 所示是没有添加任何修饰的课件效果图。

图 5.21 修饰前的效果图

(2)　根据版面，对这些内容要素的位置、大小进行排版，添加样式等。如可以对图片添加边框、调整文字的色彩、添加背景等。同样的内容，排版不同，风格自然不同，如图5.22 所示。

图 5.22　修饰后的效果图

(3)　可以利用 PowerPoint 中的"幻灯片设计"任务窗格，为幻灯片应用一种主题，从而快速改变幻灯片的外观，如图 5.23 所示。所谓 PowerPoint 的主题，是一种可以快速改变幻灯片颜色、字体以及样式效果的一整套设置。

(4)　如果系统内置的主题不能满足要求，可以更改颜色、字体及样式。

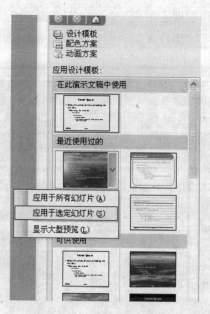

图 5.23　幻灯片设计选项

5.2.3　设计课件的封面

如果按课件的结构及功能为课件的界面进行分类，可以分为以下几种类型：课件封面、课件主界面、课件内容界面、课件帮助界面和课件退出(结束)界面。其中课件内容界面变化较多，一般根据其展示的内容进行一定的变化，这样也可以让课件界面看起来统一并有变化。

另外在课件的开始部分即课件封面出现之前，有的还会有课件片头动画，在课件的结束界面也通常有动画出现。

课件封面一般是课件开始使用时展示给用户的第一个界面，其最大的功能是：容易引起使用者注意，告诉使用者一些基本信息。包括课件的标题，老师与单位的基本信息、开始的链接，以及必要的说明等。

像书的封面一样，课件封面要力求设计新颖、有创意，给人一种焕然一新的感觉。

设计课件界面的要素一般为文字和图片，为了增加感染力，可以在此界面外播放与课件内容主题相符的背景音乐，添加 logo 或部分修饰动画元素等，如图 5.24 所示。

图 5.24　课件封面

图 5.24　课件封面(续)

　　课件封面的设计主要是设计"课件标题"的布局,一般封面都是基于图片+标题方式,如图 5.24 所示。

5.2.4　设计课件的主界面

　　PowerPoint 课件的主界面一般是 PPT 的导航界面,有的课件主界面与封面是合二为一的。

　　通常,PPT 课件的主界面就是一页目录幻灯片。如图 5.25 所示,是介绍一个系统的 PPT 主界面。

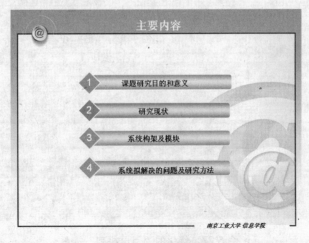

图 5.25　课件主界面

对于课件来说，主界面应当包括课件的主题内容结构并能进行相应的跳转。

课件主界面上的目录和前面介绍的导航设计方式相同，只是主界面没有导航那样的版面限制，所以版面设计要灵活得多，如图 5.26 所示。

图 5.26　灵活的课件目录界面

图 5.27 中的课件界面则做了很大的变化，无论是从位置还是按钮的形态都做了优化，与课件使用对象的年龄相符。

图 5.27　优化的"目录排列"

5.2.5　设计课件的内容界面

　　一般课件中内容界面最多，对于内容界面的设计要求是：风格统一，内容部分要占据界面的主要位置，容易被学习者关注和阅读，如图 5.28 所示。

图 5.28　课件内容界面

　　为了吸引学习者的注意，最常用的内容界面是利用框架形式，即在呈现内容部分时用框架将其"包围"，如图 5.29 所示。

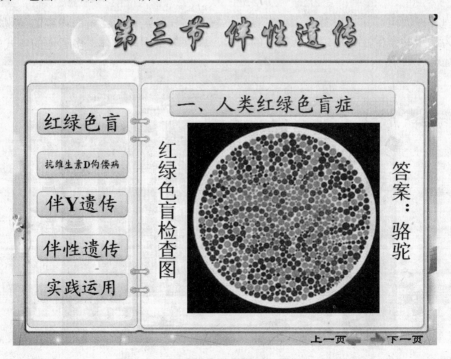

图 5.29　带框架的课件内容界面

具体内容的呈现也可以利用框架形式，如图 5.30 所示。

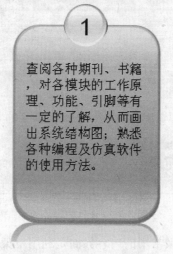

PROTEL 99SE 是个完整的板级全方位电子设计系统，它包含了电原理图绘制、模拟电路与数字电路混合信号仿真、多层印制电路板设计（包含印制电路板自动布线）、可编程逻辑器件设计、图表生成、电子表格生成、支持宏操作等功能。

1

查阅各种期刊、书籍，对各模块的工作原理、功能、引脚等有一定的了解，从而画出系统结构图；熟悉各种编程及仿真软件的使用方法。

图 5.30　带框架的课件内容显示

在内容界面中，除了要考虑显示内容的位置与面积外，还应当考虑内容的呈现方式与顺序，为了帮助学生注意与理解所呈现的内容，课件多采用多媒体、多通道的方式来呈现内容，如图 5.31 所示。

图 5.31　课件内容界面

5.2.6 设计课件的帮助界面

　　课件界面的设计要简洁，也要友好。所谓界面友好，就是让用户明确课件界面中各元素的功能，不要产生歧义。比如一个按钮设计，如果用户不知道是干什么用的，或者是看到"返回"按钮却不明白是返回上级内容，还是返回主菜单，觉得"迷糊"，就没有做到"友好性"。

　　课件的友好性还体现在尊重用户的操作习惯，很多教师与学生在长期使用计算机的过程中对一些操作都有相对固定的认识，课件界面设计就应当遵从这种约定与认识。

　　课件的帮助界面一般是为使用者提供课件的使用帮助信息，但并非所有的课件都有帮助界面，课件的帮助与使用说明，有的是以文档的方式提供，有的是通过文字说明或鼠标悬停告诉用户软件的操作流程与功能，整合到课件中，也有的是制作独立的课件帮助界面，如图 5.32 所示。

图 5.32　课件帮助界面

　　通过文字指示，可以帮助用户明确按钮的功能，如图 5.33 所示。通过按钮等指示，帮助用户明确课件使用流程。

图 5.33　课件中的按钮指示

　　除了以上为用户提供的帮助和指导信息外，很多课件里还设计了专门的帮助界面，通常包括以下内容。

　　(1) 课件制作工具与所需要的运行环境，如需要安装使用的软件、计算机屏幕分辨率大小、字体等素材资源目录结构等。

　　(2) 课件的结构与操作顺序指南，包括课件的结构图，课件中各部分元素功能的说明、操作方法等。

　　(3) 课件的使用范围与适用对象，学习者需要做哪些准备，需要知道哪些基础知识。

　　(4) 课件的教学设计思想与过程，以及课件的使用方法与教学情境介绍。

　　(5) 也有把课件制作者的基本信息一并整合到课件帮助界面中的情况。

5.2.7 设计课件的退出界面

　　退出界面大致有三种方式：一是说明型，即说明课件制作者、参与人员等；二是致谢型，即使用"谢谢观赏"、"批评指正"等内容；三是"挽留型"，即在真正退出或结束课件放映前，给课件使用者一个确认的机会。

1. 说明型

如图 5.34 所示，这是课件结束退出时的界面，说明了课件参与人员等相关信息。一般此类结束界面，采用文字动画(自下而上，然后消失)，出现的消息也很多。

图 5.34　说明型退出界面

2. 感谢型

如图 5.35 所示，此类型退出界面，一般是在结束课件时呈现对观众的感谢语，通常出现在公开课的课件、报告讲座中。

此类型退出界面多以文字居中的形式出现，当然也可以选择团队合作、握手等一类的图片作为界面中的修饰元素。

图 5.35　感谢型退出界面

3. 挽留型

如图 5.36 所示，此类型退出界面一般采用的方式都是在用户退出时，使用一个确认的对话框，在很多计算机软件中，如果涉及对一些重要信息的操作，如文件的删除、编辑等，会出现一个确认对话框。主要是防止用户无意操作时退出课件。

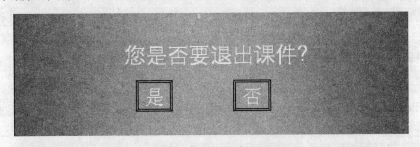

图 5.36　挽留型退出界面

在 PowerPoint 课件中，此类型也可以用来防止用户无意点击退出的情况，但实用意义不大，因为 PPT 课件从播放到编辑状态之间的切换非常方便。但也可以借用这样的方式，在结束课件放映前展示一些辅助信息。

5.3　母版技术在课件制作中的应用

在学校里，许多教师都选择 PPT 作为课件制作工具，如何让自己制作的课件更好看呢？很多老师喜欢找一些漂亮的模板，利用这些模板来修饰和美化课件，实际在 PPT 里还有一个母版工具，利用好母版设计制作课件界面，比模板更高效。下面就来一起学习什么是母版，以及如何利用母版吧！

5.3.1　母版的概述

1. 什么是母版

想一想，如果让你制作十个橡皮泥娃娃，你是一个一个去捏吗？当然，你可以一个一个去捏，但最好的方法当然是制作出一个模具，然后把橡皮泥放到模具里就可以了，这样做不仅高效，而且最大的优点在于，如果需要修改娃娃的形象，只需要更改模具，而不是重新再一个个去捏。

母版就是幻灯片的模具，虽然 PPT 课件里的幻灯片各不相同，但有很多张幻灯片会使用相同的背景、相同的导航结构、相同的提示信息、相同的字体格式等，为什么不把这些相同的东西做到母版里呢？这样就可以利用母版统一设计幻灯片的背景，幻灯片的导航，幻灯片上的文字格式。或者说，如果你想在多张幻灯片上显示相同的元素，那么处理元素最好的方式并不是直接添加到幻灯片上，而是添加到母版上！

2. 母版和模板有什么区别

相比母版，大家更熟悉模板，实际它们是交织在一起的，很多幻灯片模板都是利用母版设计出来的，模板最大的功能就是提供了统一设置幻灯片或部分幻灯片背景的方法，但却没有批量修改幻灯片背景和幻灯片上对象的功能，如果要批量修改幻灯片的背景及上面的对象必须要利用母版功能。

如想把一个 PPT 课件里的标题文字统一修改为黑体，字号大小为小三，利用幻灯片的模板是无法实现这样的功能的。

所以母版与模板都可以同时设置多张幻灯片的背景及风格，但母版具有编辑修改功能。

5.3.2　母版的使用

母版是一种特殊形式的幻灯片，用于统一演示文稿中幻灯片的外观、控制幻灯片的格式。PowerPoint 提供的母版分为 3 种：幻灯片母版、讲义母版和备注母版，分别用来控制幻灯片、标题幻灯片、讲义和备注的格式。一旦用户对母版修改了一些内容，这种变化在新模板所定义的母版中仍将保留下来。

幻灯片母版定义了幻灯片的布局信息，包括设置标题文本和段落文本的字体、字号、颜色等基本特征，插入日期和时间、幻灯片编号及页脚，设定幻灯片的背景色和一些特殊效果。

标题幻灯片的样式(包括标题与副标题的格式)和讲义母版用于控制打印演示文稿讲义时的外观，设置页眉和页脚、日期和时间、幻灯片编号以及每页所打印的幻灯片的个数。

备注母版主要设定幻灯片及其备注文本的位置，影响备注页的外观。

1．建立幻灯片母版

幻灯片母版通常用来统一整个演示文稿的幻灯片格式，一旦修改了幻灯片母版，则所有采用这一母版建立的幻灯片格式也随之发生改变。

(1)　启动 PowerPoint 2003，新建或打开一个演示文稿。

(2)　选择执行"视图"→"母版"→"幻灯片母版"命令，进入"幻灯片母版视图"状态，此时"幻灯片母版视图"工具条也随之被展开，如图 5.37 所示。

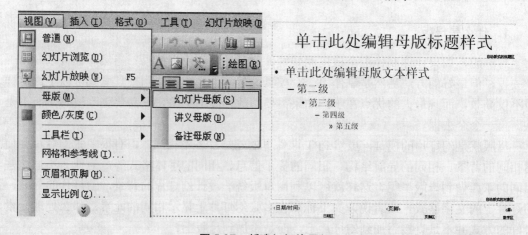

图 5.37　新建幻灯片母版

(3)　右击"单击此处编辑母版标题样式"字符，在随后弹出的快捷菜单中选择"字体"命令，打开"字体"对话框，如图 5.38 所示。设置好相应的选项后单击"确定"按钮返回。

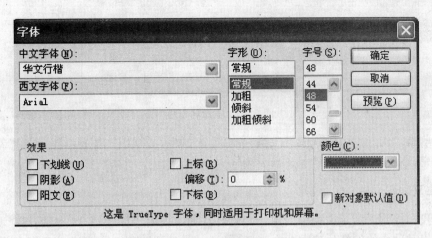

图 5.38　设置母版字体格式

(4) 然后分别右击"单击此处编辑母版文本样式"及下面的"第二级、第三级……"字符，仿照上面第 3 步的操作设置好相关格式。

(5) 分别选中"单击此处编辑母版文本样式"、"第二级、第三级……"等字符，选择"格式"→"项目符号和编号"命令，打开"项目符号和编号"对话框，设置一种项目符号样式后，单击"确定"按钮退出，即可为相应的内容设置不同的项目符号样式。

(6) 选择"视图"→"页眉和页脚"命令，打开"页眉和页脚"对话框(见图 5.39)，切换到"幻灯片"选项卡，即可对日期区、页脚区、数字区进行格式化设置。

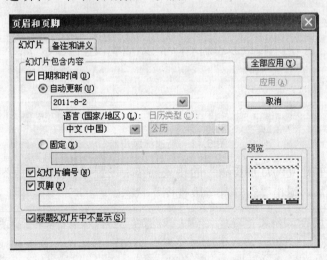

图 5.39　设置页眉和页脚

(7) 执行"插入"→"图片"→"来自文件"命令，打开"插入图片"对话框，展开事先准备好的图片所在的文件夹，选中该图片将其插入到母版中，并定位到合适的位置。

(8) 全部修改完成后，单击"幻灯片母版视图"工具栏上的"重命名母版"按钮，打开"重命名母版"对话框(见图 5.40)，输入一个名称(如"演示母版")后，单击"重命名"按钮返回。

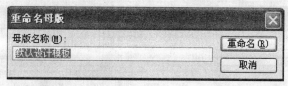

图 5.40 重命名母版

(9) 单击"幻灯片母版视图"工具栏上的"关闭母版视图"按钮退出,则"幻灯片母版"制作完成。

2. 建立标题母版

前面我们提到,演示文稿中的第一张幻灯片通常使用"标题幻灯片"版式。现在我们就为这张相对独立的幻灯片建立一个"标题母版",用以突出显示演示文稿的标题。

(1) 在"幻灯片母版视图"状态下,单击"幻灯片母版视图"工具栏上的"插入新标题母版"按钮,进入"标题母版"状态,如图 5.41 所示。

单击此处编辑母版标题样式

自动版式的标题区

单击此处编辑母版副标题样式

自动版式的副标题区

图 5.41 新建标题母版

(2) 仿照上面"建立幻灯片母版"的相关操作,设置好"标题母版"的相关格式。

(3) 设置完成后,退出"幻灯片母版视图"状态。

> **注意:** 母版修改完成后,如果是新建文稿,请仿照上面的操作,将当前演示文稿保存为模板(演示母版.pot),供以后建立演示文稿时调用;如果已经制作好演示文稿,则可以仿照上面的操作,将其应用到相关的幻灯片上。

> **技巧:** 如果想为某一个演示文稿使用多个不同的母版,可以在"幻灯片母版视图"工具栏上单击"插入新幻灯片母版"和"插入新标题母版"按钮,新建一对母版(此时,大纲区又增加了一对母版缩略图),并仿照上面的操作进行编辑修改,并"重命名"(如"演示母版之二"等),如图 5.42 所示。

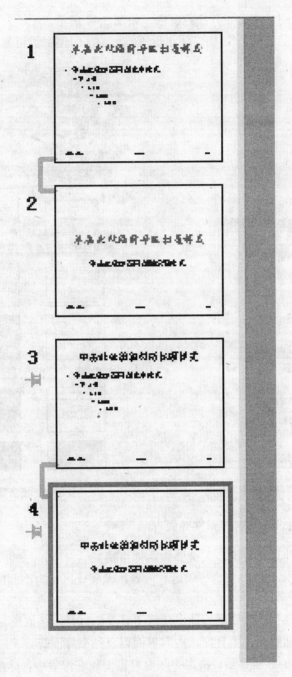

图 5.42　添加后的母版缩略图

3．母版的应用

母版建立好了以后，下面将其应用到演示文稿上。

(1)　启动 PowerPoint 2003，新建或打开某个演示文稿，并执行"视图"→"任务窗格"命令，展开任务窗格，如图 5.43 所示。

(2)　单击任务窗格右上角的下拉按钮，在弹出的下拉菜单中选择"幻灯片设计—设计模板"选项,打开"幻灯片设计"任务窗格,如图 5.44 所示。

(3) 双击"母版"模板文件(如"演示母版.pot"),即使用了当前母版。

图 5.43 选择"任务窗格"命令

图 5.44 任务窗格

4.如何利用母版设计与制作课件界面

利用母版设计制作课件界面,关键要做两件事情。

1) 考虑好课件界面布局,分为导航区、内容区及美化区,为不同的界面类型设计不同的母版。

导航区主是提供课件的导航结构,美化区主要是幻灯片上的修饰元素。

课件界面主要包括封面、主界面、内容界面以及结束界面等。

2) 提出幻灯片中的共同要素,决定哪些内容需要放在母版中。尽量做到课件界面与内容相分离,这样可以大大提高母版的重用率。

如图 5.45 所示,这是 PPT 课件母版的一个示例。

母版二是课件的封面,母版三、四是内容界面,另外还可以添加一些小的动态图片作为修饰元素,第五张是结束界面。

随着制作时间的积累,大家都可以拥有一个自己的母版库,可以为每种类型的界面多制作几个风格,那样做起课件界面就会更快了,也会有更多个性的选择!

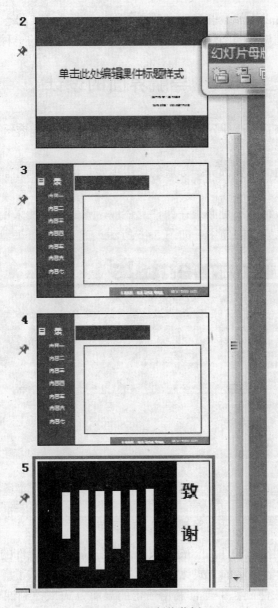

图 5.45　母版制作范例

5．使用母版应当注意的问题

（1）利用遮挡。因为母版上面的对象都会在幻灯片上显示出来，为了高效，我们也不会为每张幻灯片都制作一个母版，那样也失去了母版的意义，那么如何让一些对象不在一些特别的幻灯片上显示出来呢？可以在这些幻灯片上绘制一些与前景色相同的形状，把不想显示的对象遮挡住。

（2）在利用幻灯片母版设计界面时，利用绘制的形状，可以非常方便地分割幻灯片的布局，在这里应当注意长宽比例，以及背景颜色与文字颜色的搭配，课件界面要求简洁，不要使用太多色彩，但对比一定要强，以保证投影效果。

(3) 在母版上也可以添加一些自定义动画效果，或插入 Gif 动态图片以及 Flash 动画，这些动画也会在应用此母版的幻灯上显示出来，是美化幻灯片的一种很好的方法。

5.4　导航界面的设计

从课件界面构成来看，课件界面主要分为三个区域：课件内容区、课件导航区(辅助信息)和美化修饰区。

内容区是课件界面的主要部分，导航的作用主要是用来指示当前内容所处的位置，以及进行相关内容跳转的方法。

课件界面美化或装饰并不是必须在课件上体现，界面自身所采用的布局、颜色、对象大小排列都起到了美化修饰的作用，如图 5.46 所示。

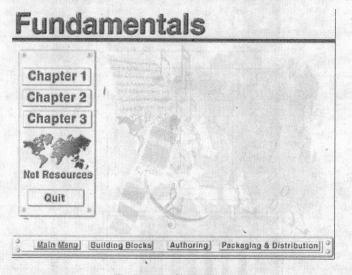

图 5.46　导航界面范例

利用 PowerPoint 制作的课件，一般可以通过单击鼠标，对课件的内容进行一页接一页的展示，但这种课件内容展示的方式比较机械，而且让别人无从了解课件整体内容结构等方面的信息，所以在课件制作中通常利用一定的导航方式来控制课件内容的展示过程和结构。

5.4.1　导航界面的设计形式

导航条是课件制作中最常用的一种导航方式。它一般出现在课件界面的边缘部分，有时是显示课件的整体结构，有时是显示课件内容所在位置。

导航这个词来源于 Web 的页面设计，导航的主要功能是让用户知道自己所处的位置，能够从相应的幻灯片上跳转到相关的内容，所以导航设置最基本的要求就是：指示清楚，有去有回，控制幻灯片的播放顺序。

导航有各种样式与风格，常见的有以下几种。

形式 1：如图 5.47 所示，这种方法可用于设计导航，也可用于设计课件内容，比如可以将当前需要强调的内容设计得有别于其他内容。

此类导航的最大特点是，按一定的规则组合一批图形，按幻灯片的播放位置更改特定位置的形状色彩和大小，以起到指示作用。

图 5.47　强调导航内容

形式 2：利用时间线等形式的形状组合，进行位置指示与导航，此种方式变化较多。

如图 5.48 所示，数字可以用实际所处位置的内容标题代替。它是用图示制作的内容导航：用图示做导航可以让界面活泼一些，但图示是否能显示当前内容则要看图片的选择了。

图 5.48　活泼的导航界面

形式 3：目录导航。

一般目录导航可以作为课件的主要界面，因为涵盖了课件主要的内容结构，会突出显示，很难做到小巧，所以目录导航很少会出现在每张幻灯片上，使用目录导航常用来指示课件二级结构菜单。目录的形式一般是绘制一些按钮形状进行排列，当然也可以选择图片等形式，目录导航可以灵活控制课件内容的跳转，如图 5.49 所示。

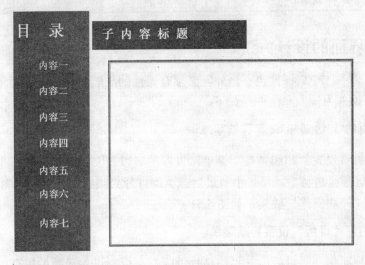

图 5.49　目录导航

形式 4：按钮+标题导航。

如果课件内容的结构比较复杂，在每一个课件界面都放置导航会非常困难，所以很多情况下，在课件界面上会采用变通的方式，即只标明当前幻灯片的内容与前后幻灯片的关系，如图 5.50 所示。

图 5.50　按钮+标题导航

注意：在课件中虽然注重导航的应用，但导航应当注意版面的布局，要小巧而灵活，不应当抢占显示课件内容的空间。

5.4.2　导航界面的设计方法

一个成功的课件，PPT 课件也不例外，必须有课件的导航菜单。课件菜单的表现形式有多种，以 PPT 课件为例，总结归纳如下。

1．通过首页的"超级链接"设置导航菜单

一般在课件首页设置"超级链接"菜单，设置的可以是文字超级链接，也可以是图片超级链接。设置好超级链接后，每一小节最后一页幻灯片必须有一个"返回"按钮。这样，就实现了课件的"模块操作"效果，如图 5.51 所示。

2．通过"幻灯片母版"设置导航菜单

依次选择"视图"→"母版"→"幻灯片母版"命令，进入母版编辑页，如果不喜欢

原来默认的样式，则需把所有的样式都删去，保留一个空白母版。在母版上可以设置背景、页面边框、动作按钮及菜单等功能。

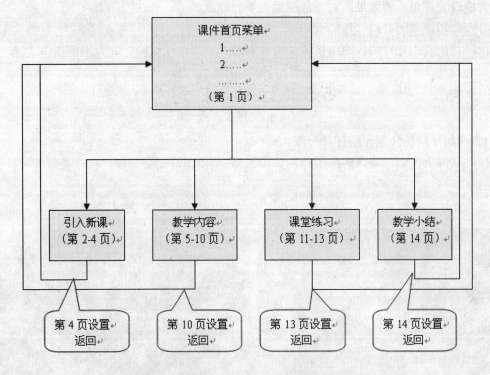

图 5.51　通过超链接设置导航

例如，在母版中设置如图 5.52 所示的菜单按钮，做好超级链接的跳转页面，保存后，则在每一页幻灯片上都会显示这个菜单，上课时，不管在课件的什么位置，教师都可以点击这个菜单来达到跳转效果，而不会因为不知道跳转页面而搞得手忙脚乱。

图 5.52　通过母版设置导航

3. 通过"触发器"设置导航菜单

我们还可以利用触发器制作交互课件菜单，即利用"动作按钮"来控制课件中"目录菜单"的出现。需要时单击"按钮"，"目录菜单"即出现；不需要时再单击"按钮"，"目录菜单"即消失。因为"目录菜单"需要在每一个幻灯片页面中根据教学的需要随时调出使用，所以必须在"幻灯片母版"中制作。

播放时，只有一个按钮显示在窗口中，单击此按钮时，从按钮中弹出一个菜单，再单击一下按钮，菜单收回。这个过程要配合菜单的出现方式和退出方式实现，其中的菜单项设置了超级链接。

以上几种方法的操作过程比较容易，这里不再举例。

注意前期完成的工作：假设课件总共有 14 页(幻灯片)，如图 5.51 所示，为了能够实现在课件中设置菜单后的效果，对课件应做如下处理。

(1) 前期完成所有幻灯片的页编辑。

(2) 将所有幻灯片的放映切换模式由原来的"单击鼠标切换"变为不切换模式。

5.5 上 机 练 习

1．利用一组图片制作幻灯片母版。

(1) 从网上搜索，获得两张图片，如图 5.53 所示(图片不必一模一样，类似即可)。

图 5.53　图片范例

(2) 对图片进行加工，加工后的图片如图 5.54 所示(具体学校学院名称视自己的情况而定)。

图 5.54　加工后图片范例

(3) 利用图片制作母版，并调整一定的格式，最后的效果如图 5.55 所示。

图 5.55 母版范例

2. 制作一套幻灯片母版，界面如图 5.56 所示。

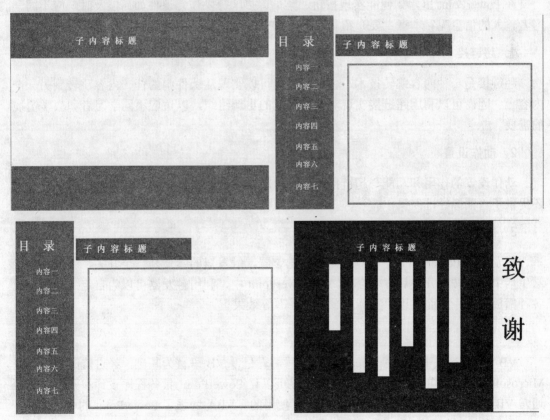

图 5.56 母版范例

注意：在目录中要求实现点击"内容标题"，字体颜色发生变化的效果。

第 6 章　PowerPoint 课件的交互设计

交互性是课件与其他教学媒体和教学材料最重要的区别，印刷材料和课件都是一种教学内容的传递工具，但使用课件除了可以利用更丰富的媒体形式展现内容外，还可以灵活控制内容出现的顺序和频率，为不同的学习者呈现不同的内容和反馈信息，这就是课件的交互。

课件的交互，从根本上来说有以下两层含义。

- 课件交互是指使用/操作课件的方式，如通过按钮、菜单、热区控制课件的播放。
- 课件交互是指课件能让学习者实时向课件输入信息，课件也能提供及时反馈信息，没有反馈也就没有交互。

在 PowerPoint 里，如何能实现按钮、菜单、热区等操作，课件如何能及时响应不同学习者输入的信息呢？本章主要介绍利用 PowerPoint 以下特性实现课件的交互功能。

1．超链接

超链接是一种内容跳转技术，使用超链接可以实现从课件中的任一内容跳转到另一个内容上。因而可以利用超链接实现对课件内容的重新组织，以适应不同学习者和教学情境的需要。

2．动作设置

动作设置的作用和功能与超链接类似，但超链接只能实现一种单一操作，而动作设置还提供了"鼠标经过"操作。

3．触发器

触发器是 PowerPoint 中一种非常神奇的装置，触发器的本质是一个开关，就像我们日常生活中只有按下开关后灯才会亮。在 PowerPoint 中，利用触发器可以为自定义动画设置各种播放条件，从而实现"判断"、"选择"等效果。

4．VBA

VBA 是 Visual Basic Application 的简写，它是以 VB 语言为基础，经过修改并运行在 Microsoft Office 中的应用程序。利用 VBA 可以让 PowerPoint 具备程序设计和开发功能，通常 VBA 在 PowerPoint 中是以宏的方式来使用的。VBA 增强了 PowerPoint 的交互功能。

6.1　按钮的使用

6.1.1　按钮的概述

按钮是课件制作中最常见的交互方式，是一个可以响应鼠标点击的特定对象，在

PowerPoint 中可以使用自绘图形、插入的图片或者文本框等对象制作按钮。

图 6.1 是一个使用自绘图形和文本组合成的按钮。使用自绘图形可以设置填充颜色和填充方式，也可以添加阴影和 3D 效果，文字格式也可以设置。

图 6.1　自定义按钮

可以为制定的按钮对象添加超链接按钮或动作设置，从而让它具有按钮的功能，如图 6.2 所示。

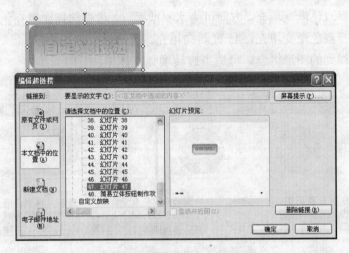

图 6.2　为自定义按钮添加超链接

插入超链接是为按钮指定单击时跳转的位置，链接的内容可以是本课件中的幻灯片，也可以是外部的文档或网页链接，或者是指定的放映方式等。也可以使用"动作设置"对话框设置超链接，如图 6.3 所示。

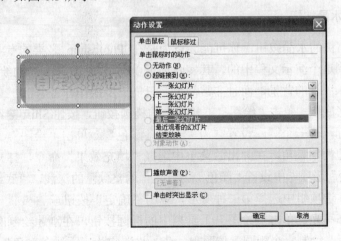

图 6.3　用动作设置超链接

将鼠标移动到设置了超链接的对象上，鼠标会变成手的形状，提示此处可以单击。

6.1.2　按钮的制作

1. 制作简易的立体按钮

制作步骤如下(见图 6.4)。

(1)　自选图形选择椭圆，按住 Shift 键可拉出一个正圆。

(2)　按住 Shift+Ctrl 键拖动正圆可得到一个相同的圆。

(3)　设置后一个圆的比例，将其嵌套在前一个圆中。

(4)　分别设置两圆的填充色。

(5)　内圆选择双色渐变填充，方向可为水平或垂直，边框选择比填充色深一些的颜色。

(6)　外圆选择双色渐变填充，45 度斜向填充，无边框或浅灰边框。

(7)　最后将得到的图形组合，可适当旋转增强立体感。

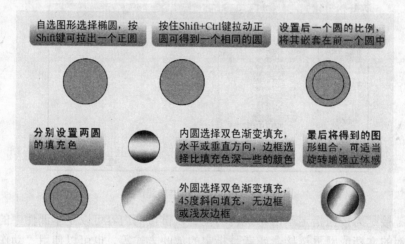

图 6.4　制作立体按钮的方法

2. 制作圆形水晶按钮

看到图 6.5 右侧的水晶按钮，你可能会以为是在 Photoshop 之类的专业图形软件中制作，然后再插入到这个演示文稿中的，其实我们可以利用 PowerPoint 的绘图功能来制作。这样不用处理插入图片的背景，而且非常简单，只需三步操作即可。

(1)　绘制圆形底图。单击"绘图"工具栏中的椭圆按钮，按住 Shift 键不放的同时按下鼠标左键拖动鼠标，画一个圆。设置它为"无线条颜色"。单击"绘图"工具栏中的"填充颜色"按钮右边的倒三角，在弹出的菜单中选择"填充效果"命令，打开"填充效果"对话框，在"渐变"选项卡中设置"颜色"为红色，调整颜色的深浅，"底纹样式"为"水平"，在"变形"选项组中选择第二种变形，单击"确定"按钮。

(2)　绘制上部高光。单击"绘图"工具栏中的椭圆按钮，在刚才绘制圆的上部，按下鼠标左键拖动鼠标，绘制一个椭圆。仿照上一步，设置它为"无线条颜色"。单击"绘图"工具栏中的"填充颜色"按钮右边的倒三角，在弹出菜单中选择"填充效果"命令，打开

"填充效果"对话框，在"渐变"选项卡中，选择"单色"白色，"透明度"从 0%到 100%，"底纹样式"为"水平"，"变形"选默认的第一种。

(3) 绘制下部反光。仿照步骤(2)，在步骤(1)中绘制圆的下部画出一个椭圆，设置它为"无线条颜色"。单击"绘图"工具栏中的"填充颜色"按钮右边的倒三角，在弹出的菜单中选择"填充效果"命令，打开"填充效果"对话框，在"渐变"选项卡中选择"单色"白色，"透明度"从 40%到 100%，"底纹样式"为"中心辐射"，"变形"也选默认的第一种。效果如图 6.5 所示。

绘制底图　　　　绘制上部高光　　　　绘制下部反光

图 6.5　制作水晶按钮的方法

经过以上三步操作，一个漂亮的水晶按钮就制作完成了。为了以后操作方便，最好把三部分组合起来。拖动鼠标，同时选中这三个图形，单击"绘图"工具栏中的"绘图"按钮并选择"组合"命令。

下面来设置动作。在这个按钮上单击右键，"动作设置"命令呈灰色不可用。别急，在高光部分再单击一次，然后在高光部分单击右键，就可以选中"动作设置"命令，如图 6.6 所示。用同样的方法设置下部反光部分的动作。

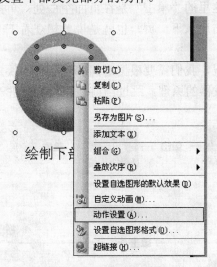

图 6.6　为水晶按钮设置动画

我们再一起来制作其他颜色的水晶按钮。按住 Ctrl 键不放，在刚做的红色按钮上按下鼠标左键拖动，复制一个按钮。单击圆形底图部分，给它填充不同的颜色，绚丽多彩的水晶按钮就诞生了。当然，还可以给圆形底图填充图片，如图 6.7 所示。若图片是 gif 格式的，水晶按钮还可以自由运动。

修改颜色　　　　　填充纹理效果　　　　　填充图片

图 6.7　其他水晶按钮

6.2　触发器的使用

6.2.1　触发器的概述

使用 PPT 中自定义动画效果中自带的触发器功能，能在 PPT 中实现交互，给课件的制作提供了很多的方便，也让 PPT 课件增添了许多亮点。

1. 什么是触发器

触发器就相当于一个"开关"，通过这个开关控制 PPT 中的动作元素(包括音频视频元素)什么时候开始运作。

传统的方式对于动画的执行一般为"单击"，也有"之后"、"之前"控制动画执行的条件，需要注意的是，这里的"单击"是在页面空白处，单击执行动画，当页面所有的动画执行完毕后，再次单击进入下一页，也就是说要想观看下一页的内容，必须在当前页所有动画放映完之后。

但是，在一些特殊情况，我们需要根据时间和现场情况决定是否要演示一些动画，如果不需要，就可以通过触发器的原理，跳过当前动画，直接进入下一页，如图 6.8 所示。

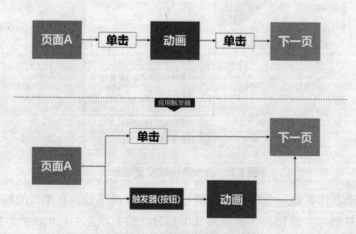

图 6.8　使用触发器的作用

例如，页面中有两个动作元素，一般情况下，动作元素的动作有一个先后关系，也就是说，哪个动作元素先动，哪个动作元素后动，是事先设定好的，PPT 作品运行时是不能调整其动作的先后顺序的。而在教学实践中，往往存在动作顺序的不确定性，这时，触发器就能帮上大忙了。如图 6.9 所示，同一页面中有 1、2、3 三个动作元素，通过触发器，可以让这三个动作元素随意出现，而不是按设定的顺序出现。

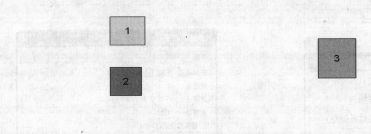

图 6.9 三个动作元素

2．哪些对象可以设置为触发器

在 PowerPoint 中，一个图片、图形、按钮等都可以作为触发器，一段文字或文本框也可以做触发器，单击触发器时，它会触发一个指定的操作(播放指定动画、控制声音或视频等)。

3．在哪里设置触发器

我们还以上面的为例，怎样才能实现让这三个动作元素随意出现，而不是按设定的顺序出现？

首先给动作元素 1 进行动画设置，如图 6.10 所示。

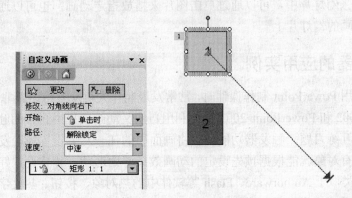

图 6.10 设置动画效果

然后右击添加的动作效果，弹出如图 6.11 所示的下拉菜单。

选择"计时"命令，在弹出的对话框中单击"计时"标签(见图 6.12)，切换到"计时"选项卡；单击"触发器"按钮，并选中"单击下列对象时启动效果"单选按钮，然后选中"矩形 1"，最后单击"确定"按钮就可以了。

按相同的方法，对动作元素 2、3 进行设置，所有的设置完成之后，你试试，是不是可以随意单击某个动作对象，该动作对象就开始运动了。

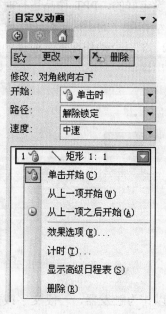

图 6.11　动作效果下拉菜单　　　　　图 6.12　"计时"选项卡

4. 触发器与超链接有何区别

触发器与超链接最大的区别即超链接实现的是跳转或打开指定的程序；触发器是在同一张幻灯片中实现指定动画播放。

但在效果上，使用超链接(与动作设置)可以实现触发器的功能，指示需要使用更多的幻灯片。如在一张幻灯片中，可以通过单击图片来播放指定动画，也可以通过设置超链接来连接到指定动画的幻灯片上。

6.2.2　触发器的应用实例

以前我们在用 PowerPoint 制作课件时，常常发现制作人机交互练习题非常麻烦。现在，在 PowerPoint 2002 和 PowerPoint 2003 里，利用自定义动画效果中自带的触发器功能可以轻松地制作出交互练习题。触发器功能可以将画面中的任一对象设置为触发器，单击它，该触发器下的所有对象就能根据预先设定的动画效果开始运动，并且设定好的触发器可以多次重复使用。类似于 Authorware、Flash 等软件中的热对象、按钮、热文字等，单击后会引发一个或者一系列动作。下面我们列举几个在教学过程中常用的触发器的实例，来了解一下如何制作触发器。

1. 文本的交互显示

1)　设计思想

一般用 PowerPoint 制作的课件，每张幻灯片上的内容出现的顺序都是事先安排好的，如果需要中途变换放映顺序则很困难，这样就影响了课件的交互性，面对多变的课堂，教师无法预知课堂上出现的全部情况。例如：《波的形成》一节课，我们要求学生自己总结波的特点，其特点大致可以归纳为三方面，教学设计要求学生讲出一点，在屏幕上就出现相应的文字，但是我们无法预知学生先归纳哪一特点，不可能预先做好文本的出现顺序。

2)　实现方法

(1)　制作一组交互按钮。单击"绘图"工具栏中的"文本框"按钮，在演示文稿的某一幻灯片中插入一个文本框作为交互按钮，输入需要的文字。例如："A"。因为需要控制的文本有三个，我们就可以依次插入两个文本框，并输入"B"和"C"，如图 6.13 所示。为了便于区别，还可以通过右键快捷菜单中的"设置文本框格式"命令来选择文本框的填充颜色和线条颜色，当然按钮的选择也可以根据自己的爱好，选用图片或者其他的文本。

(2)　制作一组与交互按钮对应的文本。单击"绘图"工具栏中的"文本框"按钮，在演示文稿中插入一个文本框，根据需要输入需要显示的文本内容，每个交互按钮分别对应一段文字，如图 6.14 所示。

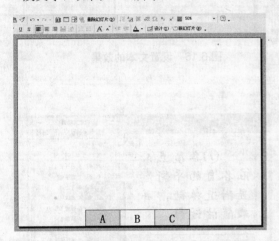

图 6.13　交互按钮　　　　　　　　　　图 6.14　文本内容

(3)　设置文本的动画和效果。首先制作文本的进入动画，选中所需文本，单击右键，在弹出的快捷菜单中选择"自定义动画"命令，打开"自定义动画"任务窗格，单击"添加效果"按钮，在弹出的菜单中依次选择"进入"→"切入"命令(当然也可以选择其他的进入动画效果)，如图 6.15 所示。然后设置文本的效果，如图 6.16 所示，在下拉菜单中选择"计时"命令，在弹出的对话框中单击"触发器"按钮，选中"单击下列对象时启动效果"单选按钮，在右侧的下拉列表框中选择"形状 1：A"，如图 6.17 所示。即表示单击"形状 1：A"(交互按钮)时对应的文本以"切入"的方式"进入"。

如果需要还可以制作文本的退出动画，选中所需文本，单击右键，在弹出的快捷菜单中选择"自定义动画"命令，打开"自定义动画"任务窗格，单击"添加效果"按钮，在弹出的菜单中依次选择　"退出"→"切出"命令，如图 6.18 所示。然后设置文本效果，在图 6.17 所示的"计时"选项卡中单击"触发器"按钮，选中"单击下列对象时启动效果"按钮，在右侧的下拉列表框中选择"形状 1：A"。即表示再次单击"形状 1：A"(交互按钮)时超链接按钮以"切出"的方式"退出"。

(4)　实现文本出现的任意顺序。

重复以上过程，可以制作一组各自对应的交互按钮和文本，每个交互按钮通过触发器控制对应文本的"进入"和"退出"。如果不单击交互按钮，演示就会按部就班地进行下去。如果需要，单击某一需要的交互按钮，带动对应的文字出现，如图 6.19 所示，如果再次单击同一按钮，文本就会消失，这样教师就可以在课堂上任意控制和调整文本的出现顺序。

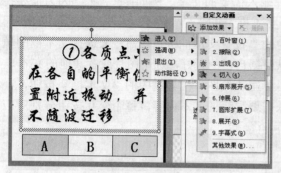

图 6.15　选择动画效果

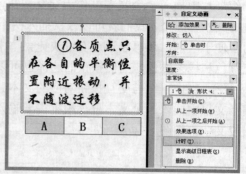

图 6.16　设置文本的效果

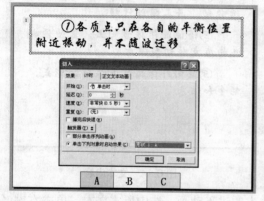

图 6.17　动画的"计时"设置

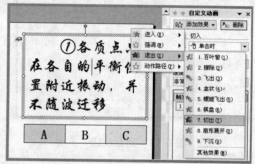

图 6.18　设置退出动画

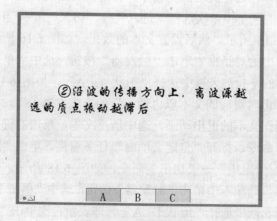

图 6.19　动画效果图

3)　应用拓展

通过以上对触发器的使用，我们可以初步了解它的特性，只要是需要人为控制的随机事件，都可以通过触发器的功能来实现，这样就可以使 PowerPoint 的交互功能大为增强。

2．制作选择题

PowerPoint 制作的课件一般用来在课堂中向学生展示教学内容，但也可以制作成练习型的课件，即通过 PPT 向学生提供练习的内容，可以是选择、填空、判断、连线等方式。

使用 PowerPoint 制作练习题，可以向学生及时提供反馈信息，如果使用 VBA 交互，还可以实现统计学生成绩、随即出题等功能。

1）设计思路

设计选择题，关键是设计学习者选择选项后，如何为学习者提供反馈信息。可以利用超链接(动作设置)：单击指定项后跳转到相应的幻灯片上，即如果做一个 4 个选项的选择题，则需要五张幻灯片(每张幻灯片提供一个反馈结果)，也可以利用前面介绍的触发器，把选项制作成触发器，让它们触发各自的反馈结果则更方便。

2）实现方法

(1) 插入文本框并输入文字。

插入多个文本框，并输入相应的文字内容。要特别注意把题目、选择题的多个选项和对错分别放在不同的文本框中，这样可以制作成不同的文本对象。如图 6.20 所示是一道小学数学选择题，这里一共有 7 个文本框。

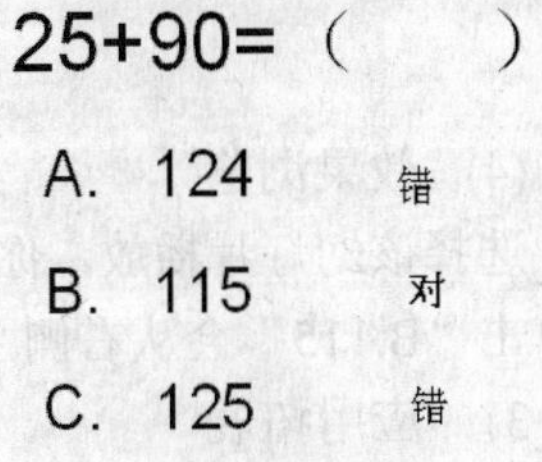

25+90=（　　）

A. 124　　错

B. 115　　对

C. 125　　错

图 6.20　输入文本

(2) 自定义动画效果。

触发器是在自定义动画中的，所以在设置触发器之前还必须设置选择题的三个对错判断文本框的自定义动画效果。我们这里简单地设置其动画效果均为从右侧飞入，如图 6.21 所示。

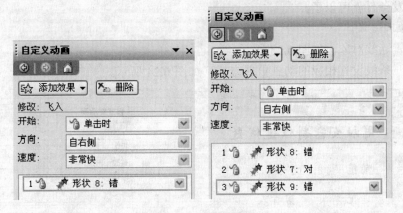

图 6.21　设置动画效果

(3) 设置触发器。

在自定义动画列表中单击"形状 8：错"的动画效果，在下拉菜单中选择"效果选项"命令，弹出"飞入"对话框，切换到"计时"选项卡，单击"触发器"按钮，然后选中"单击下列对象时启动效果"单选按钮，并在下拉列表框中选择"形状 A.124"，即选择第一个答案 124 项。同样设置其他的对、错文本框，最后如图 6.22 所示。

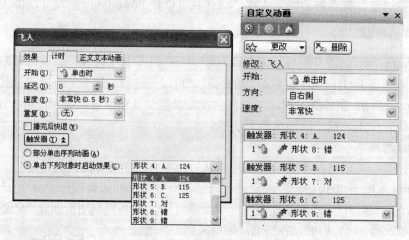

图 6.22　设置触发器效果

（4）　效果浏览。

选择该幻灯片播放，你会发现单击"A.124"这个答案后立刻会从右侧飞出"错"，如果单击"B.115"会从右侧飞出"对"，如果单击"C.125"会从右侧飞出"错"。

3）　应用拓展

通过触发器还可以制作判断题，方法类似，只要是人机交互的练习题都能通过它来完成。

3. 制作连线题

连线题的制作原理和选择题类似，单击连线对象会出现连线动画，所以为相应的连线动画设置触发条件就可以了。

其步骤如下。

（1）　设置连线对象，如图 6.23 所示。

（2）　为三条线设置相应的动画再现方式，如图 6.24 所示。

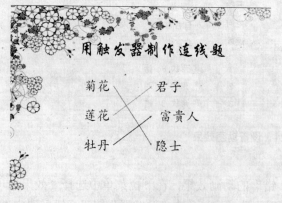

图 6.23　输入连线题

图 6.24　设定直线动画

(3) 为三个连线动画设置触发条件，如图 6.25 所示。

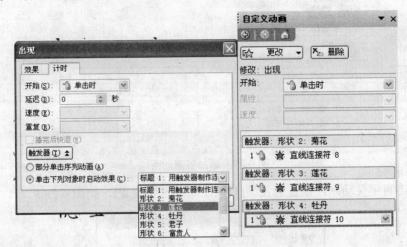

图 6.25　设置直线触发器

4．制作填空题

1) 设计思想

填空题是一种常见的练习形式，在 PowerPoint 中实现填空的效果一般有这样几种方式。

(1) 使用一张幻灯片制作填空的题目，再制作两张带答案的幻灯片，在填空的位置设置一个超链接，可以跳转到带答案的幻灯片上。

(2) 使用这种方式制作填空题，需要设计许多张幻灯片，设置和控制也比较麻烦。

(3) 将答案选项和题目制作在同一张幻灯片上，为答案选项添加进入和退出两种自定义动画，然后在填空的位置添加一个透明的形状，用来作为触发器，控制答案的显示还是隐藏。

2) 实现方法

(1) 制作好所需要的题目及答案，如图 6.26 所示。

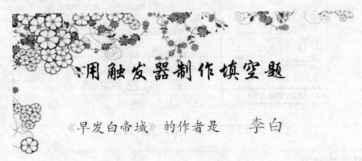

图 6.26　输入填空题

(2) 为答案添加进入和退出的自定义动画，如图 6.27 所示。

(3) 绘制一个矩形，并设置成透明色，将答案盖住。

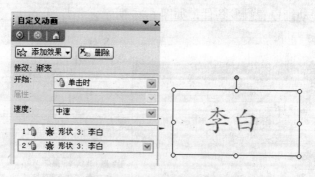

图 6.27　添加答案动画

(4) 双击自定义动画，设置触发条件(两个动画都要设置)，如图 6.28 所示。

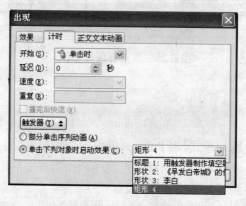

图 6.28　设置触发效果

(5) 取消鼠标单击幻灯片的切换方式，如图 6.29 所示。

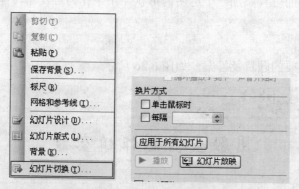

图 6.29　设置幻灯片切换方式

5．用触发器控制声音

在 PowerPoint 中可以用触发器控制声音，如在课件中加上一段音乐，用于学生朗读课文时播放，能在适当的时候停止，又能在适当的时候重新播放。其实现步骤如下。

(1) 在幻灯片中依次选择"插入"→"影片和声音"→"文件中的声音"命令，把所需的声音文件导入，导入声音文件后会出现一个提示，问是否需要在放映幻灯片时自动播放声音，单击"在单击时"按钮，如图 6.30 所示。

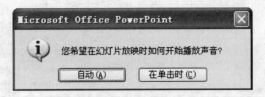

图 6.30 是否播放声音选项

(2) 依次选择"幻灯片放映"→"动作按钮"→"自定义按钮"命令，在幻灯片中拖出三个按钮，在出现的"动作设置"对话框中选中"无动作"单选按钮，如图 6.31(a)所示。分别选择三个按钮，在右键菜单中选择"编辑文本"命令，为三个按钮分别加上文字：播放、暂停、停止，如图 6.31(b)所示。

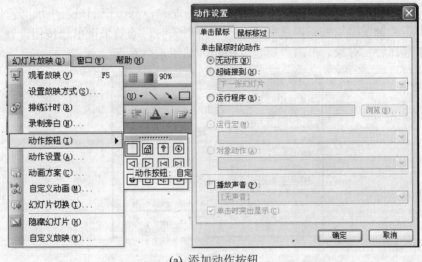

(a) 添加动作按钮

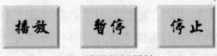

(b) 设置按钮属性

图 6.31 添加动作按钮并设置属性

(3) 将声音文件播放控制设定为用播放按钮控制。选择幻灯片中的小喇叭图标，选择"幻灯片放映"→"自定义动画"命令，在幻灯片右侧出现的"自定义动画"任务窗格中，可以看到背景音乐已经加入"自定义动画"窗格中；双击有小鼠标的那一格，出现"播放声音"设置对话框，切换到"计时"选项卡，单击"触发器"按钮，选中"单击下列对象时启动效果"单选按钮，在其右侧的下拉列表框中选择触发对象，单击"确定"按钮，如图 6.32 所示。

(4) 将声音暂停控制设定为用暂停按钮控制。继续选择小喇叭图标，在"自定义动画"任务窗格单击"添加效果"按钮，在弹出的菜单中依次选择"声音操作"→"暂停"命令，如图 6.33 所示。

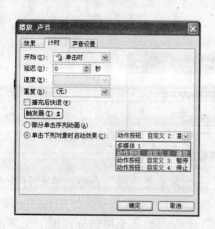

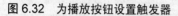

图 6.32 为播放按钮设置触发器

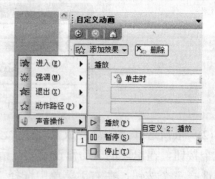

图 6.33 暂停按钮设置

在"自定义动画"任务窗格下方出现了暂停控制格,双击控制格,出现"暂停 声音"对话框,单击"触发器"按钮,选中"单击下列对象时启动效果"单选按钮,在右侧的下拉列表框中选择触发对象,单击"确定"按钮,如图 6.34 所示。

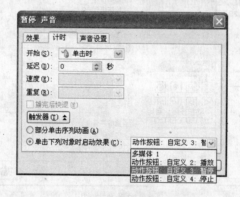

图 6.34 暂停按钮设置触发器

(5) 将声音停止控制设定为用停止按钮控制。在"自定义动画"任务窗格中单击"添加效果"按钮,在弹出的菜单中依次选择"声音操作"→"停止"命令,然后操作方法如第(4)步,将触发对象设定为"停止"按钮,结果如图 6.35 所示。

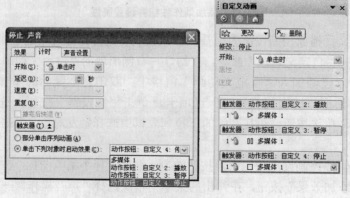

图 6.35 停止按钮设置触发器

6．制作菜单

菜单是计算机中一种常见的交互方式，菜单最大的特点是可以折叠，所以在一定场合可以起到节省空间的作用。

1) 设计思路

菜单有两种状态：一种是展开，一种是收起。所以我们采用开关按钮的方法，先制作出菜单的两种状态，然后设计触发条件即可。

2) 实现方法

(1) 制作菜单的两种状态，如图 6.36 和图 6.37 所示。

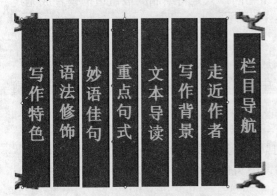

图 6.36　导航菜单展开状态　　　　　　　　图 6.37　导航菜单收起状态

菜单与按钮的区别是：菜单有很多项，每一项要跳转到指定的位置(超链接或动作设置)，所以制作时要先将这些项分开，再设置超链接，避免以后修改麻烦，如果使用图片作为菜单，可以使用透明的自绘形状覆盖在菜单项上，然后组合，这样就不用为每一个菜单项设计同样的动画了。

(2) 设置动画触发条件：为菜单项设置两个动画，一个是自顶部进入动画；一个是自底部退出动画，如图 6.38 所示。

3) 应用拓展

菜单有很多形式，前面制作的是下拉式的菜单，也有水平展开或向上展开的菜单形式，只是动画和位置不同，原理是相同的。

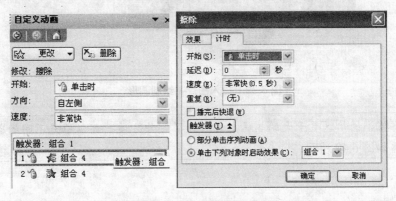

图 6.38　导航菜单动画设置

7. 热区的应用——鼠标经过提示信息

在很多课件中，为了让学习者了解物体结构的内容，经常使用图片或模型来展示。如果要让学生详细了解物体各部分的结构，在课件中需要对物体的不同部分进行交互设计，这就是热区。

1) 什么是热区

热区也是按钮，是隐形的或者说是看不见的按钮。

2) 如何制作热区

因为热区就是按钮，所以制作的方法与按钮相同，只是将绘制的按钮边框设置成无线条颜色，填充设置成透明的。

3) 如何使用热区

热区有两种操作：一种是进入热区，进入热区时提供提示信息；另一种是离开热区，离开热区时，提示信息要消失。在 PowerPoint 中可以利用动作设置中的鼠标经过效果来制作进入热区的操作。

如何实现离开热区操作呢？

实际上就是利用 PowerPoint 中动作设置的鼠标经过效果，对同一位置设置两个热区，一个小一些，一个大一些，大的热区置于下方，因为进入小热区后再离开时必须要经过大热区，所以也就实现了离开小热区的操作效果。

下面，通过一个认识照相机结构的实例，看一看热区交互如何实现。

(1) 插入一张照相机图片，绘制两个不同大小的圆形，其大小要与相机的指定部件大小相符，形态也可以按相机部件的形态进行绘制，如图 6.39 所示。

图 6.39　插入图片并绘制圆形

注意：一定要将小的热区置于大的热区上方，为了制作方便，可以填充不同的颜色以便于观察，如图 6.40 所示。

图 6.40　小热区放在大热区上方

(2) 快速设置热区居中对齐的方法是：选中两个热区，使用上下居中对齐命令。设置好的透明效果如图 6.41 所示。

图 6.41　设置透明并放于快门键上方

(3) 将幻灯片复制一份，用来提供提示信息，提示信息可以设置成以自动播放的自定义动画方式出现。

(4) 为小热区设置动作：鼠标经过时，链接到提示消息所在的幻灯片，如果不能确定自己所选择的是小热区还是大热区，可以使用 tab 键切换选择对象，如图 6.42 所示。

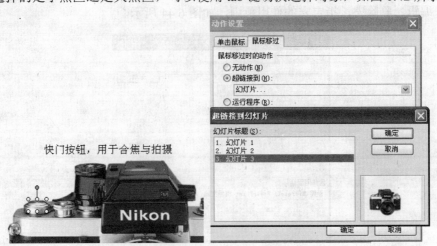

图 6.42　添加小热区超链接

（5） 为大热区设置鼠标经过时链接到原来位置，如图 6.43 所示。

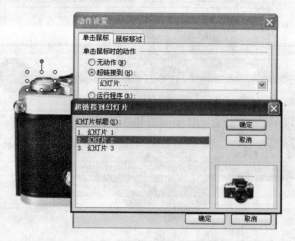

图 6.43　添加大热区超链接

（6） 利用这种方法，也可以实现图片大小状态之间的切换：鼠标经过小图时将链接到大图，然后在大图的下方，放置一个比大图稍大的热区，设置成鼠标经过时链接到小图。

6.3　宏 的 使 用

宏是微软 Office 软件中提供的一个重要工具，宏实际上是可以自动执行任务的一项或一组操作，因此宏是一种程序（使用 VBA 语言），利用宏可以实现批处理操作，可以完成 Office 中的任何操作，如自动新建文档、插入指定文档、设置对象格式等。

在 Office 2003 软件里，将当前操作步骤录制成一个宏，然后通过运行宏，就可以重复实现操作。PowerPoint 中的宏也是如此，也可以把它看成是 VBA 的一种应用环境，通过宏来编写管理 VBA 代码。

在 PowerPoint 的"工具"菜单中依次选择"宏"→"宏"命令，在打开的对话框中可以新建、编辑、删除宏，指定宏的作用范围，如图 6.44 所示。

图 6.44　"宏"对话框

使用宏控制小球在幻灯片上的移动。

(1) 绘制一个小球和两个箭头，箭头是用来控制小球运动的，如图 6.45 所示。

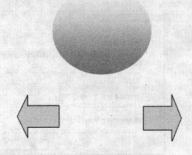

图 6.45　绘制图形

(2) 新建宏名称分别为 leftIt 和 rightIt，如图 6.46 所示。

图 6.46　编辑宏命令

(3) 让小球每次向左移动一些距离，宏代码如下。

```
Public Sub leftIt ()
    Dim sp As Shape
    Set sp = PowerPoint.ActivePresentation.Slides(1).Shapes("my_circle")
sp.IncrementLeft -10
End Sub
```

让小球每次向右移动一些距离，宏代码如下：

```
Public Sub rightIt ()
    Dim sp As Shape
    Set sp = PowerPoint.ActivePresentation.Slides(1).Shapes("my_circle")
sp.IncrementRight 10
End Sub
```

(4) 指定宏运行的条件。如向左的箭头，指定向左运动的宏。指定条件是通过为对象添加动作来实现的，如图 6.47 所示。

图 6.47 动作设置宏命令

6.4 PowerPoint 中的 VBA 技术

6.4.1 VBA 基础知识

很多人认为 PowerPoint 做不出很好的人机交互效果,实际上这种看法是错误的,这是因为我们没有深入了解它,如之前介绍的案例,利用 PowerPoint 自身的自定义动画与触发器的确无法完成相应用户输入文字、随即出题、拖动物体等交互方式,但 PowerPoint 还有一个利器——VBA,利用 VBA 可以轻松实现这些交互设置。

1. 什么是 VBA

VBA 是微软在其开发的应用程序中共享的通用自动化语言。因为它是一种自动化语言,所以可以使常用的应用实现自动化,可以创建自定义的解决方案。VBA(Visual Basic for Application)是以 VB 语言为基础,经过修改并运行在 Microsoft Office 中的应用程序,它不能像 VB 一样生成可执行程序。

VBA 是 Microsoft Office 系列软件的内置编程语言,是应用程序开发语言 VB(Visual Basic)的子集。它功能强大,面向对象,可极大地增加 Office 系列软件的交互性。

2. 在哪里写 VBA

我们可以在“视图”菜单中依次选择“工具栏”→“控件工具箱”命令打开控件工具箱,如图 6.48 所示。

图 6.48 控件工具箱

在这里有很多控件，如按钮、文本框、列表框、单选按钮等。选择一个控件，如按钮，然后就可以在幻灯片中拖动鼠标"画"出它们，如图 6.49 所示。

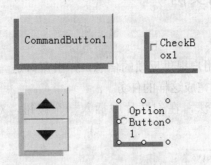

图 6.49　控件按钮

如果想更改它的外观，可以在按钮上单击鼠标右键，在弹出的快捷菜单中选择"属性"命令，然后在弹出的对话框中进行设置，如图 6.50 所示。

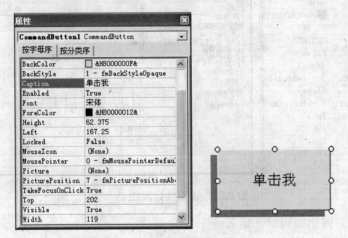

图 6.50　控件属性设置

双击绘制的对象就可以编写 VBA 了，如图 6.51 所示。

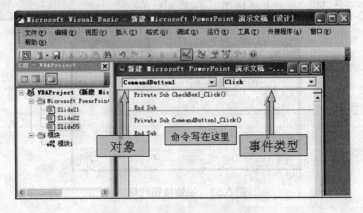

图 6.51　控件代码编辑窗口

以后再放映幻灯片时，单击命令按钮，就会执行上面输入的命令。

6.4.2 VBA 技术应用实例

1. 弹出信息

在课件中，常常需要向用户提供反馈的信息，弹出窗口是一种常用的方式，利用 VBA 中的 MsgBox()命令可以轻松完成这样的任务。

(1) 按照前面介绍的方法，在幻灯片中插入一个按钮，对其属性按照图 6.52 所示进行修改。

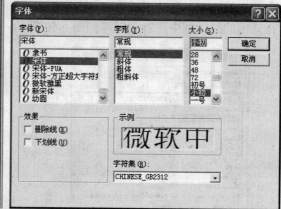

图 6.52　设置按钮属性

(2) 双击按钮，弹出编码框，输入：
MsgBox ("你做的真棒!")

> **注意：** 弹出的信息要放在引号内，引号和小括号使用的是英文半角符号，如果输入的是中文全角符号，则会出现运行错误，如图 6.53 所示。

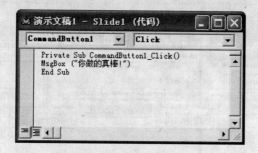

图 6.53　编辑按钮代码

(3) 保存文件。使用了 VBA 的 PowerPoint 在保存时要启用宏的格式，如图 6.54 所示。

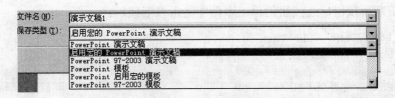

图 6.54　设置存储格式

(4) 放映 PowerPoint。单击设置好的按钮，就会弹出如图 6.55 所示的提示对话框。

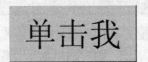

图 6.55　效果图

2. 输入文本

利用控件箱中的文本框，可以让用户在放映幻灯片时输入内容，下面制作一个加法练习题。

(1) 制作文本框和按钮控件，如图 6.56 所示，制作好题目。

图 6.56　制作文本和按钮

(2) 设置文本框和按钮的属性。单击右键，在弹出快捷菜单中选择"属性"命令，对其进行设置，如图 6.57 所示。

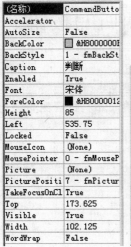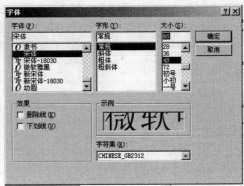

图 6.57　设置控件属性

(3) 双击判断按钮,在按钮的单击事件中输入以下代码:

```
If TextBox1.Text = 17 Then
    MsgBox ("做对了!")
Else
    MsgBox ("你再想一想!")
End If
```

注意:这里使用 IF 语句对输入文本框中的内容做判断,如果等于 17 则输出正确的反馈结果,如果不等于 17 就会输出错误的反馈结果。

这样,制作就完成了,单击放映按钮,在文本框中输入答案,若为 17,屏幕上将跳出提示"做对了!"的对话框;若输入答案不为 17,则将跳出提示"你再想一想!"的对话框,如图 6.58 所示。

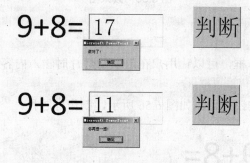

图 6.58　判断效果图

3. 随机听写单词

如果你想实现在上面的加法练习的基础上随机出题的功能,可以参考本例中的随机听写单词的方法。如图 6.59 所示,首先插入所需按钮并对其属性进行相应的修改。

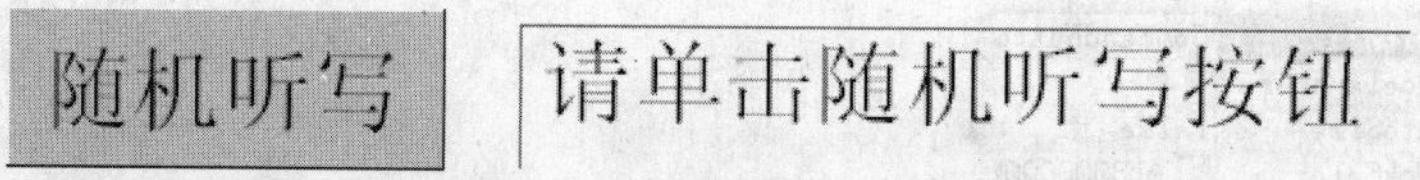

随机听写　请单击随机听写按钮

图 6.59　输入文本和按钮

注意:文本框中出现的默认值是修改 TextBox1 控件中的 text 属性实现的。

双击按钮输入以下代码:

```
Dim a As Integer
a = Int((10 * Rnd) + 1)
Select Case a
    Case 1
        TextBox1.Text = "hand"
    Case 2
        TextBox1.Text = "ear"
    Case 3
```

多媒体课件制作案例教程(基于 PowerPoint 平台)

```
        TextBox1.Text = "eye"
    Case 4
        TextBox1.Text = "nose"
    Case 5
        TextBox1.Text = "foot"
    Case 6
        TextBox1.Text = "leg"
    Case 7
        TextBox1.Text = "finger"
    Case 8
        TextBox1.Text = "nail"
    Case 9
        TextBox1.Text = "tooth"
    Case 10
        TextBox1.Text = "neck"
End Select
Beep
```

注意： 此处使用了 Select Case 的语句来实现多分支选择，如果分支较少，也可以使用前面介绍的 IF 语句。

实现随机出现单词的功能是使用 Rnd 函数生成一个 0 到 1 之间的随机数，a = Int((10 * Rnd) + 1)正好在 1 到 10 之间，这样就可以从中随机选择一个单词了。

利用这样的方法还可以制作随机点名等课件。

放映 PowerPoint，效果如图 6.60 所示。

随机听写	leg

图 6.60　随机听写效果图

4．单项选择题交互课件

下面我们就来介绍如何利用 VBA 技术制作单项选择题。其制作过程如下所示。

(1)　新建幻灯片文档。

(2)　创建题目文本框。在文本框中输入题目内容："奠定今天我国版图的朝代是："

(3)　创建选项按钮。单击"控件工具箱"中的"选项按钮"控件，在幻灯片中的适当位置拖动鼠标创建第一个选项按钮；按照此方法再制作三个选项按钮，如图 6.61 所示。

(4)　设置选项按钮的属性，如表 6.1 所示。

表 6.1　按钮属性值

按钮名称 属性	OptionButton1	OptionButton2	OptionButton3	OptionButton4
Caption	A.唐朝	B.元朝	C.秦朝	D.清朝
Value	True	False	False	False

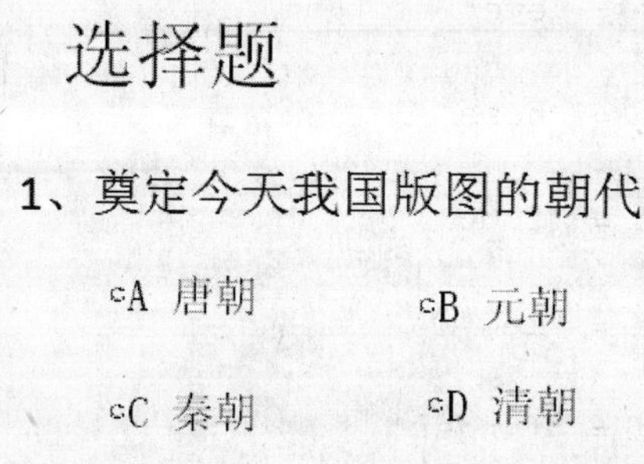

选择题

1、奠定今天我国版图的朝代是：

   ⊂A 唐朝   ⊂B 元朝

   ⊂C 秦朝   ⊂D 清朝

图 6.61 输入文本和按钮

（5）编写 VBA 程序。

这里的第一个选项 OptionButton1 是正确的，双击这个选项按钮，打开 VBA 代码编辑窗口，输入以下代码：

```
Private sub OptionButton1_click()
if OptionButton1.Value=True then
 ex=MsgBox("选择正确！恭喜你！",VbOKOnly)
End if
End sub
```

以上代码的功能是：当点击选项 1 时，因为这是正确的答案，屏幕会显示对话框"选择正确！恭喜你！"。

编写错误答案的 VBA 代码：分别双击 OptionButton2、OptionButton3、OptionButton4，打开 VBA 编辑窗口，输入以下代码：

```
Private sub OptionButton2_click()
if OptionButton2.Value=False then
 ex=MsgBox("选择错误！请再想想！",VbOKOnly)
End if
End sub
Private sub OptionButton3_click()
if OptionButton3.Value=False then
 ex=MsgBox("选择错误！请再想想！",VbOKOnly)
End if
End sub
Private sub OptionButton4_click()
if OptionButton4.Value=False then
 ex=MsgBox("选择错误！请再想想！",VbOKOnly)
End if
End sub
```

以上代码的功能是：当点击选项 2、选项 3 或选项 4 时，因为这是错误的答案，屏幕会显示对话框"选择错误！请再想想！"。

（6）播放幻灯片。代码编辑完毕，返回幻灯片编辑状态，播放幻灯片，单击选项按钮，看看效果，如图 6.62 所示。这种试题制作形式是"即显答案形式"，当单击选项按钮时，立即显示答案是否正确。

选择题

1、奠定今天我国版图的朝代是：

选择题

1、奠定今天我国版图的朝代是：

图 6.62　选择题效果图

(7)　添加一个"命令按钮"，将属性 Caption 设置为"重新选择"。
双击按钮，打开 VBA 编辑代码窗口，输入以下代码：

```
Private sub CommandButton1_click()
OptionButton1.Value=False
OptionButton2.Value=False
OptionButton3.Value=False
OptionButton4.Value=False
End sub
```

以上代码的功能是：当单击"重新选择"按钮对，幻灯片 4 个选项的值重新设置为"假(False)"即返回原先没有选中的状态，如图 6.63 所示。

选择题

1、奠定今天我国版图的朝代是：

    ᴄA 唐朝　　　ᴄB 元朝

    ᴄC 秦朝　　　ᴄD 清朝

重新选择

图 6.63　单击重新选择效果图

6.5 上机练习

1. 利用图形的叠放次序的不同，制作一个立体按钮，如图 6.64 所示。

图 6.64　按钮效果图

注意：在绘制过程中同样要用到 6.1 节所讲的制作方法，注意高光和反光手法的使用。

2. 利用 VBA 技术制作一个课堂随机点名系统，如图 6.65 所示。

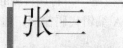

图 6.65　随机点名系统效果图

要求：在系统中存储班级学生的姓名，单击"随机点名系统"按钮，文本框中随机显示学生姓名。

3. 用触发器、超链接、VBA 技术三种方法，制作如图 6.66 所示的选择题。

4. 光合作用的过程可分为光反应和暗反应
两个阶段，下列说法正确的是（ D ）
A. 叶绿体类囊体膜上进行光反应和暗反应
B. 叶绿体类囊体膜上进行暗反应，不进行
**　光反应**
C. 叶绿体基质中可进行光反应和暗反应
D. 叶绿体基质中进行暗反应，不进行光反应

图 6.66　选择题

要求：单击正确答案，跳出"恭喜你，答对了！"；单击错误答案。跳出"不要灰心，你再想一想！"。

第 7 章　PowerPoint 课件打包和播放技术

本章主要介绍 PowerPoint 课件的打包和播放技术，内容包括 PowerPoint 课件的打包方法、PPT 课件完成后的优化方法以及在 PowerPoint 课件放映过程中的各种技巧。

7.1　PowerPoint 的打包功能

制作课件的目的之一，就是能利用课件更好地共享教学资源，设计和制作课件也是积累教学经验非常方便的途径。

7.1.1　PowerPoint 课件的异地播放问题

使用 PowerPoint 制作的课件可以非常方便地在不同的计算机上运行，当然前提是计算机使用的是 Windows 系统，并且安装了相应版本的 Office 软件。

但在很多情况下，设计制作课件的计算机并非是播放课件的计算机，此时可能会出现以下意想不到的问题。

(1) 插入的声音和视频文件播放不了。

(2) 课件里的字体效果变了，以前用的是一种字体，显示出来的却是另外一种字体。

(3) 插入的 Flash 动画播放不了。

(4) 显示 PowerPoint 版本不对，如果想使用 PowerPoint 2003 来播放 PowerPoint 2010 格式的文档，课件当然无法打开了。

除了这些问题，课件在使用传播过程中另一个让人头痛的问题就是课件的版权问题，有人希望通过网络或其他途径传播分享自己的课件，但又不愿意别人把它改得面目全非，更有甚者只改了一个名字，就把课件据为己有了。

为了解决以上问题，我们可以使用 PowerPoint 的打包功能。

7.1.2　PowerPoint 的打包功能

PowerPoint 具有非常强大的多媒体集成能力，可以将视频、声音、图片等多媒体内容整合在一起。

但 PowerPoint 并没有将声音文件以及视频文件嵌入到幻灯片中，而是以链接的方式使用这些多媒体内容，这种方式虽然可以减小课件主文件的体积，方便多媒体内容的修改和编辑，但如果移动课件就容易造成链接文件的丢失或路径错误等问题。

PowerPoint 提供的打包功能可以自动将课件使用的外部资源组织在一起，并且提供了 PowerPoint 播放器，即使在没有安装 PowerPoint 的计算机上也可以运行。

PowerPoint 2003 可将演示文稿直接打包成 CD，打包好的 CD 可以直接放入光盘驱动器进行播放，操作步骤如下。

（1）打开要打包的演示文稿。

（2）依次选择"文件"菜单中的"打包成 CD"命令，弹出"打包成 CD"对话框，如图 7.1 所示。

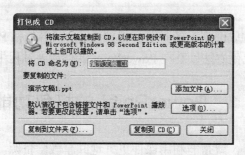

图 7.1 "打包成 CD"对话框

（3）选择打包的文件。系统默认情况是对当前演示文稿进行打包，还可以通过"添加文件"按钮找到其他的演示文稿。

（4）单击"复制到 CD"按钮。

提示：如果希望将演示文稿打包到计算机硬盘中，可以单击"复制到文件夹"按钮，然后在"复制到文件夹"对话框中选择复制的路径，如图 7.2 所示。

图 7.2 "复制到文件夹"对话框

在将课件打包功能中，也提供了课件内容保护以及字体的设置，如图 7.3 所示。

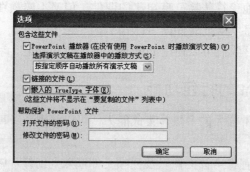

图 7.3 "选项"对话框

7.2 PPT 课件完成后的优化

如果觉得使用打包功能太麻烦，而且使用打包会大大增加课件的体积，可以在发布前对课件进行一些优化，同样可以保证课件在每台计算机上正确播放。

7.2.1　PPT 课件的优化方法

下面介绍几种常用的 PPT 课件的优化方法。

1．嵌入字体

如果演示文稿中使用了特别的字体，在最后一次保存时要嵌入字体。具体操作步骤如下。

(1) 选择"文件"菜单中的"另存为"命令，打开"另存为"对话框，单击"工具"按钮，在弹出的菜单中选择"保存选项"命令，如图 7.4 所示。

(2) 打开"保存选项"对话框，在"只用于当前文档的字体选项"选项组中选中"嵌入 TrueType 字体"复选框，如图 7.5 所示。

图 7.4　选择"保存选项"命令　　　　　图 7.5　"保存选项"对话框

2．压缩演示文稿的容量

如果将上百张数码照片制作成一个演示文稿相册，其容量可达 100MB 之多，移动和演示起来都非常不方便。此时可以通过以下操作压缩演示文稿的容量。

(1) 选择"文件"→"另存为"命令，打开"另存为"对话框，单击对话框右上方的"工具"按钮，在弹出的下拉菜单中选择"压缩图片"命令，如图 7.6 所示。

图 7.6　选择"压缩图片"命令

(2) 打开"压缩图片"对话框,如图 7.7 所示,选中"Web/屏幕"单选按钮(其他选项保持默认设置),然后单击"确定"按钮返回,再取名保存即可。

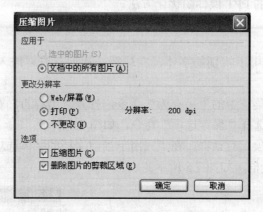

图 7.7　"压缩图片"对话框

7.2.2　PPT 课件的优化实例

下面介绍几种常用的 PPT 课件的优化实例。

1. 使用 PowerPoint 的放映格式,让课件自动播放

使用 PowerPoint 制作课件,最后的课件存储格式为 PPT,这是 PowerPoint 演示文档默认的存储格式,这种格式便于对课件内容的编辑和修改。每次打开这种格式的课件,都会先进入 PowerPoint 的编辑状态,然后才能进行课件内容的播放。

PowerPoint 制作的课件可以存储成直接运行(放映)的格式吗?答案是肯定的。

在 PowerPoint 中提供了多种文档存储格式,其中包括 PPT 放映格式,如图 7.8 所示。

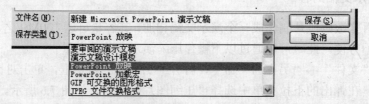

图 7.8　保存类型选择

把课件存储成放映格式以后,打开课件时会直接进入幻灯片的放映模式。

注意:把课件保存成幻灯片的放映格式,可以方便课件的播放,但有时又对课件内容的编辑造成了一定的麻烦。

如果需要对课件的内容进行修改,可进行如下操作。

(1) 直接将课件的放映格式.pps 重命名为.ppt。

(2) 先启动 PowerPoint 软件,再通过"打开"命令打开课件,这样课件又回到了编辑状态。

2．增强课件容错能力，防止误点击

在 PowerPoint 课件使用过程中，经常会发现因为无意间单击了鼠标，导致课件内容显示顺序出错的问题，或者是教师在教学过程中临时调整了幻灯片的显示次序，需要在许多张幻灯片中寻找自己要显示的内容。

要解决这样的问题，首先要依赖课件的内容导航设计，如果课件带有层次清晰、结构一目了然的导航，就可以非常容易地实现课件内容的跳转。

对于一个优秀的课件，这种导航是必不可少的，所以我们也就不需要 PowerPoint 中默认的幻灯片切换方式，应当把换片方式中的"单击鼠标时"复选框取消选中，如图 7.9 所示。

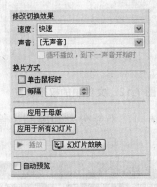

图 7.9　幻灯片切换选项

3．保护课件版权，防止课件内容被任意修改

通过打包中的选项设置，可以为 PowerPoint 设置阅读和编辑的密码。在 PowerPoint 中的"另存为"对话框中也可以完成相同的设置。

(1) 在另存 PowerPoint 课件时，选择"工具"下拉菜单中的"安全选项"命令，如图 7.10 所示。

(2) 在弹出的"安全选项"对话框中进行文档阅读密码、编辑密码的设置，如图 7.11 所示。

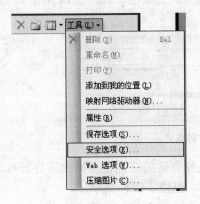

图 7.10　选择"安全选项"命令

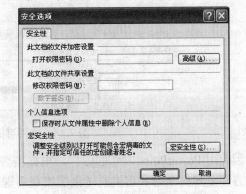

图 7.11　"安全选项"对话框

也可以直接在"文件"菜单的"权限"命令中进行一些保护选项设置，如图 7.12 所示。

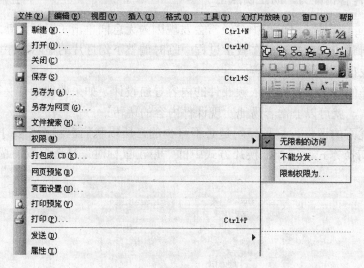

图 7.12　文件中的权限设置

文件有三种权限：无限制的访问、不能分发和限制为管理员权限，后两种权限的功能如图 7.13 所示。

图 7.13　权限限制选项对话框

4．转换课件格式，便于网络发布

PowerPoint 课件除了保存为常规的 PPT 及防御格式 PPS 以外，还有几种格式供选择，这些格式大多是为了方便 PowerPoint 作品在网络上发布而提供的，如图 7.14 所示。

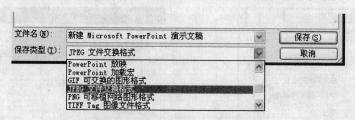

图 7.14　文件可储存为多种格式

因此用 PowerPoint 制作的课件，根据需要可以选择合适的格式在网络上进行发布，即可以方便更多的学习者直接通过浏览器观看课件内容，也便于课件共享。

1)　PDF 格式

PDF 是 Portable Document Format 的缩写，可以通过浏览器查看内容，与普通的文档相比，非常适合作为电子文档发行，阅读者也不能随意进行编辑，更便于保证文档的完整性和版权。

2) JPEG/GIF/PNG 等图片格式

通过"另存为"命令可以将 PowerPoint 课件内容以图片的方式保存下来，其优点如下：

● 文档显示一致，不会因为字体的原因影响显示效果，方便将内容发布到网页中。

● 保护内容不被修改。

但以图片保存的课件内容会失去课件中的动画效果。

5．课件的上传，便于共享资源

在 PPT 课件制作完成后，往往很多资源需要教师上传到网络上，以方便学生下载学习。下面就来介绍课件上传的方法。

(1) 选择"文件"菜单中的"另存为网页"命令，将课件存为 Web 页面，如图 7.15 所示。

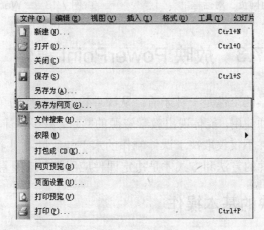

图 7.15 选择"另存为网页"命令

(2) 选择命令后，将弹出如图 7.16 所示的"另存为"对话框。从中可以保存一个备份文件，单击"发布"按钮，将弹出如图 7.17 所示的对话框。

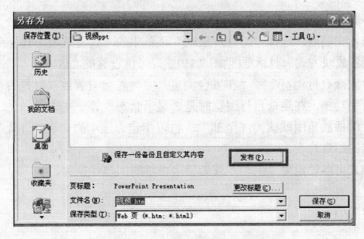

图 7.16 另存为 Web 页对话框

(3) 对 Web 选项进行设置。单击"Web 选项"按钮，在打开的对话框中可以根据自己的要求对颜色、字体等进行设置，然后发布即可，如图 7.18 所示。

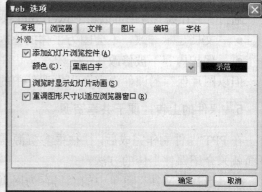

图 7.17 "发布为网页"对话框   图 7.18 "Web 选项"对话框

7.3 放映 PowerPoint 课件

课件的通用性与教学的个性是一种矛盾。从课件设计与制作的角度来说，当然是追求课件能适用于不同的教师使用，能体现出教学资源的共享，减少设计与开发课件的工作量。

但课件的应用效果并不仅仅取决于课件制作的水平与质量，很多时候，应用课件的教师，或者说教师应用课件的方法和方式才是决定课件应用的关键因素。

7.3.1 幻灯片放映的基本操作

1. 预设演示文稿的放映方式

我们可以通过设置放映方式以及"自定义放映"对话框来预设演示文稿的放映方式。

1) 设置放映方式

具体操作步骤如下。

(1) 打开演示文稿后，选择"幻灯片放映"菜单中的"设置放映方式"命令。

(2) 在"设置放映方式"对话框(见图 7.19)中，可供设置的"放映类型"有 3 种："演讲者放映"、"观众自行浏览"和"在展台浏览"。同时可设置放映时是否循环放映，是否加旁白或是否加动画，在观众自行浏览时是否显示状态栏等一些选项。

(3) 幻灯片的播放范围默认为"全部"，也可指定为连续的一组幻灯片，或者某个自定义放映中指定的幻灯片。

(4) 换片方式可以设定为"手动"或者使用排练时间自动换片。

2) 自定义放映

具体操作步骤如下。

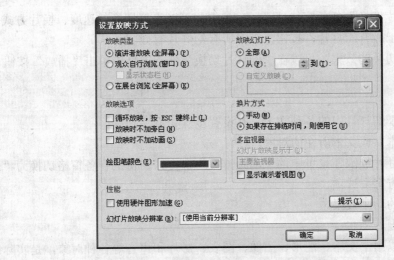

图 7.19　"设置放映方式"对话框

(1) 选择"幻灯片放映"菜单中的"自定义放映"命令，打开"自定义放映"对话框，如图 7.20 所示。

(2) 单击"新建"按钮，屏幕显示"定义自定义放映"对话框，如图 7.21 所示。

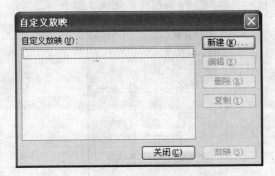

图 7.20　"自定义放映"对话框

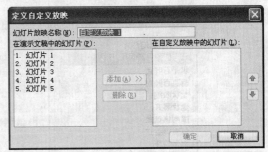

图 7.21　"定义自定义放映"对话框

(3) 在"在演示文稿中的幻灯片"列表框中选择需要放映的幻灯片，单击"添加"按钮，将其放入"在自定义放映中的幻灯片"列表框中。

(4) 单击"确定"按钮。

2．设置幻灯片的放映效果

1) 幻灯片的切换

幻灯片的切换是指在播放演示文稿时，一张幻灯片的移入和移出的方式，也称为片间动画。在设置幻灯片的切换方式时，最好是在"幻灯片浏览"视图下进行。

具体操作步骤如下。

(1) 选择"视图"菜单中的"幻灯片浏览"命令。

(2) 选中需要设置切换方式的幻灯片。

(3) 单击"幻灯片浏览"工具栏上的"切换"按钮，或者执行"幻灯片放映"菜单中的"幻灯片切换"命令。

(4) 在"幻灯片切换"任务窗格(见图 7.22)中，可以设置切换的速度、换片方式、音效。若单击"应用于所有幻灯片"按钮，则对所有幻灯片有效。

(5) 若想预览切换的效果，可以在"幻灯片切换"任务窗格中单击"播放"按钮。

2) 动画设置

(1) 预设动画。

预设动画适用于幻灯片中的各种文本，其设置步骤如下。

① 选中"文本"或文本所在的对象。

② 选择"幻灯片放映"菜单中的"动画方案"命令，右侧的任务窗格切换为"幻灯片设计"的"动画方案"选项。

③ 选择所需的动画效果。

(2) 自定义动画。

自定义动画可以用于文本、图形、图像、图表、影片和声音等各种对象，是实际制作演示文稿时使用最多的一种动画方式。与预设动画方式不同，自定义动画在"幻灯片浏览视图"下不能使用。

具体操作步骤如下。

① 选择"幻灯片放映"菜单中的"自定义动画"命令；或者选中对象并右击，在弹出的快捷菜单中选择"自定义动画"命令，打开"自定义动画"任务窗格，如图 7.23 所示。

图 7.22 "幻灯片切换"任务窗格   图 7.23 "自定义动画"任务窗格

② 选择动画设置对象，在"添加效果"下拉列表框中设置动画效果，如图 7.24 所示。

③ 根据需要分别设置动画开始的时间、方向和速度等，如图 7.25 所示。

④ 单击"播放"按钮，即可看到当前动画设置的效果。

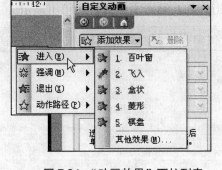

图 7.24　"动画效果"下拉列表　　　　图 7.25　设置动画开始的时间、方向和速度

3．放映演示文稿

1)　放映全部幻灯片

具体操作步骤如下。

(1) 在 PowerPoint 中打开要放映的演示文稿。

(2) 选择"幻灯片放映"菜单中的"观看放映"命令；或者单击"视图"菜单，选择"幻灯片放映"视图；或直接按 F5 键。

(3) 系统将放映全部幻灯片，按 Esc 键可终止放映。

2)　放映部分幻灯片

具体操作步骤如下。

(1) 选中要开始放映的幻灯片。

(2) 单击窗口左下角的"幻灯片放映"按钮。

(3) 系统将从选定的幻灯片开始放映。

3) 隐藏幻灯片

在"幻灯片浏览"视图中，也可将不需要放映的幻灯片隐藏起来。隐藏方法如下。

(1) 选定将被隐藏的幻灯片。

(2) 右击，在弹出的快捷菜单中选择"隐藏幻灯片"命令，如图 7.26 所示。

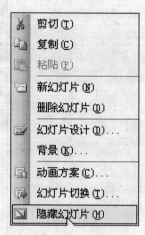

图 7.26 选择"隐藏幻灯片"命令

(3) 幻灯片的序号上将显示隐藏标记，这些幻灯片在演示文稿播放时将不显示。

> **提示：** 键盘上的方向键、PageUp 键及 PageDown 键都可控制幻灯片的播放。

7.3.2 幻灯片放映中的技巧

下面介绍幻灯片放映中的几个技巧。

1. 如何标记和更改课件中的内容

很多习惯于使用粉笔和黑板的老师在心理上对课件的应用有一定的排斥，因为课件在放映的过程中很难根据实际需要更改一定的内容，要想提示哪一部分内容是重点，也非常困难，除非在课件设计与制作过程中就把这些重点信息标注出来。

对课件中的内容进行标注并不困难，PowerPoint 为我们提供了笔迹标注功能。不知道你是否留意了，在 PowerPoint 放映模式下，可单击右键，在弹出的快捷菜单中选择"指针选项"命令，在弹出的子菜单中选择相应的指针添加标注就可以了，如图 7.27 所示。

可以选择画笔的类型，还可以选择画笔的颜色，幻灯片就像黑板一样，可以随心所欲地进行标注。

在标注完之后，可以选择保留这些标注信息(也就是墨迹)，也可以擦除这些信息，如图 7.28 所示。

在课件播放过程中，编辑课件内容的方法有以下几种。

如果认为在课件放映过程中选择笔迹功能不方便，还可以使用 Ctrl+P 组合键，快速调用笔迹功能。

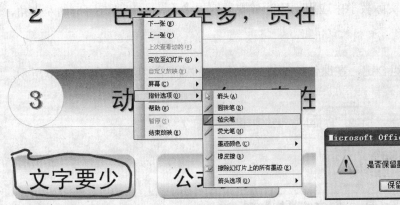

图 7.27　指针选择　　　　　图 7.28　"是否保留墨迹注释"对话框

如果觉得使用 PowerPoint 自带笔迹功能不能满足需要，还可以使用第三方软件，如电子教师和 PicPick 截图软件中的电子白板功能等。

2．在课件放映室，修改和编辑课件内容的方法

在用 PowerPoint 播放课件时，修改与编辑课件内容是一件很麻烦的事情。这时，通常我们会选择先退出课件播放(快捷键是 Esc 键)，然后再找到要编辑的内容进行修改。

能不能一边播放幻灯片，一边对照着演示结果编辑幻灯片呢？答案是肯定的，主要有以下几种简单的方法可以解决这样的问题。

方法一：

(1) 按住 Ctrl 键不放，选择"幻灯片放映"→"观看放映"命令，此时幻灯片将演示窗口缩小至屏幕左上角，如图 7.29 所示。

(2) 修改幻灯片时，演示窗口会最小化，修改完成后再切换到演示窗口就可以看到相应的效果。

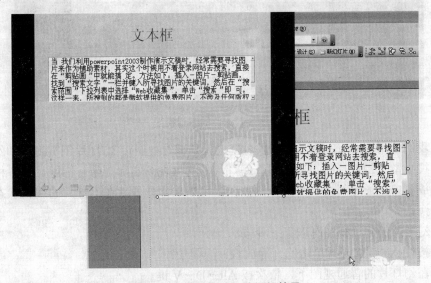

图 7.29　同时放映、编辑的效果

这样做并不适合在实际教学中应用，因为放映的窗口太小，而且是在窗口的左上角，只能用于预览课件制作效果。

方法二：

可以使用 Alt+Tab 组合键，在课件的编辑与课件的放映程序中切换，如图 7.30 所示。

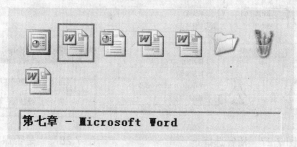

图 7.30　课件的放映编辑切换

应用这种方法，不用退出课件的放映状态，就可以对课件内容进行编辑，如果配合使用 Shift+F5 组合键(从当前幻灯片放映的快捷键)会更方便。

方法三：

利用课件的阅读视图编辑课件内容，如图 7.31 所示。

图 7.31　课件的编辑视图

一般我们使用 PowerPoint 的普通视图(也就是编辑视图)、幻灯片浏览视图和幻灯片放映视图，很少留意幻灯片的阅读视图。幻灯片的阅读视图实际是带有标题、任务栏和控制按钮的播放窗口。通过阅读视图的控制按钮，可以非常方便地在幻灯片的编辑状态和阅读状态中切换。

进入幻灯片的阅读视图有以下三种方法。

● 　按住 Alt 键的同时单击幻灯片放映。

● 　在幻灯片的普通视图下，依次按 Alt→D→V 键。

● 　在幻灯片的"设置放映方式"对话框中选择窗口模式，如图 7.32 所示。

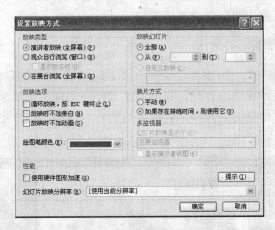

图 7.32　"设置放映方式"对话框

3．利用排练计时器，自由掌控播放时间

在 PowerPoint 中有一项"排练计时"功能，使用排练计时可以在幻灯片放映时记录下每张幻灯片的播放时间(这些时间可以根据需要进行控制)，这样下次播放幻灯片时，就会使用排练计时的时间来控制幻灯片的播放，如图 7.33 所示。

使用"排练计时"功能，最大的优势在于可以让课件在放映时自动放映，相比使用自定义动画和幻灯片切换来实现的自动放映，它在时间控制上更灵活，不需要对课件进行修改和编辑，如图 7.34 所示。

图 7.33　排列计时

图 7.34　"排练计时"操作

在放映结束时，会弹出一个对话框，询问是否保留幻灯片的排练时间，若单击"是"按钮，则此计时时间会被保留在自动播放中，如图 7.35 所示。

图 7.35　"是否保留排练时间"提示对话框

如果需要将 PowerPoint 的课件放到网上，一般需要将其转换成视频或者网页格式，这

样使用排练计时，可以解决课件自动播放的问题。

4．只有播放者才能看到的备注

备注是 PowerPoint 中的一项重要功能，可以为幻灯片提供更多的注解。

通常使用幻灯片展示课件内容时，我们并不希望在幻灯片上填满内容，此时可以使用备注，使用备注最主要的目的是为演讲者提供说明，这样不用担心在解说时遗忘或漏掉一些内容，如图 7.36 所示。

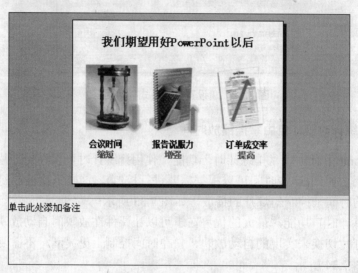

图 7.36　添加备注界面

如果给幻灯片添加了备注，那么如何查看呢？

在幻灯片放映时，单击右键，在弹出的快捷菜单中依次选择"屏幕"→"演讲者备注"命令，屏幕上即显示备注信息，如图 7.37 所示。

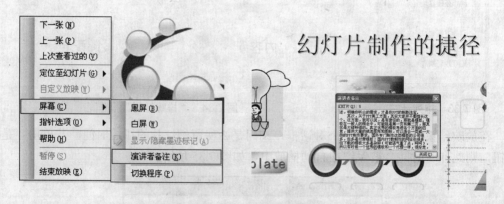

图 7.37　演讲者备注显示界面

通常我们在放映幻灯片时，备注信息也会同时投影在屏幕上，能不能只在自己的演示机器上显示备注信息，而在投影的屏幕上看不到备注呢？

实现此效果的方法很简单：只要切换一下课件的放映方式就可以了。在课件放映时，选择"演讲者放映"即可，如图 7.38 所示。

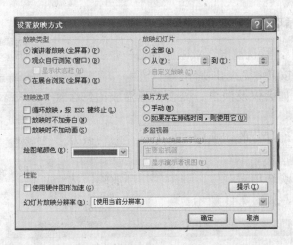

图 7.38　"设置放映方式"对话框

5．如何在放映的时候将幻灯片变成黑板

在做报告的时候，有时候需要将幻灯片变成黑板，以便书写一些提示等内容。具体的实现方法如下。

(1)　在幻灯片放映的时候单击右键，在弹出的快捷菜单中选择"指针选项"→"荧光笔"命令，此时鼠标就具有了笔的功能。

(2)　右击幻灯片，在弹出的快捷菜单中选择"屏幕"→"黑屏"命令，使屏幕变成黑板，此时可以在黑板上随意书写，如图 7.39 所示。

图 7.39　黑板效果

(3)　如果要擦除书写的内容，可以右击，在弹出的快捷菜单中选择"指针选项"→"橡皮擦"命令，此时鼠标就具有了橡皮擦的功能。

(4)　如果要返回幻灯片放映模式，可以右击，在弹出的快捷菜单中选择"屏幕"→"屏幕还原"命令。

使用同样的方法，也可以进入白屏模式。

6. 让课件内容循环播放

在 PowerPoint 中，默认情况下放映到最后一张幻灯片时会提示单击鼠标或按 Esc 键退出提示。

但有一些内容，如会议及演讲，需要循环播放，怎么办呢？

(1) 首先需要在幻灯片的切换中设置幻灯片的切换方式和时间，如图 7.40 所示。

(2) 在幻灯片放映选项设置中，选中"循环放映，按 ESC 键终止"复选框，如图 7.41 所示。

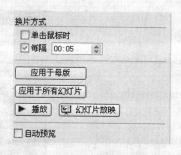

图 7.40 改变换片方式

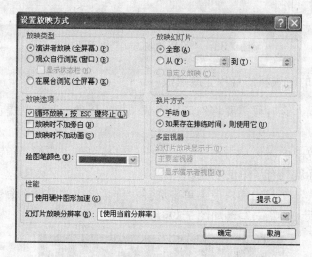

图 7.41 "设置放映方式"对话框

7. 进行适当的安全性设置——让那些警告窗口不再出现

打开课件时，你是不是每次都为弹出的提示信息或窗口而烦恼呢？这主要是宏的安全性问题。我们可以通过"工具"菜单中宏的安全性来设置宏运行的条件，打开"安全性"对话框，如图 7.42 所示，然后选择一种安全级别即可解决此类问题。

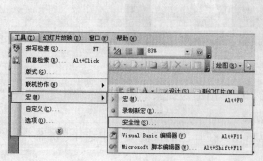
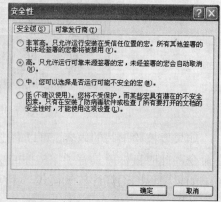

图 7.42 宏的安全性设置

7.3.3　利用 PowerPoint Viewer 进行幻灯片放映

如果做了一个课件，到了使用的地方却发现机器没有安装 PowerPoint 软件，怎么办？如果用 PowerPoint 2007 或者 2010 制作了一个 pptx 格式的课件，到了教室发现多媒体教室安装的是 PowerPoint 2003，又该怎么办？

除了前面介绍的将课件打包和转存其他格式的方式外，最安全的是携带一个 PowerPoint 播放器：PowerPoint Viewer。

PowerPoint Viewer 可以帮助你在没有安装 PowerPoint 的计算机中正常打开、运行课件。PowerPoint Viewer 只有在没有安装 PowerPoint 软件的计算机中才会自动关联 PowerPoint 文档，也可以通过 PowerPoint Viewer 查看指定文件，具体设置如图 7.43 所示。

图 7.43　通过 PowerPoint Viewer 查看文件

7.3.4　利用 PowerPlugs 播放幻灯片

由于 PowerPoint 在制作课件方面操作方便、易于上手，很多教师用它在演示文稿中插入 Flash 动画、视频文件、同步配音，制作图文和声音并茂的丰富多彩的课件。但是 PowerPoint 幻灯片之间的切换是平面效果，能不能使播放过程中的过渡就像电视节目那样出现立体的特效呢？如果能实现的话，其播放效果会更加精彩！

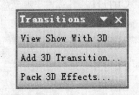

图 7.44　PowerPlugs 插件

首先，下载安装 PowerPlugs 插件。该插件安装完毕后，在 PowerPoint 的工具栏中将增加三个快捷按钮，如图 7.44 所示，通过它们就可以给幻灯片增加 3D 切换特效了。

然后按照正常步骤编辑好一篇幻灯片文档，接着单击工具栏中的 Add 3D Transition 按钮，弹出设置对话框(见图 7.45)，在 Style 下拉列表框中选择切换效果，可以通过上方的 Effect 区域进行预览，在这种所见即所得的工作方式下能便利地为每张幻灯片定义不同风格的转场特效。另外，还有一些人性化选项设置，比如设定转场效果切换的速度、是否采用背景音乐、由鼠标单击切换下一张还是延迟一定时间之后自动切换等。

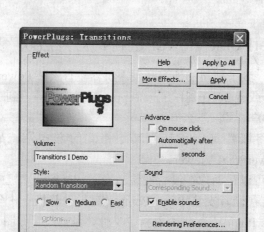

图 7.45　PowerPlugs 选项

　　如果需要给一篇页数很多的幻灯片文档定义转场效果，可以直接在 Style 下拉列表中选择 Random Transition 选项，这样可以由程序随机分配转场特效。

　　完成上述设置之后，单击 View Show With 3D 按钮可以预览整个幻灯片的转场效果，满意后再单击 Pack 3D Effects 按钮，把各种特效整合到幻灯片文档中。这样即使在没有安装 PowerPlugs 的计算机中也能欣赏到各种 3D 特效了。

7.3.5　演示文稿中常用的快捷键

Ctrl+A	选择全部对象或幻灯片
Ctrl+B	应用(解除)文本加粗
Ctrl+C	复制
Ctrl+D	生成对象或幻灯片的副本
Ctrl+E	段落居中对齐
Ctrl+F	激活"查找"对话框
Ctrl+G	激活"网格线和参考线"对话框
Ctrl+H	激活"替换"对话框
Ctrl+I	应用(解除)文本倾斜
Ctrl+J	段落两端对齐
Ctrl+K	插入超链接
Ctrl+L	段落左对齐
Ctrl+M	插入新幻灯片
Ctrl+N	生成新 PPT 文件
Ctrl+O	打开 PPT 文件
Ctrl+P	打开"打印"对话框
Ctrl+Q	关闭程序
Ctrl+R	段落右对齐
Ctrl+S	保存当前文件

Ctrl+T	激活"字体"对话框
Ctrl+U	应用(解除)文本下划线
Ctrl+V	粘贴
Ctrl+W	关闭当前文件
Ctrl+X	剪切
Ctrl+Y	重复最后操作
Ctrl+Z	撤销操作
Ctrl+F4	关闭程序
Ctrl+F5	还原当前演示窗口大小
Ctrl+F6	移动到下一个窗口
Ctrl+F9	最小化当前演示文件窗口
Ctrl+F10	最大化当前演示文件窗口
Ctrl+Shift+C	复制对象格式
Ctrl+Shift+V	粘贴对象格式
Ctrl+Shift+F	更改字体
Ctrl+Shift+P	更改字号
Ctrl+Shift+G	组合对象
Ctrl+Shift+H	解除组合
Ctrl+Shift+ "<"	增大字号
Ctrl+Shift+ ">"	减小字号
Ctrl+ "="	将文本更改为下标(自动调整间距)
Ctrl+Shift+ "="	将文本更改为上标(自动调整间距)
Ctrl+Shift+ "幻灯片放映"	激活"设置放映方式"对话框
Ctrl+Shift+ "幻灯片浏览视图"	显示大纲模式
Ctrl+Shift+ "普通视图"	幻灯片视图
Alt+F5	还原 PPT 程序窗口大小
Alt+F10	最大化 PPT 程序窗口
Alt+F9	显示(隐藏)参考线
Alt+R+G	组合对象
Alt+R+U	取消组合
Alt+R+R+T	置于顶层
Alt+R+R+K	置于底层
Alt+R+R+F	上移一层
Alt+R+R+B	下移一层
Alt+R+A+L	左对齐
Alt+R+A+R	右对齐
Alt+R+A+T	顶端对齐
Alt+R+A+B	底端对齐

Alt+R+A+C	水平居中
Alt+R+A+M	垂直居中
Alt+R+A+H	横向分布
Alt+R+A+V	纵向分布
Alt+R+P+L	向左旋转
Alt+R+P+R	向右旋转
Alt+R+P+H	水平翻转
Alt+R+P+V	垂直翻转
Alt+I+P+F	插入图片
Alt+V+Z	放大(缩小)
Alt+S	幻灯片设计
Alt+N	幻灯片布局
Alt+U	图形
Shift+F3	更改字母大小写
Shift+F4	重复最后一次查找
Shift+F5	从当前幻灯片开始放映
Shift+F9	显示(隐藏)网格线
Shift+F10	显示右键快捷菜单
F2	在图形和图形内文本间切换
F4	重复最后一次操作
F5	开始放映幻灯片
F12	执行"另存为"命令

7.4 上 机 练 习

练习幻灯片放映中的各种技巧,熟悉放映的快捷方式、循环播放、添加备注且仅演讲者可见的方法以及练习使用排练计时器。

(1) 打开电脑中的任意一个幻灯片,进行放映。

(2) 在放映时,对课件内容进行编辑。

(3) 插入备注,放映时显示备注。

(4) 设置课件内容循环播放。

(5) 在放映时,将幻灯片设置为黑板。

(6) 利用排练计时器,按照排练时间让幻灯片自动播放,保存后关闭窗口。

(7) 用 PowerPoint Viewer 打开所编辑的幻灯片,进行放映。

第8章 综合实例

本章，我们以制作一个生物教程的课件为例，来帮助大家熟悉课件制作过程，掌握利用 PowerPoint 制作课件过程中的一些技巧和方法。

本章基于苏教版高中《生物》(必修本)第三册第四章第二节的内容进行介绍，此节所讲的生态系统中能量流动、物质循环、信息传递和生态系统稳态的维持均是本课的重点。

8.1 需 求 分 析

在进行需求分析时，我们需要书写需求说明书。需求说明书一般要根据课件需要体现的效果和内容来编写。

第一，必须要写清楚整体的教学过程和重要的教学环节。

第二，要写明课件的作用点，明确课件所起的作用和意义。

第三，写出需要的文字、图像、动画、声音等素材。

第四，要注明各个课件片段需要展现的效果和出现的形式。

在本实例中，我们的课程内容是"生态系统的能量流动"，本课的教学重点和教学难点均为生态系统能量流动的过程和特点。

本课的教学目标分为以下三个部分。

1. 知识目标

(1) 了解生态系统能量流动的概念。

(2) 应用生态系统能量流动的过程和特点。

(3) 体会研究生态系统能量流动的意义。

2. 能力目标

(1) 通过引导学生定量地分析某个具体生态系统的能量流动过程和特点，培养学生分析、综合和推理的思维能力。

(2) 通过探讨能量流动特点在生产、生活中的实际应用，培养学生理论联系实际的能力。

3. 情感目标

站在生态道德的角度，理解一些生态学观点，使学生懂得对资源的利用应遵循生态学原理和可持续发展的原则，为形成科学的世界观做准备。

本课的教学方法注重"学案导学"，贯彻"先学后教，当堂训练"的教学模式；引导数据分析，采用启发式教学；采用多媒体的直观教学法；采用理论应用实际的知识迁移的教学法。

教学过程中的重难点突破策略如下。

(1) 引导学生复习生态系统的成分和营养结构，为学习能量流动做好准备。

（2）提前给学生布置学案"预习指导"的相关内容，完成：① 基本概念等的相关填空；② 初步对每一营养级的能量来源和去路进行简单归纳。

（3）对于学生预习中遇到的困难，教师通过实物投影的方式展现，组织学生分组讨论，教师引导，得出结论，彻底解决学生的疑难点问题。

（4）联系赛达伯格湖能量流动的实例，分析能量流动的传递效率，以验证和巩固生态系统能量流动的特点。重视对学生"分析和处理数据"技能的训练，让学生体验整理、分析数据，用数据说明生物学现象和规律的过程。

（5）通过设置几个命题进行分组讨论，加强理论联系实际。

8.2 教学设计

课件的教学设计分为教学对象分析、教学内容分析以及课件解析这几个方面。

1. 教学对象分析

本次生物课件主要是面向高中生，也可以作为一些爱好生物的环境爱好者的学习课程。首先，作为高中课程当中的一门必修课，本课最主要的目标就是让学生吸收掌握考点知识，在掌握知识的基础上，进一步理解运用，同时培养良好的环境意识，合理利用资源，学会尊重自然。同时，本课程可作为宣传环保的学习课程，利用生动形象的课程讲解，呼吁更多的人来保护环境，遵循生态平衡。

2. 教学内容分析

本次生物课程"生态系统的能量流动"主要包括以下几个内容：了解能量流动的概念；掌握能量流动的过程，包括起点、途径、来源和去路等；掌握能量流动最主要的特点；了解系统能量流动的研究意义。

在进行具体的内容分析时，我们可以借助概念图或思维导图建立知识内容之间的结构，如图 8.1 所示。

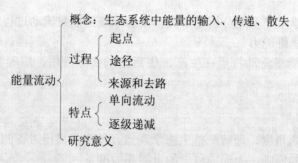

图 8.1　教学结构

> **注意：** 可以根据实际情况，对自己的课件内容进行详细分析，找出重点与难点，以及它们之间的联系，这样不仅可以帮助自己梳理教学知识，而且对于课件的框架结构与导航设计也有很大的帮助。

3．课件要解析什么样的问题

在对教学内容进行分析的基础上，学生对于能量流动的理解有困难，同时，对于生态系统中如何进行能量流动，从哪里开始，经过哪些地方，从哪里结束的认识都不够。此外教材中对能量流动的特点的介绍都比较抽象，没有相应的实例。

因此要想利用课件解决这些问题，需要罗列如下部分问题。

- 为学习者提供生态中能量流动的实例，帮助学习者了解为何要学习能量流动。
- 为学习者提供能量流动的整个过程的图片、动画，使其过程形象化，使学习者掌握能量流动的起点和途径。
- 为学习者提供生动的动画来了解单向流动的过程。
- 为学习者提供形象的图表来解释逐次递减的含义。
- 为学习者提供不同的实例来说明学习生态的能量流动的实际意义。

……

8.3 课件系统设计

根据前面的教学内容分析和课件主要问题的解析，我们将课件分为图 8.2 所示的几个部分。

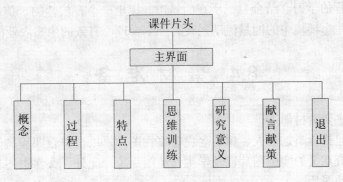

图 8.2 课件系统设计

1．能量流动的概念

在学习"能量流动"的概念之前，我们首先了解一下能量流动的含义，即生态系统中能量的输入、传递和散失。这样就又分别引出了能量的输入、传递、散失三个概念。课件分别针对这三点利用动画效果做出了明确的解释。

2．能量流动的过程

能量流动的过程可以分解为以下四部分。

(1) 生态系统能量的源头。

(2) 能量流动的起点。

(3) 生态系统能量的总值。

(4) 生态系统能量流动的途径。

同样根据前面的动画分别对这四个部分做出说明。

3．能量流动的特点

能量流动的特点包括两个方面：单向流动和逐级递减。对于第一方面内容，可与前面的流动过程相联系，通过对其流动方向的观察得出结论。而对于第二方面内容，则要通过图表和数据来显示其逐级递减的特点，而后再通过形象化的图片来表现，即一个提取数据→数据抽向整理→总结，得出结论→形象化表现的过程。

4．思维训练

通过几个小问题，来巩固学生对以上三部分内容的理解。注意此时提出的问题不仅仅是知识点，应该与实例相结合，从而更好地帮助学生理解。

5．研究意义

将能量流动这样一个生活中无时无刻都存在的事实，与生活习惯相结合，讨论研究能量流动的意义，从而提出要调整饮食结构的观点并与片头动画相辉映，同时再次将意义扩大化，要求大家合理利用能量资源。

6．献言献策

通过本次课程的学习，结合自己所在的城市，提出一个开放性的、值得大家思考的问题，即如何利用生态环境中的能量流动来设计一个合理、有效的生态农业的发展。

8.4　素材准备

本课件中的主要素材如下。

(1) 图片：包括母鸡、猎人、树、老虎等事物图片，以及符合课程风格的背景图片，同时还有证明研究意义的实例图片以及学生作品图片等；此外，课件中还利用了很多自绘图形来制作优美的图片。

(2) 动画：课件中的动画包括片头动画和课件中无处不在的自定义动画设计。

(3) 音乐：在欣赏学生作品时要添加背景音乐。

8.5　课件制作的实现

课件的制作实现过程主要包括三方面的内容，分别是课件的界面设计、课件的动画设计以及课件的交互功能的实现，下面我们逐一进行讲解。

8.5.1　课件的界面设计

课件的界面包括片头、封面、导航界面、内容界面等，下面分别介绍每个界面的设计方法。

1. 课件的片头设计

课件的片头，可以插入 Flash 动画，也可以在网上找一些图片素材作为片头，还可以使用 PowerPoint 自行制作，设计成照片轮番展现的形式。

片头中所使用的内容要与课件的内容、主题相符合。而在本课件中，片头起到了一个课程导入的作用，用一个生动形象的竞猜游戏展开，如图 8.3 所示。

图 8.3 片头动画

此竞猜游戏的背景是在一个荒岛上面对两个事物的选择，其中两个主要部分"人"和"母鸡"都用了想象的动画效果，增加了课件的吸引力，如图 8.4 所示。

图 8.4 片头动画

最后，我们以欠"鸡妈妈"一个解释引入课程内容的学习，如图 8.5 所示。

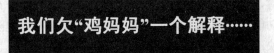

图 8.5 片头动画

2. 课件的封面

课件的封面写明了课程信息和授课者的基本信息，封面的背景由网络搜索所得，封面本身不仅仅是图片，而且是一个动画，其中的彩虹、云朵等都是动画进入，风格与授课内容相一致。课程题目利用动画效果来体现流动的含义。封面效果如图 8.6 所示。

图 8.6 课件封面

3. 课件的主界面(导航界面)

根据前面列出的系统设计图，我们可以很容易地制作出课件的主界面，主界面风格与封面相一致，如图 8.7 所示。主界面起到提示和概括课程内容的作用，使学习者可以对学习内容一目了然。

图 8.7 课件主界面

同时在制作界面时，我们加入了"上一页"和"下一页"两个小按钮，而不使用默认的单击进入下一页的功能，在增加了画面效果的同时，也能很好地防止在上课时，由于教师误点造成的课件放映不流畅等问题。

4. 课件的内容界面

图 8.8 所示为能量流动的概念的内容界面。

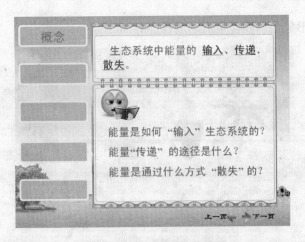

图 8.8 能量流动的概念界面

在概念中，对生态系统的四个营养级进行介绍，如图 8.9 所示。

图 8.9 生态系统的四个营养级界面

在图 8.9 中单击"返回"按钮，将返回上一级菜单。

图 8.10 所示为能量流动过程的内容界面。

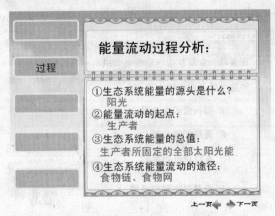

图 8.10 能量流动过程的内容界面

图 8.11 所示为形象地解释能量流动过程的界面。

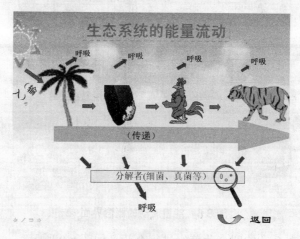

图 8.11　能量流动的过程界面

图 8.12 所示为说明能量流动特点——逐级递减的内容界面。

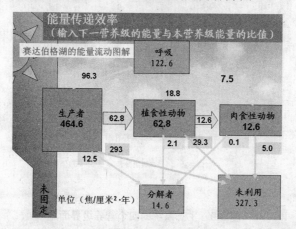

图 8.12　能量流动的特点界面

图 8.13 所示为思维训练的提问界面。

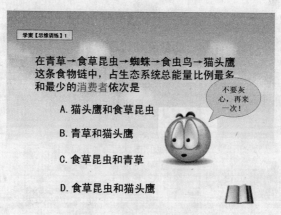

图 8.13　思维训练的提问界面

图 8.14 所示为研究意义中调整食物营养结构的内容界面。

图 8.14 研究意义界面

最后我们来制作以下与封面相呼应的结束界面，如图 8.15 所示。

图 8.15 结束界面

8.5.2 课件的图片、动画设计

图片、动画的加入能使课件更加形象生动。在本例中针对高中生的年龄段，加入了丰富的图片和生动的动画，使其能对课程内容有更好的理解。

1. 丰富的图片运用

首先，课件中在表示一个个体时，几乎都用到了图片，不管是母鸡、猎人，还是树、老虎等，使学生能够非常直观地理解内容，如图 8.16 所示。

图 8.16　丰富的图片

其次，在背景图片的选择和导航界面的制作过程中我们也充分利用了各种图片的组合，如图 8.17 所示。

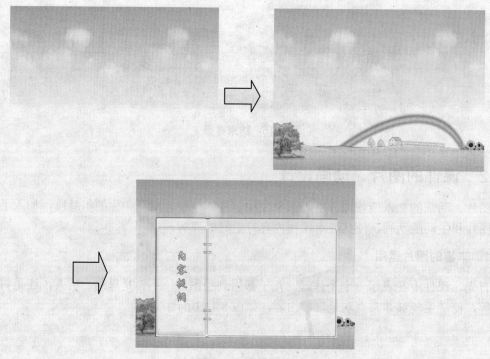

图 8.17　背景图片

此外，在课件中可以发现，说明能量的流动研究意义时，我们用到了大量的图片。在大量图片的堆积时，我们用到了前面讲到的九宫格法以及"黄金三分法"等方法，来使画面更加美观，如图 8.18 所示。

图 8.18　图片的应用

为了在很小的画面中能显示出更多的内容，本课件在欣赏学生作品这一界面采用了缩略图的方法制作，单击其中一项作品，可以将其放大，如图 8.19 所示。

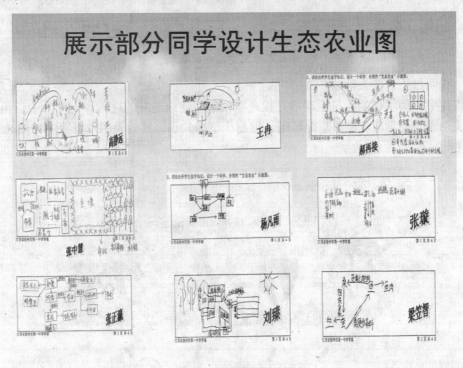

图 8.19　缩略图的应用

2．生动形象的动画设计

在整个课件中，几乎每张幻灯片都有动画。下面我们来举几个简单的例子。

1) 文字的颜色变化和背景色的变化

对于图 8.20 所示的两种情况，分别采用"更改字体颜色"和"补色"的动画效果，设置如图 8.21 所示。

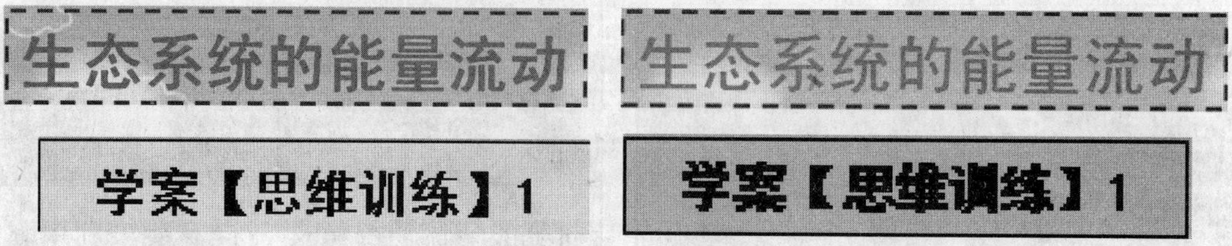

图 8.20 文字动画效果

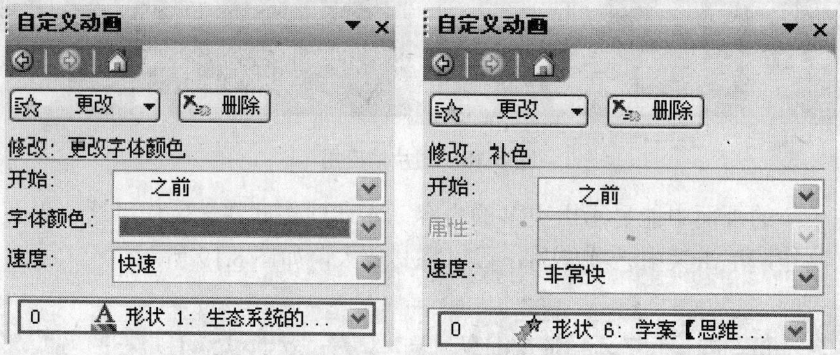

图 8.21 文字动画设置

2) 说明过程的箭头动画

在课件中，为了说明能量流动的过程，以及能量逐级递减的过程，幻灯片中运用了大量的箭头动画，使学习者能够思路清晰，更易于掌握知识，其效果图及设置图如图 8.22 和图 8.23 所示。

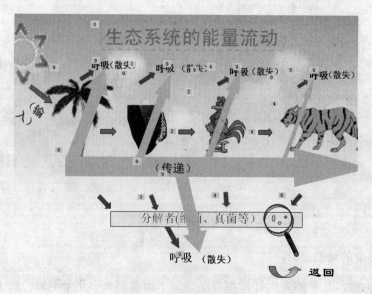

图 8.22 箭头动画效果图

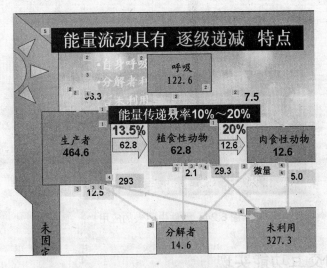

图 8.22　箭头动画效果图(续)

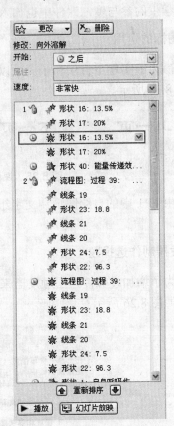

图 8.23　箭头动画设置图

3. 图表的应用

图表是整理数据的有力方式，如图 8.24 所示。课件利用图表数据说明能量的逐级递减的特点。

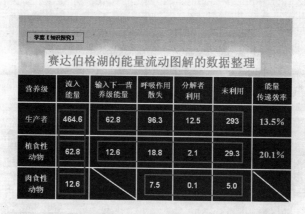

图 8.24　课件中图表的应用

8.5.3　课件的交互功能实现

为了提高学生的参与度，课件中也加入了很多交互式功能。下面就进行分类介绍。

1. 按钮图标的运用

在课件中，为了实现主目录和子目录以及内容界面之间的相互切换，用到了以下几个小图标，如图 8.25 所示。

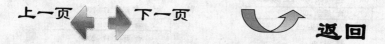

图 8.25　课件中按钮的应用

这些图标由 PPT 中的自绘图形和文字组合而成，然后以添加超链接的方式，实现幻灯片的跳转。

2. 用触发器制作选择题

课件中，为了增加趣味性，用触发器来制作选择题，下面我们以一个界面为例来介绍制作的方法，如图 8.26 所示。

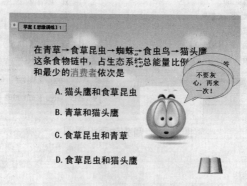

图 8.26　用触发器制作选择题

课件实现的功能是：当单击正确答案时，将出现"恭喜你，答对了"的图片和字样，本例中正确答案为 D。而单击错误答案时，将出现"不要灰心，再来一次"的图片和字样，如图 8.27 所示。

图 8.27 正确和错误反馈

实现此功能的操作十分简单。首先分别插入相应的文字和图片，为了动画设置的方便，可以将对应的文字与图片进行组合，然后对组合进行动画设置。在设置动画时，只要在计时选项中添加触发器，并且设定由单击相对应的选项进行触发即可，动画设置如图 8.28所示。

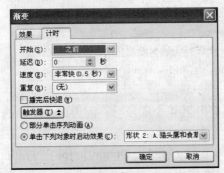

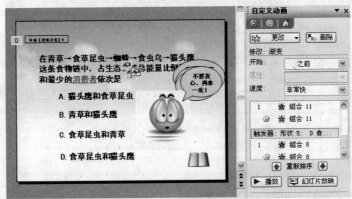

图 8.28 利用触发器设置自定义动画

3. 用 VBA 技术制作选择题

在第 6 章的学习过程中，我们了解到，还可以利用 VBA 技术制作选择题、填空题以及

判断题等。在本课件中，我们也利用了 VBA 技术来制作选择题。其制作过程如下：

(1) 先输入题目和选项，选项用按钮显示，如图 8.29 所示。

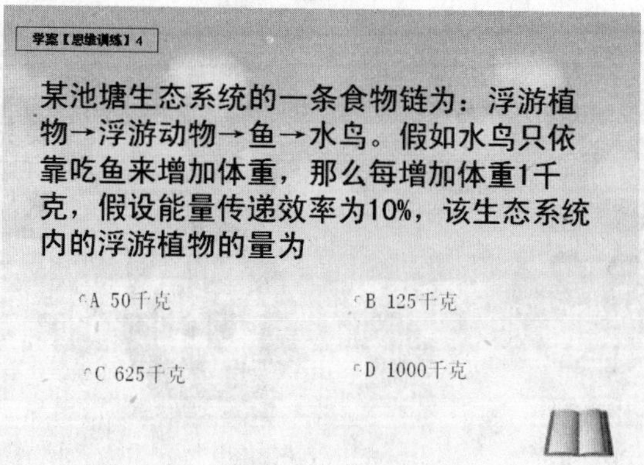

某池塘生态系统的一条食物链为：浮游植物→浮游动物→鱼→水鸟。假如水鸟只依靠吃鱼来增加体重，那么每增加体重1千克，假设能量传递效率为10%，该生态系统内的浮游植物的量为

　A 50千克　　　　　　B 125千克

　C 625千克　　　　　　D 1000千克

图 8.29　利用 VBA 制作选择题

(2) 分别对四个选项编写 VBA 程序。

这里，第 4 个选项 OptionButton4 是正确的，双击这个选项按钮，打开 VBA 代码编辑窗口，输入以下代码：

```
Private Sub OptionButton4_Click()
    If OptionButton4.Value = True Then
        ex = MsgBox("选择正确！恭喜你！", vbOKOnly)
    End If
End Sub
```

以上代码的功能是：当单击第 4 个选项时，因为这是正确的答案，屏幕会提示"选择正确！恭喜你！"。

编写错误答案的 VBA 代码，分别双击 OptionButton1、OptionButton2、OptionButton3，打开 VBA 编辑窗口，输入以下代码：

```
Private Sub OptionButton1_Click()
    If OptionButton1.Value = False Then
    ex = MsgBox("选择错误！请再想想！", vbOKOnly)
    End If
End Sub
Private Sub OptionButton2_Click()
    If OptionButton2.Value = False Then
    ex = MsgBox("选择错误！请再想想！", vbOKOnly)
    End If
End Sub
Private Sub OptionButton3_Click()
    If OptionButton3.Value = False Then
    ex = MsgBox("选择错误！请再想想！", vbOKOnly)
    End If
End Sub
```

以上代码的功能是：当单击选项A、选项B或选项C时，因为这是错误的答案，屏幕会提示"选择错误！请再想想！"。

(3) 播放幻灯片。代码编辑完毕，播放幻灯片，单击选项按钮，看看效果，如图8.30所示。

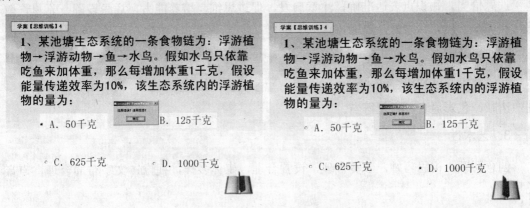

图8.30 利用VBA制作选择题效果图

这种试题制作形式是"即显答案形式"，当单击选项按钮时，立即显示答案是否正确。

8.6 测 试 评 价

8.6.1 课件的测试

课件可以通过放映的方式来进行效果测试，具体方法是先进行单张测试，后进行整体测试。

为了便于课件的测试，应注意以下几点。

(1) 可以在课件中设立独立的内容导航，这样就可以将鼠标单击切换幻灯片功能取消。

(2) 可以在观看学生作品时，插入背景音乐，使背景音乐与课件存储的文件夹的相对位置不变。

(3) 嵌入课件制作中使用的特殊字体。

(4) 为了偏于携带与播放，将课件保存成演示文档放映格式。

(5) 为了讲课时能够更加自如，添加一定的备注，以便达到提示的作用。

(6) 可以使用排练计时，在幻灯片放映时记录下每张幻灯片的播放时间(这些时间可以根据需要进行控制)，这样在下次播放幻灯片时，幻灯片会使用排练计时的时间来控制幻灯片的播放。

8.6.2 课件的评价

课件的评价分为自我评价、组织评价、使用中介评价，上面的测试过程其实就是一个自我评价的过程。而目前评价多媒体课件一般都采用组织评价。所以要在上课完成后才能对课件做出评价，评价者包括专家、老师以及学生。

按照标准进行如下评价。

1．教育性与科学性

选题恰当，知识点表达准确，注意启发，促进思维，培养能力，场景设置、素材选取等与相关知识点结合紧密，模拟仿真，举例形象。

2．技术性

画面清晰，动画连续，交互设计合理，智能性好，声音清晰，音量适当，快慢适度，图像清晰，色彩逼真，搭配得当。

3．艺术性

创意新颖，构思巧妙，节奏合理，设置合理，媒体多样，视像、文字布局合理，声音悦耳。

4．使用性

界面友好，操作简单，容错能力强，运行稳定，对硬件设备的要求适当。

8.7　课件的发布

在 PPT 课件制作完成后，往往很多资源需要教师上传到网络上，以方便学生下载学习。

首先，选择"文件"菜单中的"另存为网页"命令，将课件保存为网页，如图 8.31 所示。选择命令后，将打开如图 8.32 所示的对话框。

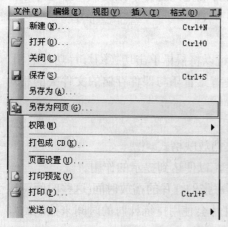

图 8.31　选择"另存为网页"命令

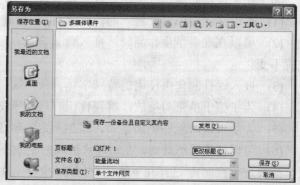

图 8.32　"另存为"网页对话框

我们可以保存一个备份文件，即单击"发布"按钮，弹出如图 8.33 所示的对话框。在此可以设置 Web 选项，可以根据要求分别对颜色、字体等进行相应设置，然后发布即可，如图 8.34 所示。

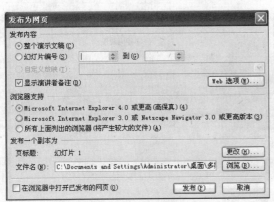

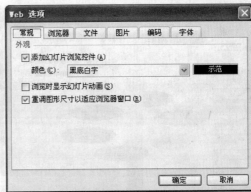

图 8.33 "发布为网页"对话框　　图 8.34 "Web 选项"对话框

8.8 上 机 练 习

根据本章中介绍的综合实例的方法，制作一个"PPT 设计与制作"的课件。图 8.35 所示为已经完成的一个 PPT 课件，可以作为参考。

图 8.35 课件效果图

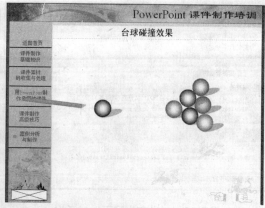

图 8.35 课件效果图(续)

读者回执卡

欢迎您立即填妥回函

您好！感谢您购买本书，请您抽出宝贵的时间填写这份回执卡，并将此页剪下寄回我公司读者服务部。我们会在以后的工作中充分考虑您的意见和建议，并将您的信息加入公司的客户档案中，以便向您提供全程的一体化服务。您享有的权益：

★ 免费获得我公司的新书资料；
★ 寻求解答阅读中遇到的问题；

★ 免费参加我公司组织的技术交流会及讲座；
★ 可参加不定期的促销活动，免费获取赠品；

读者基本资料

姓　　名＿＿＿＿＿＿　性　　别 □男　□女　年　　龄＿＿＿＿＿＿
电　　话＿＿＿＿＿＿　职　　业＿＿＿＿＿　文化程度＿＿＿＿＿＿
E-mail＿＿＿＿＿＿　邮　　编＿＿＿＿＿
通讯地址＿＿＿＿＿＿＿＿＿＿＿＿＿＿＿＿＿＿＿＿＿＿＿＿

请在您认可处打✓（6至10题可多选）

1、您购买的图书名称是什么：＿＿＿＿＿＿＿＿＿＿＿＿＿＿＿＿＿＿＿＿＿＿＿
2、您在何处购买的此书：＿＿＿＿＿＿＿＿＿＿＿＿＿＿＿＿＿＿＿＿＿＿＿
3、您对电脑的掌握程度：　　　□不懂　　　　　□基本掌握　　　　□熟练应用　　　　□精通某一领域
4、您学习此书的主要目的是：　□工作需要　　　□个人爱好　　　　□获得证书
5、您希望通过学习达到何种程度：□基本掌握　　　□熟练应用　　　　□专业水平
6、您想学习的其他电脑知识有：□电脑入门　　　□操作系统　　　　□办公软件　　　　□多媒体设计
　　　　　　　　　　　　　　　□编程知识　　　□图像设计　　　　□网页设计　　　　□互联网知识
7、影响您购买图书的因素：　　□书名　　　　　□作者　　　　　　□出版机构　　　　□印刷、装帧质量
　　　　　　　　　　　　　　　□内容简介　　　□网络宣传　　　　□图书定价　　　　□书店宣传
　　　　　　　　　　　　　　　□封面，插图及版式　□知名作家（学者）的推荐或书评　□其他
8、您比较喜欢哪些形式的学习方式：□看图书　　　□上网学习　　　　□用教学光盘　　　□参加培训班
9、您可以接受的图书的价格是：□20元以内　　　□30元以内　　　　□50元以内　　　　□100元以内
10、您从何处获知本公司产品信息：□报纸、杂志　　□广播、电视　　　□同事或朋友推荐　□网站
11、您对本书的满意度：　　　　□很满意　　　　□较满意　　　　　□一般　　　　　　□不满意
12、您对我们的建议：＿＿＿＿＿＿＿＿＿＿＿＿＿＿＿＿＿＿＿＿＿＿＿＿＿＿＿

请剪下本页填写清楚，放入信封寄回，谢谢！

| 1 0 0 0 8 4 |

北京100084—157信箱

读者服务部　　　　　收

贴邮
票处

邮政编码：□□□□□□

技术支持与资源下载：http://www.tup.com.cn　http://www.wenyuan.com.cn

读 者 服 务 邮 箱：service@wenyuan.com.cn

邮 购 电 话：(010)62791865　(010)62791863　(010)62792097-220

组 稿 编 辑：章忆文

投 稿 电 话：(010)62770604

投 稿 邮 箱：bjyiwen@263.net